将爱
JIANGAI
-01-

天爱 作品

与他隔着一片海

贵州出版集团
贵州人民出版社

图书在版编目（CIP）数据

与他隔着一片海 / 天爱著. -- 贵阳：贵州人民出版社，2016.12（2020.3 重印）
ISBN 978-7-221-13692-3

Ⅰ.①与… Ⅱ.①天… Ⅲ.①长篇小说－中国－当代
Ⅳ.①I247.5

中国版本图书馆CIP数据核字(2016)第282277号

与他隔着一片海
天爱 著

出版人	苏 桦
出版统筹	陈继光
选题策划	胡晨艳
责任编辑	孔令敏
流程编辑	唐 博
特约编辑	菜秧子
封面设计	刘 艳
封面绘画	阿亚亚
出版发行	贵州人民出版社（贵阳市观山湖区会展东路SOHO办公区A座 邮编：550081）
印　刷	三河市华东印刷有限公司
开　本	880×1230毫米 1/32
字　数	245千字
印　张	9.5
版　次	2017年3月第1版
印　次	2017年3月第1次印刷 2020年3月第2次印刷
书　号	ISBN 978-7-221-13692-3
定　价	48.00元

贵州人民出版社微信

YU TA GE ZHE YI PIAN HAI
与他隔着一片海

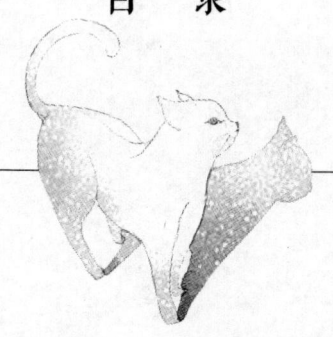

目　　录

001/	一	世间所有相遇，都是久别重逢
014/	二	再烈的酒，抵不过我恨你
025/	三	最开始的注定
040/	四	有了我你什么都不缺
057/	五	在水一方的童话
075/	六	是因我逢赌必输
092/	七	亲爱的，这座城也叫飞扬
107/	八	我以为，我已经把你藏好了
122/	九	不知所措，甘愿领受
138/	十	隔世的好，现世的痛
156/	十一	我总是相信你的

目 录

YU TA GE ZHE YI PIAN HAI
与他隔着一片海

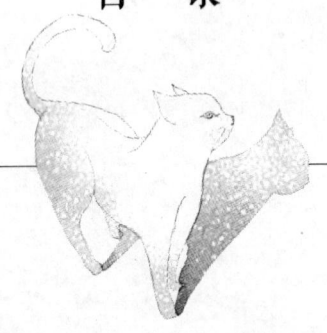

169/ 十二	阴谋与反阴谋
178/ 十三	使君有妇,罗敷有夫
189/ 十四	看,时光都老了
198/ 十五	我一直在这里
210/ 十六	离开的勇气
225/ 十七	世界上最最柔软的时光
237/ 十八	若时光跑至苍山洱海
247/ 十九	不早,不晚
260/ 二十	请相信这个世界,爱无穷尽
273/ 番外一	灰姑娘的南瓜车
284/ 番外二	少爷
293/ 番外三	星星

一

YU ZA GE SHE
YI PIAN HAI
世间所有相遇，
都是久别重逢

　　春，A 城新开发的顶级商业区"飞扬城"兴建完毕并正式投入运作。

　　夏，纪飞扬因上级安排来到 A 城分公司，全程参与一个新产品的广告拍摄。巧的是，与合作商的第一次见面就约在飞扬城。

　　这是一个融商业与娱乐为一体的新新商业区，坐落于市中心地段，由 A 城的商业龙头程氏投资建成，俨然已经是全国最大的综合性区域之一。据称 A 城那几位算得上排行的公子哥儿都有入股，手笔之大，令人瞠目。

　　眼下，飞扬城的户外汽车影院和水上嘉年华正式对外开放，凡是政界、商界稍有名望的人，都收到了由程家发出的请帖。

　　开幕第一天，宾客云集。

　　纪飞扬和颜冉从车上下来，抬头看了看七十七层高的主楼，顶上是由天然玉石打磨雕刻而成的"飞扬"二字，不得不说，这幢拔地而起的商业大厦耀眼非凡。

颜冉拿起随身的小镜子,稍微整理了一下鬓角的碎发,抬手捅了捅纪飞扬:"嗳,不要这么木愣愣的好不好,今天那些个公子哥儿都会来,我们要是聪明点的话呢,说不定就能把这次广告的赞助费一步搞定!"

纪飞扬呼了口气,八厘米高的凉鞋走起路来很不方便,她甚至怀疑能不能撑过今天。不过听到赞助费,她立刻又打起十二分的精神来,为了赞助商的问题她已经耗费了太多心力,要是能把这个问题解决,进度无疑将大大加快。

"飞扬,这座城的名字……也叫飞扬啊。"颜冉嘴里讷讷念着,人已经率先一步向门口走去。

纪飞扬闻言,心中蓦地一滞。

恍然间想起几年前,某个寂静的午夜,他拥她入怀,贴着她的脸低声呢喃:"宝贝,送你一座城好不好?"

分开之后无数个漫无边际的夜里,那人的声音浸透在空气中,曾随着每一次的呼吸进入她的肺腑,缠得她呼吸困难、头脑胀痛。悲伤?怨恨?后悔?都谈不上,只是有什么东西烙进了心底,唤之不出,挥之又不去。

下午燥热的阳光穿林打叶地照过来,终究是打碎心中那一点余留的酸涩与震颤。

纪飞扬抬手挡了挡刺眼的光线,往里走去。

一切都过去了不是吗?那玻璃大门映照出的自己,哪还有一丁点过去的影子?

颜冉正向门口的侍者递上那红底镶金的请帖。

穿着白色花边衬衫的侍者见着颜冉,眼睛蓦地一亮,趁人不注意,悄声对她说了句:"颜小姐,徐少在里头等您很久了。"

颜冉转过身,冲纪飞扬微微一笑:"飞扬,一会儿介绍个人给你认识。"

颜冉是A城风头正劲的名模，平时就有不少富家公子在她身边走动，纪飞扬早有所耳闻，但不知这个"徐少"又是什么人。只是听这姓氏，纪飞扬觉得心中隐隐有些不安。

往里走的时候，纪飞扬脚下一个趔趄险些摔倒，好在一旁的侍者搀扶了一下，纪飞扬理了理上衣的下摆，忙跟上走在前面的颜冉。

"未然，这就是我跟你说过的纪飞扬，'雁城'广告公司的制片助理，我们大老板手下的红人呢。飞扬，徐家大公子徐未然，应该不用我多做介绍吧。"颜冉挽着徐未然的手臂，完美的身材搭配裁剪得当的酒红色礼服，所谓巧笑倩兮，真是贴切。

徐未然一身休闲西装，佳人在侧，脸上很是惬意。顺着颜冉的话，他将视线微微转去纪飞扬那边。

纪飞扬看出他眉眼含笑，几乎带着些幸灾乐祸似的得意。

"好久不见……"早料到了会遇见徐未然，所以干干脆脆地伸出手去，只是硬生生把就在嘴边的一句"徐大哥"给咽了下去，语气淡淡，"徐先生。"

徐未然挑挑眉，和她握了手，眸光聚在纪飞扬带着精致妆容的脸上。似是见不惯她这副冷淡的样子，他咬着字道："的确是太久没见了，久到……你几乎要把有的人忘记了吧？"

纪飞扬的心猛地跳起来。她知道在这种场合下，即便自己有心逃避，也很容易遇到那个人，但是听徐未然说起，心中还是不能平静。

徐未然见她脸色一变，达到了预期的效果，也就收起了话中的刺："放心，绍均人在国外，一时半会儿也不会回来，你别拘束，自便。"

颜冉察觉出什么不对劲，眯起眼睛看着他们："原来你们认识。"

"也不是什么熟人，几面之缘而已。"徐未然说完刻薄的话，一手滑过颜冉的腰线轻声细语，"冉冉，陪我去那桌敬杯酒。"

颜冉看了看纪飞扬，眼神示意自己要去陪徐未然。

纪飞扬点点头表示理解。

看着他们走远，她的心脏还是扑腾扑腾地跳着。

绍均，程绍均！她有多久没有听到这个名字了？

四年？不，其实这四年中她不断地听到这个名字从别人嘴里说出，最早的莫过于三年前，报纸上说程家三少终于从老爷子手中接管了家族企业；最近的莫过于昨天，颜冉眉飞色舞地讲着这个飞扬城的投资者是多么多么年少多金英俊潇洒……但是这都比不上此刻从徐未然口中听到这个名字来得惊骇。

四年前，徐未然也总要对她说起程绍均——

"丫头，绍均开会来不了，让我给你送他做的炒饭。"

"哎，我说飞扬小妹妹，你对我们绍均好一点儿成不成？别老虐待人家！"

"飞飞啊，绍均都同意了，你去做我们的童装模特呗，绝对高薪！"

"纪飞扬你住手！再打，再打绍均就不敢娶你了……哎哟喂，疼啊你下手轻点……"

……

一杯红酒被递到纪飞扬面前，打断了她回忆中的那些声音。

"这位就是纪小姐吧？"来人带着些轻佻的眼神，靠在食柜边斜斜打量着她，一看即知是哪家没出息的公子哥儿。

若是从前，纪飞扬一定会转身就走，但是在经历了两年的人事工作之后，经验告诉她眼下绝对不可以表现出任何的厌恶。

她微微含笑，点头："我叫纪飞扬。"接过高脚酒杯，礼节性地往嘴边抿了抿，却几乎没喝。

"飞扬，飞扬，和这飞扬城倒是对上了！我是冯氏集团的冯韵文。你把自己撂这角落里做什么，到我们那桌玩骰子去？"对方说着便要来搭纪飞扬的肩膀。

纪飞扬轻轻一让，避过了。

她知道这个人，冯家这些年开始在 A 城靠房地产崭露头角，算是一等一的新贵，可惜冯老爷子后继无人，独子冯韵文别看这名儿挺文雅，实际上是出了名的败家。

纪飞扬瞄了一眼那桌，一干子纨绔，随即委婉地表示了拒绝。不料冯韵文硬是和她铆上了，怎么说就是不肯走。

纪飞扬被逼急了，却不好直接冷下脸来，四下看了看没找到颜冉和徐未然，想着实在没办法就只好过去了。

这时候一个身穿黑色西装的男人走过来，干净利落的平头，面部冷峻，态度恭谦，应该是助手保镖一类的人。

标准的一个鞠躬后，那人说道："打扰了冯少爷。纪小姐，我家先生让我来向您说声抱歉，他现在比较忙，广告投资的事情，晚上的酒会之后他会和您具体商量。"顿了顿，不动声色道，"先生嘱咐了，要是纪小姐觉得大厅里太闹，可以先去楼上的会客厅休息。"

纪飞扬心里一乐，想这助手绝对是个明眼人。

"那就麻烦带我上去了。"说着，她心情愉悦地绕过冯韵文，"不打扰冯先生了，回见。"

冯韵文黑着脸，觉得这个助理有些面生，但从他的话语中也看得出是程家的人，在今天这种场合下不好多加刁难。

上楼的时候，纪飞扬明显感觉到背后传来锐利的目光。

程家老爷子程闻膝下两女一儿，除了从小被人捧在手上的太子爷程绍均之外，程闻最看重的就是侄子程羡宁，而纪飞扬这次要来见的合作商正是程羡宁。

到了会客厅，纪飞扬对那助理展颜一笑："刚才真是谢谢你。"

"纪小姐言重了，举手之劳。您在这里休息，晚宴的时候我会上来叫您。"

纪飞扬点点头，目送他出门之后，走到一旁的窗前往下看。从这里望去，下方广场中央的巨型喷泉正开出绚烂的水花。

落地玻璃窗上映照出纪飞扬的整个身形，二十五岁的年纪，脱离了少年时期的稚嫩，几年前的娃娃脸在岁月中渐渐蜕变为如今的成熟，原本齐腰的长发也剪到了肩平。想起大学的时候她的身高才一米五八，每每要被人当作长不大的倒霉孩子，却不想刚毕业个子就猛长了七厘米，整个儿脱胎换骨。

她轻轻叹了口气，即便现在程绍均出现在面前，也不一定能马上认出自己吧？

华灯初上，飞扬城的露天花园中摆满了各式的酒水佳肴，因为这次的酒宴是娱乐为主，所以来的多是商界年轻人，气氛显得轻松活跃。

纪飞扬在人群中寻找颜冉，之前在楼上的时候没觉得脚上有什么问题，现在在花园里一圈走下来，后跟被高跟鞋磨破了的地方隐隐作痛。

她弯下腰揉了揉脚，起来的时候脚下一扭，竟是崴了，细长的鞋跟承受不了歪曲的重量，断在了中间。正想着要怎么办的时候，却被身后一个力量往前推了一把，鞋跟刚好踩在游泳池边的瓷砖上。

纪飞扬心知不妙，但已经控制不住向着泳池滑过去。

"砰！"

"哗！"

巨大的声响引得花园里的人纷纷侧目。

纪飞扬心中叫惨，一时间也顾不得脚上的疼痛，双手攀扶着池壁站起来。

湿漉漉的头发遮了满脸，最要命的是衣服，她今天穿的是白色雪纺上衣和类似质地的短裙，被水一浸，几乎就成了透明。

纪飞扬条件反射似的去遮挡，却已然听见不远处的嬉笑声。

"看吧，我就说，起码是C。"

"靠，她的bra明明有垫好不好！"

"B！肯定是B！哥几个别废话了，愿赌服输哈，掏钱掏钱！"

纪飞扬认出是下午和冯韵文在一起的那伙人，推她下水的是一个十一二岁的男孩子，此刻早就一溜烟不见了。

在场的其他人大概是觉得犯不着为一个女孩子得罪那帮公子哥儿，竟都在一旁隔岸观火似的看戏。

一众的低语声中，纪飞扬看见冯韵文放下了手中的酒杯，一边卷着衬衫的袖子，一边缓步朝这边走来。

"纪小姐，他们平日里疯惯了，你可别放心上。"说着，他向她伸出手去，又在不经意间把视线掠至纪飞扬紧贴着胸的领口，用低得只有她才能听见的声音说，"不过他们既然都赌上了，纪小姐就不要扫兴了，报一下尺寸？"

纪飞扬无视他脸上戏谑的表情，冷着脸转过身。

以前不是没有遇到过类似的搭讪，在这个遍地望族的A城，毫无背景的纪飞扬清楚自己所在的立场。她每每都表现得恰到好处，自以为早就可以在这样的环境中适应，但是这一次，真是过分得出乎意料。

纪飞扬微微抿了抿唇，下一刻，在众人的惊讶声中，她径自往深水区游了过去。

看着她的身影消失在远处的夜幕中，冯韵文明白过来：这游泳池的面积极大，一头连着他们所在的酒会花园，另一头直接通向商业城后方的一个私人度假村，眼下度假村那里肯定没有人，纪飞扬这个样子自然不能出现在众人面前，不如向着另一头游过去了。

冯韵文饶有兴致地眯起了眼睛，这丫头比他想象中要好玩许多。

"呀，三少回来了！"

有人惊喜万分地喊了一声，让刚才被纪飞扬吸引了注意的人们纷纷回过神来，不约而同地看向声音发出的地方。

叠成金字塔形状的香槟酒桌旁，程绍均斜倚着酒架，右手闲闲地轻叩着桌子。一侧的柔光打过来，在他直挺挺的鼻梁上投下一小片阴影，垂着眼，整个人都透着股沉沉的温润。

原本不该出现在这里的程家少爷突然现身，在场的人有哪个不是玻璃似的通透，人群有些微妙地热闹了起来。

程羡宁站在程绍均身边，有些不知所措。酒会刚开始，他就接到秘书处电话，说程绍均的私人飞机刚刚到达机场，他赶紧放下手中的事情亲自去接。本以为堂兄突然停下国外的事务赶回来是有什么要事，一路跟着只等程绍均开口，不料程绍均只是抿着唇一言不发地走到了酒会花园。

目睹了刚才那女孩子落水的全过程，程绍均的视线却还没有从那个方向收回来，程羡宁隐隐看出了些苗头。

"哥？"程羡宁试探性地叫了一声。

程绍均微微抬眼，漂亮的丹凤眼在瞬间收回了前一刻不明的情绪，转而浅笑着应付陆陆续续走过来的人。

程羡宁有些茫然，直到秘书走过来在他耳边低语了几句。他一点头，走过去对程绍均悄声道："一会儿要和'雁城'的制片助理纪飞扬小姐谈一下广告投资和具体拍摄的事情，哥要一起去吗？"

他适当地顺水推舟，不料程绍均并不领情，一脸漫不经心的淡漠：

"一个小助理还要亲自去见，羡宁，你这身价也降太多了。"

程羡宁一愣，抓了抓头："瞧我这眼力劲儿，又会错意了，那哥你先在这儿招呼着，我看那姑娘被整得不轻，这就叫人过去看看。"

"羡宁，"程绍均在程羡宁转身的前一刻叫住他，口气中隐约透着点无奈，"你留下照顾客人吧。"

程绍均面上淡淡，心中已然叹息。真的就这么明显吗？连羡宁这愣头小子也看出来了？

程羡宁听话地站在原地，一脸笑眯眯地看着自家堂兄往预料的那个方向走去。

纪飞扬从游泳池出来的时候早已浑身湿透，高跟鞋掉在池子里了，她只好光着脚走。虽然是盛夏，但夜间的气温还是让她瑟瑟发抖。

四下无人，看到前方有处保安科的站点，她紧了紧衣服，想着去里面打个电话，先找到颜冉再说。

没走几步，侧前方一个声音传来："你大概并不想见到我，但是很抱歉，我们又见面了。"

淡淡的嗓音，在低沉的夜色中带着些沙哑的磁性，纪飞扬听来却好似惊涛骇浪。

一瞬间脑海中突然被抽成了空白，几乎都要忘记自己是谁。

"穿成这样，准备去招蜂引蝶？"久违的声音，陌生的语气，带着显而易见的嘲讽。

有人说，世界上的每一次相遇，都是久别重逢。

四年后，当纪飞扬再次见到程绍均的时候，她又一次肯定了这句话。

程绍均站在一旁的阴影中，双手插在裤子口袋里，很随意地看着前方，面部的线条被夜色勾勒出淡淡的棱角。

纪飞扬就这么不远不近地看着，想到他前一刻的讥诮，只觉得周身的冷水像是渗进了肌肤，冷得心里一阵阵发颤。

她努力克制住自己的语调："程先生真会说笑，我姿色平平，也自认作风清白，只是刚才不小心掉进游泳池里了，才会弄得这么狼狈。倒是程先生您，这个时候不在花园里招呼客人，反而跑到这黑漆漆的地方，要是被别有用心的人看到，指不定会说些什么。"

纪飞扬拿出平日里练就的沉着冷静,在一长串的话语中,渐渐平复下心中起起伏伏的震颤。

如她所言,此刻自己的确一身狼狈,妆容尽毁、头发凌乱、衣衫不整,脚上还沾着泥泞。

然而在程绍均看来,她滴着水的发丝衬得一张小脸越发娇俏,紧贴着身体的轻薄衣裙之下,动人的曲线隐约可见。光着脚,嫩白的脚趾因为紧张而不自知地微微蜷缩着,看得程绍均一阵心烦意乱。想到之前冯韵文对她旁若无人地调戏,心头更是起火。

但他面上只是冷笑:"呵,你在'雁城'两年,郭引绚就没教过你,慌慌张张的时候要少说话吗?你把脸色和情绪都控制得很好,但是这手,怎么就抖成这样了?"他说着已经走近她,垂下眼,拉过她的手就往嘴边放。

纪飞扬想躲,却抽不回手,被他一口咬在手背上,疼得她龇牙咧嘴,忍不住大骂:"你发什么神经!"

程绍均不理她,俯下身,整张脸几乎就要贴上她的。

"你刚才说别有用心,谁是别有用心的人?你吗?"他语气极冷,"呵,纪飞扬,你还有心吗?"

纪飞扬见他怒气十足,但是眼睛里分明聚起了什么不一样的情愫。这样近的距离,眉眼依稀还是当年的模样,神情似乎带着点孩子气的委屈。

没有心吗?

纪飞扬鼻子发酸,要是没有心,现在疼得那么厉害的是什么?

她强行笑了笑:"抱歉,程先生,我想我们并没有必要讨论这个问题。请让我去找我的朋友,晚些时候与贵公司还有个协议要谈,您也不希望影响到生意吧?"

纪飞扬使劲推开程绍均,这就等同于火上浇油。

程绍均猛地把她压在墙壁上，一手捏住她的下巴，带着些玩味的语气："生意？你想从羡宁那里得到什么？公司的事情我说了算，你有这些时间，倒不如想想怎么贿赂我……"他的目光垂至纪飞扬几乎透明的上衣上。

纪飞扬气极："程绍均，我知道你恨我，但也犯不着这么诋毁我！"

"诋毁？你以为你值钱？"程绍均眯起眼睛上下打量她，"纪飞扬，别这么没有自知之明，四年前你就被我玩到一文不值了！"

纪飞扬的下巴被他捏得极痛，推拒没有了任何意义。

这是程绍均吗？程绍均怎么可能说出这样的话！

纪飞扬大叫："你放开我！"

程绍均一个使劲，纪飞扬只觉后脑勺重重地撞在墙上，疼得眼冒金星，泪水在眼眶中打转。

她半眯着眼睛咬唇的样子媚得撩人，程绍均心头的火烧得更旺，低头就吻了下去。

纪飞扬被这突如其来的吻吓着了，愣是停了几秒才反应过来，本能地就去推他。程绍均刚尝到甜头，哪肯放开，任她怎么闹都不撒手，只是放缓了力道，一手安慰似的轻轻抚着她的腰。

有多久没有像这样亲近过了？

程绍均这么吻着，之前的怒火竟然就无声地退了下去，这么多年，似乎只有在午夜梦回的时候才能品尝到这样来之不易的甘甜。他不由得温柔起来，狂乱的吻变得缠绵。

纪飞扬脑子里晕乎乎一片，恍惚觉得这种感觉是那么熟悉，熟悉又遥远，遥远得近在咫尺。意乱情迷中，纪飞扬感觉到程绍均滚烫的手掌探入她的上衣，略带粗糙的手指轻轻揉捏着她腰部以上的肌肤。纪飞扬难受得眼泪直掉。

程绍均看她小脸发白，轻轻吻去她的眼泪，手掌沿着她柔软的身体慢慢往上探去。

小姑娘长高了很多，原本青涩的身子变得成熟，腰部的线条更加分明，柔嫩的肌肤带动了男性最敏感的神经，他轻轻地揉捏，只觉得心头一阵阵色授魂与的动荡。

纪飞扬越发忍不住眼泪，四年前分明都已经闹到那份上，眼下这又算是什么？

她咬着牙拉开程绍均刚刚覆上她胸前的手。

"程绍均你放开，我跟你早就没有关系了！"

程绍均才不依，直接用身体把她压在自己与墙壁之间。

他以为自己在见到她之后可以克制，但是，为什么会这样难以自控？原本只是想隔着些距离看她，却忍不住让她也看到自己；原本以为几句冷嘲热讽就可以掩盖内心的渴望，但是她的三言两语瞬间挑起他所有的欲火；原本只是想浅尝辄止地再度拥有一丝她的味道，可一旦触碰竟然就已舍不得放开。

不是都已经发誓，绝不会再为她乱了心神吗？不是都已经计妥当，要让她一尝自己当年的痛苦吗？

纪飞扬的声音带着哭腔："程绍均，我们有话好好说，你先放开我好不好？别这样，你放开我！"

程绍均盯着她的眼睛："放开你？让你再一次离开我吗？"

纪飞扬一时语塞，却在抬头时无意间看到他眼中一晃而过的神色。那样的眼神，说不清楚，似是深情中凝聚怀疑、包容中暗含设计、迷恋中带有狠绝。仿佛在说：纪飞扬，你等着，等着看我怎么让你后悔曾经的所作所为！

周身的暖意一点点消减下去，纪飞扬的脑子立马清醒了过来。

是啊，她怎么可以忘记，当初分开的时候是那么惨烈，他指着她大骂你到底还是不是人，也曾赌咒发誓一辈子都不原谅她。他恨她恨得咬牙切齿都不为过,怎么还会在乎?那么现在是在报复她吗?想让自己再次属于他,然后再从制高点将她扔下?

是了,一定是这样!她提醒自己:纪飞扬,你只要对这个男人还有一点点感情,只要有一点点,他都能让你死无葬身之地!

纪飞扬停止了所有的反抗,眼中的光芒也随之隐去,找不出一丝情感。

"飞扬,飞扬,"那人还在耳边呢哝细语,"有没有想我,嗯?飞扬……"

"飞扬……"前一声,是程绍均低缓的呢喃。

"飞扬……"后一声,是——

纪飞扬猛地直起了身子,喜上眉梢:"颜冉、颜冉,我在这儿!"

程绍均抱着她的手臂僵硬了一下,下一刻,他抬起头,一脸莫测地注视着怀中的人。

纪飞扬嫌弃似的推开他,理了理衣服,一脸傲气:"程先生,看来您要先走一步了。"

二

YU TA GE ZHE
YI PIAN HAI

再烈的酒，
抵不过我恨你

颜冉找到纪飞扬的时候，正见她一身湿透坐在游泳池边，当下气得掐住徐未然的脖子："你不是说会有人过来照料吗？人呢！要是飞扬冻病了我可找你算账！"

纪飞扬可怜巴巴的模样充分博得了徐未然的同情心，他轻轻抓掉颜冉的手："那小子呢，不是说往这方向来了？"

纪飞扬心中一阵唏嘘，能把程绍均叫作"小子"的人，这世上怕是也只有徐未然了。

颜冉陪着纪飞扬去换衣服，竟然在滴着水的上衣下摆找到一个微型窃听器，不由得大吃一惊："飞扬，你得罪什么人了？"

纪飞扬怔怔看着那被水浸过之后已经失灵的窃听器。

"难道是冯韵文？"

"不会，"颜冉摇摇头，"如果是他的话，不可能装了这东西之后还把你往水里推。"

纪飞扬眉头紧蹙："那会是谁？"

"你都不知道，我怎么会知道？"颜冉沉思，"刚才在门口你脚崴了一下，那个扶你的人按理说是程氏的，但是你和程羡宁的案子都没正式谈起来，人家为什么这么做？"

颜冉不知道她和程绍均的关系，所以没有往那个方向想，但是纪飞扬心中大骇，脸色又白了几分。

颜冉拍拍她的头叮嘱道："日后凡事多留个心眼。"

换好衣服吹干头发之后，已经接近九点，花园里的酒会还在继续，徐未然直接开车送纪飞扬和颜冉去商业会所"龙庭山庄"。

路上颜冉打趣："徐大少爷看来真的是闲得发慌，专门做起司机的活了？"

徐未然哼了一声："你今儿是成心跟我杠上了？"

"哪敢啊！"颜冉懒洋洋地看了他一看，"不过是觉着您老人家日理万机，累得慌，刚才殷家那小姑娘不还约你吃夜宵了？"

徐未然轻声嘀咕道："那也得吃得下才行啊！被你两句话一说，我又消化不良撑得慌了。"

车子刚在龙庭山庄停下，早有侍者上来开门。

"徐少是和程总一起？"

徐未然努努嘴："带她们进去就行了。"

颜冉问："你不跟我们一起去？"

徐未然敲着驾驶盘，一副吊儿郎当的样子，嚷嚷着："我不是得陪殷小六吃夜宵去嘛！"

"徐未然真有你的！"颜冉"嘭"的一声甩上车门，趾高气扬地拉着纪飞扬就走了。

纪飞扬以为她生气了，转头一看却见颜冉正一脸笑意，诧异道："怎么回事你们？这算是……谈恋爱？"

颜冉笑着说道："这种人不就是吃饱了撑得慌，喜欢找人玩吗？跟他较真，那是脑子进水。"

纪飞扬不置可否地看着她，虽说认识才三个多月，但对她的脾气已是了然，笑道："不在乎的人，你会为了他逗你玩的一句话，笑得跟偷了腥的猫咪似的？"

"好啊，帮着那浑球埋汰起我来了！"颜冉说着抬手去挠她。

两人推推搡搡，没在意旁边一扇门突然被推开，有个人走了出来，纪飞扬好巧不巧地正好被颜冉推到了那人的怀里。

"美女投怀送抱，看来今晚我手气一定好，程总您可当心了啊！等我去回个电话，回来咱继续！"

纪飞扬一听这声音，头皮开始发麻，敢情她和冯韵文八字犯冲！

冯韵文原是要放开的，见是纪飞扬，忙借力往怀里一搋："哟呵，这么有缘啊！"

纪飞扬微笑点头，将满肚子咬牙切齿藏得滴水不漏。

她往包厢里一看，基本就是预料中那些人。雁城公司给 CL 的化妆品做大型商业广告，程氏半投资半赞助的同时，暗地里无非是想学一些商业广告的具体方案。众所周知，程氏旗下的"盛日娱乐"近日也想尝试做广告，而雁城在这方面素来是最强势的。纪飞扬虽然只是个制片助理，但个中规则也看得透彻，这次的事情程羡宁亲自把关，可见其用心良苦。

在座的除了 CL、程氏，还有几家赞助商，唯独两个人，纪飞扬没有预料到。一个是刚出去的冯韵文，另一个，自纪飞扬踏进包厢他就没抬过头。

豪华的青皮沙发里，程绍均已经换过了衣服，西装外套搭在沙发边上，领带松散，暗色的竖条纹衬衫解了几颗扣子，在昏暗的光线下既性感又慵懒。他靠在沙发上,半闭着眼睛小口喝着杯中的酒,拿酒杯的手卷起了袖子,露出一小截古铜色的肌肤,看得纪飞扬心跳都漏了半拍。

程氏底下大大小小的公司,程羡宁负责娱乐一块,而程绍均管理商业部门,广告的事情和他八竿子打不着,他来做什么?

不过纪飞扬只是停顿了一秒钟,随即和颜冉往里走去:"抱歉各位,我们来晚了。"

程羡宁对着众人哈哈一笑:"我作证,纪小姐晚得情有可原。"

众人都同情地笑笑,看来她的落水事迹,在座已经无人不晓。

纪飞扬扫了眼空着的座位,不能坐最远的,显得有意躲避;也不能坐最近的,显得心有企图。她顺其自然地挑了个离程绍均不近不远的位置坐下来。

颜冉刚在她身边坐下,面前的酒杯就被满上,一个年轻的赞助商道:"纪小姐有人撑腰,可规矩不能废,颜小姐你就罚酒吧,大伙儿说说要她罚几杯?"

颜冉抿着嘴笑,笑容很美,但纪飞扬看得出她是生气了,那人摆明了是看不起她一个模特的身份。颜冉要是喝这酒,就等于承认了自己是可以供人消遣的,要是不喝,今天的生意就没法谈下去。

纪飞扬轻咳一声,拿起桌上的酒杯:"颜冉身体不舒服,这酒我替她喝了。"

连喝三杯,才有人叫停。

那赞助商拍手:"纪小姐真是好酒量!"

CL的一个部门经理举着手中的酒杯向纪飞扬道:"纪小姐办事是尤其让人放心的,我见过这个年纪的女孩子中,你还真是数一数二的,这杯我干了,你随意就好。"

纪飞扬喝了一小口:"那也要谢谢刘经理给我这个机会。"

虽说是红酒,但刚才连着三杯下肚,纪飞扬的头已经微微发晕。

眼看着冯韵文走进来，纪飞扬的头更晕了。

果然，冯韵文往她这边走来。

刚才纪飞扬故意找了个两边都没空位的座位，偏生这家伙还能往她身边一挤："哎，我说，你们光喝酒有什么意思，我刚和程总玩得开心呢，纪小姐要不要也来试试？"

"哦？"纪飞扬只好装作有些兴趣的样子，"怎么玩？"

冯韵文道："你们不是正说广告的事情吗，为那几个钱磨嘴皮子多伤感情。我改下规则，还是掷这骰子，两姑娘掷的点数是她们喝酒的杯数，咱几个的点数，一点算一万，能拿走多少，就要看这两丫头的本事了。"

程羡宁点头："那就从颜小姐先开始？"

颜冉酒量好，没什么压力，随手一掷，四点。

"四杯，满上！"

颜冉喝完四杯，一个赞助商已经掷出了个三，也就是说，合雁城拿到了三万赞助。

纪飞扬看得有点心惊肉跳，四杯酒换了三万元，这得是什么样的价？

"飞扬，你了。"颜冉提醒她扔骰子。

纪飞扬手一抖，那小骰子从手心里滑了出去，老半天没停下来，纪飞扬一阵揪心地看着，直到小方块朝天显示着六个点。

纪飞扬只好硬着头皮喝了六杯。

冯韵文在她耳边低声道："没事儿，一会儿我送你个六就是！"

果然，冯韵文一掷掷了个六点。

有人大笑："韵文，'色'字头上一把刀啊！"

冯韵文很无所谓："伸头也是一刀，缩头也是一刀，"他凑到纪飞扬耳边，语气暧昧，"我抻长脖子等着你砍。"

再次轮到纪飞扬的时候，她捏了把汗，周围安静得只剩下骰子滚动的声音，落定，又是六点。简直上吊的心都有。

一圈下来，三十二万赞助已经到手，颜冉喝得俏脸微红，纪飞扬神智已经有些糊涂。

"飞扬，该你了。"颜冉又一次捅了捅她的胳膊，有些担忧，"要是吃不消的话就算了。"

纪飞扬想了想她的年终奖，觉得不能就此放弃，还是咬咬牙拿起骰子，心想：拼了。

好在是一，纪飞扬松了口气，深深觉得老天爷开始爱护她了。

这时候有人叫了声："程总，小赌怡情，来一局？"

纪飞扬一愣，很明显地预感到，老天爷又把她抛弃了。

然后就看到程绍均笑着走过来，他微微扬起的嘴角带着些轻佻："我和纪小姐来一局，十倍的价。"

话音一落，在座的都是一惊，程绍均素来对这种酒桌上的游戏没什么爱好的，更别说以此为难人。

纪飞扬的眼圈因为酒意已经微微泛红，心里更是堵得慌，手却是先于大脑一步做出反应，拿起了骰子。

纪飞扬的手刚放上去，却被冯韵文一把按住："我看这样好了，纪小姐陪我喝一杯，六十万。"

周围有人吸气，场面顿时安静得没有一丝声音。

冯韵文这样开口，是给了纪飞扬天大的面子，意思也分明，他想要人。

在座的几个早就见惯了冯韵文玩世不恭的态度，只是这一次，竟然是跟程绍均叫板。

纪飞扬现在大脑虽然迟缓，却也清楚地知道，她眼下要是说出个不字，明天老板一定会把她炒了。

思量一下，她还是拿起了酒杯，看到身旁冯韵文一脸狐狸似的笑。

她正要去碰冯韵文的酒杯，程绍均一个俯身，一瓶XO已经放在桌上，酒瓶与玻璃桌发出清脆的撞击声。纪飞扬一颤，敬酒的姿势停滞了。

程绍均背着光，缓缓说道："瓶子见底，下半年飞扬城的所有广告归雁城。"

整个包间的气场一下子不对劲了。

纪飞扬的手抖得厉害，酒意瞬间去了大半。

没听错吧？飞扬城的所有广告？包括各种商业和宣传、娱乐、餐饮、汽车销售、影城、赛车场、会展、度假村……按照程氏的排场，这些大大小小的广告数以亿计也不为过，甚至雁城和盛日娱乐还能达成长年合作。

要是今天她还能活着回去，明天老板一定会直接给她个经理的位置……

纪飞扬看着面前那瓶XO，怀着壮士断腕的心情拿了起来。

几口下去，喉咙里火烧似的，纪飞扬闭着眼睛心想，只当是在做梦好了，不就是一瓶酒嘛，就当白开水好了！

似乎是过了很长很长的一段时间，纪飞扬只听见酒流动的声音，身体早就没了知觉，麻木一般只是举着瓶子往嘴里倒，酒滑出来都没有察觉到，昏沉沉的思维不知道飘去了哪里，闭着眼睛是一片漆黑，睁开眼睛还是一片漆黑。

"够了飞扬，别再喝了！"颜冉原本还强装镇定，直到看见纪飞扬的眼泪无意识地流下来，她忙上去抓住纪飞扬的手臂。

纪飞扬根本听不见她在说什么，有那么一瞬间，她感觉好极了，自己像是回到了从小生长的S城，那些年什么都好。

如果……如果没有遇到那个时候的程绍均，是不是就不会成长得这么艰难？

此刻，纪飞扬觉得无比舒坦，酣畅淋漓的同时都忽略了喉咙和胃里火烧似的疼。

颜冉见她这般模样，再也顾不得在场都是些什么人，使劲抢过她手里的酒瓶："抱歉诸位，我先送她回去。"说完拽着纪飞扬就往门口去。

程绍均没发话，别人也不好说什么，包厢里还是安安静静没有一丝声音。

冯韵文看着她们出去，却没急着追，双手环胸抱着，看戏似的瞟了眼程绍均。

而程绍均面无表情。

冯韵文笑了笑，手里的车钥匙晃荡了两声，递到程绍均面前。

他刚才说要以六十万与纪飞扬喝杯酒，其实不过是在试探程绍均。程绍均突然回国，又出现在这里，这其中显然有什么异常，而他现在几乎可以肯定。

程绍均漠然地转过身，坐回沙发上。

"那么护花使者的任务就交给我了！"冯韵文很是乐颠乐颠。

楼廊内灯光昏暗，有侍者过来搀扶，都被颜冉推掉了。

"纪飞扬，你起码给我撑到大门口！"颜冉怒气冲冲地对纪飞扬说道，"疯了是不是！至于陪着那群人玩命嘛！"

纪飞扬靠在她身上一脸傻笑，眼泪还是哗哗的，口齿不清地嚷嚷："我撑得住……门口，到门口！我保证，小然然一定等在那儿呢！"

颜冉正思考着"小然然"是谁的时候，纪飞扬说到做到，才踏上大门口，就晕了过去。

颜冉被她压着摔在地上，疼得龇牙咧嘴，刚要说她几句，却被纪飞扬煞白的脸色吓坏了，立马伸手去拍她的脸。

"飞扬？飞扬你醒醒！"

闻声赶来的冯韵文收起了玩笑的样子，二话不说就抱起纪飞扬，把车钥匙扔给颜冉："车停在Ａ区7号，红色兰博基尼。"

/ 021 /

颜冉接过车钥匙,先一步跑去开了车门。车子刚掉好头,冯韵文已经抱着纪飞扬过来了:"你照顾她,我们去医院。"

大半夜的路上没人,冯韵文车子开得飞一样。一路上纪飞扬安安静静,一手紧紧抓着颜冉的裙子不放,煞白的小脸上泪珠不停地滚下来,身体时不时抽搐一下,吓得颜冉心惊胆战。

到医院急诊,急性胃炎,医生对冯韵文说起话来跟训儿子似的:"你们年轻人别以为自己耗得起,这么个酗酒,都不要命了!我看你长得挺正派一小伙儿,怎么人家女孩子喝酒你也不知道劝着点……"

冯韵文不停地点头:"是是是,都是我不对,哎,我说你赶紧给治去啊!"

挂上盐水之后纪飞扬好了很多,冯韵文留了个手机号,没过多久就走了,剩下颜冉在病床前陪着。

不一会儿,颜冉的手机响了,看了眼是徐未然的,一接起就听到对方问:"在哪家医院?"

"中心医院,你消息挺快啊……"

不对啊!这不是徐未然的声音!

"你看好她,我马上过来。"

颜冉一愣:"不是,你谁啊……喂?"

电话挂了。

一刻钟后,程绍均和徐未然一起到了,徐未然不由分说拉起颜冉就要出门去。他在颜冉挣扎之前低声道:"别问,出去跟你说。"

颜冉在一秒钟之内完成了察言观色,很识时务地跟着徐未然出去了。

门一关上,程绍均走至病床前,见纪飞扬闭着眼睛躺在那儿,眉头一会儿皱紧一会儿松开,就知道是在做梦了。

刚才听侍者说那位穿白衣服的小姐在门口晕倒,程绍均心里一下子就慌了，多年前养成的习惯，纪飞扬每每出点事情他就要跟着着急。分明强迫自己遗忘了四年，以为所有情绪都已经控制得到位，可一见到她，又都死而复苏了。

当徐未然把他推上车子的时候，他甚至来不及思考就上去了。见了纪飞扬要怎么说？只是路过？就想看看你落魄的样子？再烈的酒，抵不过我恨你，还是……宝贝儿，你喝醉的样子丑极了。

而她安静地睡着，无视他任何的伪装，逼着他露出最真实的一面。

程绍均坐到床前，忍不住伸出手抚摸她的脸，轻声道："纪飞扬，我恨你，真的很恨你，为什么不能把你忘得一干二净呢？"

最开始的时候，他试着去忘记她，但是越强迫着忘记，记得越深刻。渐渐地，他开始正视对于这段感情的难以忘怀，放逐自己去回忆，重新找回她的照片，甚至以她的名字建造商业区。终于，她的名字出现在每一个他能看见的地方，他以为自己可以变得麻木、漠然，但是……

程绍均叹气，看着睡梦中的人。

"你为什么又要出现呢？"

见不到她的时候，他可以旁若无人地画地为牢，见到的时候恨不得她像自己一样痛苦，而当她真正有一丝皱眉的时候，他连恨的力气都找不回来。

程绍均抬手，擦了擦她眼角的泪水："那会儿你才多大？怎么就能那么狠心呢？"想到痛处，手上无意识地加了劲。

纪飞扬感觉到脸上疼，哇哇哭起来："冉冉，我难受……"

程绍均忙放开手，发现她还在睡梦里，起身喂她喝了些水。

纪飞扬被伺候得不舒服，继续囔囔："肚子疼……妈妈，妈妈我不喝酒了……"

程绍均站起来深呼吸，往后退开几步，看怪物似的盯着纪飞扬。她睡梦中无意识的哭喊，竟然都让他心生不忍。

"纪飞扬,"像是要刻意提醒自己,程绍均一字一字咬得极狠,"我不会这么轻易就原谅你,绝对不会。"

正准备出门,听到身后纪飞扬又哼哼了一声。

"绍均……"睡梦中呢喃着,一脸的委屈。

程绍均听得心尖尖上都在颤,开门的手差点没力气,几乎是夺门而出,逃得很不光彩。

颜冉跟着徐未然走到走廊,徐未然问道:"纪飞扬都跟你说了?"

"她应该跟我说什么?"

徐未然摇摇头:"也没什么。"

颜冉气道:"有什么又没什么,徐未然你别糊弄我!"

此时程绍均从病房里出来了。

徐未然对颜冉道:"我送绍均回去,你陪会儿纪飞扬也早点睡,病房里我让人加床了。"

颜冉点头。

徐未然追上程绍均,犹豫着说了句:"她这些年也吃过不少苦,过去的事情,算了。"

程绍均回他一句:"我气量小得很,被我记恨上的人,一辈子都忘不了。"

徐未然笑:"那怎么着,你还要连本带利跟她讨回来?"

程绍均并不接话,只是在心里想,不让她真正痛一回,他们就不能站在一个平台上去感受对方的心理——她就不会明白,他曾经到底有多爱她。

三

YU TA GE ZHE
YI PIAN HAI
最开始的注定

　　什么白驹过隙，什么树犹如此，什么一梦三四年，人们总是喜欢用极美的词去形容光阴，不管它其实是多么残酷多么无奈的一个存在。
　　没有人可以活在过去，也没有必要活在过去，纪飞扬觉得自己看得够开了。不管昨晚梦到了什么，宿醉醒来后第一件要想的事情还是衣食住行。
　　"昨天那瓶酒我喝完了吗？"
　　颜冉把刚热好的粥放到桌子上："工作狂也要有个限度的好不好？老板给你的工资又不是卖身钱。"
　　脑袋还是晕乎乎地疼着，纪飞扬一时间理不清楚头绪，看了看窗外，大致可以确定现在是第二天中午。
　　"冉冉，我怎么在这儿啊？"
　　"还问！昨晚上你往死里喝，那么烈的XO，是个人都禁不住啊！"
　　纪飞扬揉揉脑袋想了想："我还是要关心一下昨天的情况。"

颜冉叹气："你傻还是怎么回事，程绍均会轻易把那么大的案子给你？下套呢那是，小半瓶下去你就人事不知了。对了，昨天是冯韵文送你来的。"

纪飞扬点点头，心想冯韵文就冯韵文吧，只要不是程绍均，谁都成。喝醉酒后做的什么梦都不记得了，隐隐约约好像有梦到程绍均。

纪飞扬舒了口气，对自己说：早八百年前的事情了，还记着干吗！

不料，颜冉紧接着就跟她提起八百年前的事："飞扬，老实告诉我，你跟那程三有什么仇？"

程三？纪飞扬想了想，程家程绍均排行老三。

她不想再提以前的事情，当下掰着手指头算起来，一本正经的模样："冉冉你看哪，我人生的前二十一年都在S城，之后的三年半在B城，来A城也还不到半年，跟他能有什么仇？"

颜冉正色道："飞扬，我可真当你是朋友，有些事情你要是不想说就直接告诉我不想说。徐未然跟我说过，早些年程绍均刚从国外回来，不肯回去接家里的生意，有将近四年的时间都和徐未然在S城搞设计。那段日子，你刚好在念大学吧？"

纪飞扬被她这么毫不留情地当场点破，有些过意不去："对不起，冉冉，我不是有意要骗你。"

陈年旧事，既然都已经放下，又有什么是不能说的呢。

"那时候我刚考上S大……"

七年前。

红灯，急刹车。

副驾驶上的徐未然一个趔趄，险些撞上手里的相机。他看了眼身边的好友，微微有些气恼："我说程绍均，你怎么开的车？"

"刚回来，有些不习惯。"对方看着窗外，很随意地回了一句。

徐未然佯怒而笑:"资本主义国家难道是红灯行绿灯停?"

程绍均没说话,眼神透过玻璃窗,略略往上抬着。

徐未然从侧面看过去,见他的唇微微抿成了一条线。虽然三年未见,他也没忘记这是程绍均在认真思考时候的不经意动作。

顺着他的目光看去,左侧商业区那座高层建筑物的顶楼天台上,一个身穿白色呢绒短裙的女孩子正耷拉着双腿坐在楼层的边沿上。

顶楼的风很大,吹得她一头长发凌乱地飞起来。她只穿了一只鞋,裸露在外的小脚迎着风轻微摇晃,远远望去,整个人都是摇摇欲坠的样子。

过不多久,那女孩的双手松开扶栏,侧过头,一手拿着个类似耳机的东西微微捂着耳朵,另一只手竟是高高地扬了起来。

"嘶——"徐未然吸了口气,忍不住有些激动,"跳楼呢!"

程绍均的嘴角几不可察地扬了扬:"拍照。"

徐未然再一看,果不其然,后面的摄影师扛着相机走了出来,看样子是在教那个模特摆造型。

"人是小了些,不过腿倒是挺漂亮,够白够长够细够直……咦?那穿黑衣服的摄影师怎么那么眼熟?"徐未然小声嘀咕着评头论足,突然反应过来那幢高楼正是自己的公司所在,"哎呀,那不是老沈嘛!"

程绍均的眼睛微微眯了起来。

徐未然笑着解释道:"我跟你说过的沈竟容,现在公司里最一流的摄影师,这阵子在给一个广告商拍宣传照。"

他看了眼高楼上的女孩子,神色转而有些担忧:"我都说了公司的模特随便他选,他倒好,找了两个大学生来。那丫头长得丁点小,哎,你说要是万一摔下去……"

他的声音被后面车子的喇叭声打断,忙抬起头看了眼交通灯:"开车开车,绿灯了。"

程绍均收回视线:"先回公司一趟。"

徐未然诧异:"不是说直接去吃饭吗?"

"放点东西。"他说着一个漂亮的左转弯,从高速公路上直速而下。

这一年程绍均是二十才出头的年纪,在美国刚念完设计学回来,对A城的家族企业并不上心,得知好友徐未然在S城自己开了家小型设计公司,便直接去了他那里。

公司在写字楼里占着独立的一个楼层,程绍均将行李箱放置妥当,看了看周围的环境。

"你这儿不错啊。"

徐未然一脸得意:"可不是,虽说小吧,不过这地儿天高皇帝远的,想干吗干吗。"

程绍均笑他:"这么怕回去,徐叔又催你结婚了?"

一说这事,徐未然就气愤了:"别提那保守派,我风华正茂的,结婚?开玩笑!"

正说着,沈竟容扛着摄影机进来:"未然,我电脑坏了,借你的用用。"

徐未然起身:"来,我给介绍下,这是咱的摄影师沈竟容。老沈,我兄弟程绍均。"

程绍均对沈竟容微一点头,这时候有两个女孩子跟在沈竟容后面进来了,走在前面的那个就是刚才在楼顶上摆拍的,身高目测还不到一米六,眼下已经换了条白色的连衣裙,一蹦一跳着进来,简直就是个中学生。后面那女孩子和她截然不同,一米七,红色的超短裙和黑色小吊带,跟前头那清纯模样相比,整一个妖精。

"沈老师,我们想看看刚才那组照片。"前头进来的那女孩子说着,人已经凑到电脑前。

徐未然啧啧而笑:"老沈,你哪儿弄来的这小朋友?"

"高的是杜以欣,学表演的;小的叫纪飞扬,都是S大大一的学生。"沈竟容把纪飞扬的小脑袋移开,鼠标点开刚才拍摄的照片,翻了几张,满意地点点头。

徐未然把纪飞扬上三路下三路来回打量一遍:"这、这丫头的个子……"

沈竟容道:"比例好,上了照又看不出身高。"

徐未然瞅了眼电脑上的照片,眼睛一亮。现实中看来,纪飞扬和杜以欣根本不是一个档次,但照片上的纪飞扬就不可同日而语了,身材比例竟是比杜以欣还正,五官也标致。

"成啊,两丫头都留着,工资按月给。"

杜以欣的脸色没什么变化。纪飞扬还是头一次做平面模特,想着以后每月可以拿工资,乐了:"谢谢徐老板!"

徐未然说:"叫大哥!"

"徐大哥!"纪飞扬特乖地叫了一声,无意间看到旁边那陌生人一直看着她,有些不乐意了,"你干吗老盯着我看啊?"

程绍均一愣,真是小姑娘,心直口快的,随即笑说:"你穿白裙子好看。"

纪飞扬抿着嘴,笑眯眯的:"你穿白衬衫也好看!"

程绍均心里一紧,蓦地想起以前那人也说过类似的话,在原地愣了很久。

纪飞扬和杜以欣走后,徐未然一脸揭了人短的表情,嬉皮笑脸地对程绍均说:"小不点挺招人疼的吧?"

程绍均弯了弯嘴角:"嗯。"

之后,程绍均找了个由头请纪飞扬吃冰激凌。

"你好像很喜欢沈竟容。"

纪飞扬舔舔勺子,吃得欢乐:"是啊,沈老师又好看又聪明,我们全班都喜欢他。"

沈竟容在 S 大的摄影系担任外聘教师,每星期会给纪飞扬上一节课,出了名的温文尔雅、风度翩翩。

程绍均说:"我不好看吗?"

纪飞扬咬着樱桃,敷衍道:"也好看。"

"那是我不聪明?"

纪飞扬抬起头看了他一眼:"你又没给我上过课。"

"那下节课我去给沈竟容代课?"

"你为什么一定要和他比呀?"纪飞扬笑。

程绍均学着她说话的语气:"因为你喜欢他呀。"

纪飞扬吃完最后一口冰激凌,凑近他:"我妈妈说,女孩子要富养,你知道为什么吗?"

程绍均笑问:"为什么?"

"因为这样,我才不会被人用一碗冰激凌就骗走啊!"纪飞扬笑着站起来,背上小包,"我要上课去啦!谢谢你请我吃东西!"

又过了两天,纪飞扬真的在摄影课上见到了程绍均。

S 大的学风向来散漫,只要期末能过,谁来上课都无所谓。除了几个特别喜欢沈竟容的,大家都没什么意见,照样前排吃吃喝喝打瞌睡,后排聊天打牌看片子,中间坐着几个女生绣十字绣的绣十字绣,看小说的看小说,发短信的发短信。

纪飞扬算是为数不多会带笔记本上课的,她赌气似的和程绍均大眼瞪小眼,觉得他太过分了,竟然整个下半学期都把沈竟容的课给占了。

程绍均往讲台上一站,很有做老师的样子:"我来考考你们对摄影艺术的感知力,要是现在你们面前放着一个盘子,里面有辣椒、雪花和黄瓜,你们会怎么放置,让它们变得好看一点呢?"

各种答案都有,围成三个圈子的,混在一起的,摆成花花草草的,还有说弄成圣诞树形状的。

轮到纪飞扬时,她很不认真地敷衍道:"分三堆,一堆辣椒,一堆雪花,一堆黄瓜。"

程绍均很高兴:"很好,大艺必简,其实这三种颜色用最简单的构图,放在一起就很美了。"

纪飞扬深感汗颜。

下课后,她噌噌噌收拾完东西就溜,却在后门被程绍均逮个正着。

"赏脸吃顿饭呗?"

纪飞扬道:"我吃食堂。"

"我也吃食堂。"

"但是食堂的饭很难吃。"此时的纪飞扬逻辑水平还很有限。

程绍均笑道:"那我们就去外面吃。"

"那时候程三怎么跟无赖似的。"颜冉听纪飞扬讲着,不由得大笑起来,"难怪徐未然不肯告诉我了,那他后来是怎么追到你的?"

纪飞扬看着天花板:"时间一长我就投降了,觉得他人挺好,各方面都挺好。"

颜冉点点头:"也是,长得好,多金,有学历有品位,最重要的是肯在你身上花心思,哪个小姑娘挡得住诱惑?"

纪飞扬不置可否地笑笑,和大学里任何一段平凡的恋爱一样,开始的时候她不知不觉中享受着程绍均的各种好。忙着功课的时候,程绍均会准时带饭过来,每次新上映的电影总能拿到位置最好的票,临近期末的时候程绍均已经开始安排旅行计划……直到有一天,纪飞扬突然发现,甩着程绍均的手撒娇竟成了理所应当。

那样的年纪,有这么个人时时宠着惯着,谁还能不当自己是小公主?

那些年若要回忆起来,真如同浸泡在糖罐子里,恍惚间又听到当年徐未然调笑她的话语:"嗨,小萝莉,要不要推荐你去代言今年的新款童装?"

彼时,她在程绍均怀里,被徐未然惹怒了就懒懒地腻着他说:"小然然在讽刺你是个怪叔叔。"

程绍均会笑着捏捏她的鼻子,塞口蛋糕进她嘴里,事情很容易就糊弄过去了。

程绍均二十二岁生日的时候,纪飞扬说好要给他一个惊喜,那天程绍均左等右等却是没有等到,晚上朋友们都来了,纪飞扬却还是不见踪影。

晚宴进行到一半时,他实在等不下去,四下寻找那丫头又是跑去哪里了。

阳台上不知道是谁事先放置了音响和烟花,《lolita》的音乐响起,在烟花盛开的夜色中,纪飞扬穿着白色的雪纺裙出现在阳台上,随着音乐起舞。几个女生帮忙吹泡泡,灯光下,五彩的水晶泡泡慢慢飘散开来,如梦似幻。

似乎只存在于小女生幻想之中的场景,但是真正看到的时候,却觉得如此美好。所有的客人都被她漂亮娴熟的芭蕾惊艳到,仰着头忘记了说话。

程绍均高兴感动的同时,却看到纪飞扬从阳台上跳着跳着来到了围墙,竟然顺延着一路向他走来。围墙很窄,平时走在上面都难以保证会不会摔下来,更别说这样在上面跳舞!

程绍均急了,慌忙走上前去:"飞扬你下来!"

纪飞扬冲他笑笑:"我还没跳完呢!"

她说话的时候分了心,脚下一步没踩好,险些就要摔下来,吓得程绍均脸色大变,直喊:"小心别摔着,快点下来!"

纪飞扬一个回旋,转过身平张着双手,在夜色的衬托下像个漂亮的精灵:"我跳下来你会接住吗?"

程绍均被她吓得心脏扑通扑通猛跳:"乖乖在那儿别动,我上去接你!"

纪飞扬居高临下地对他吐了吐舌头:"你记得抱住我啊!"

程绍均急忙伸出手,直到柔软的身体被自己紧紧抱在怀里,才松了口气,狠狠亲了她一口:"乖乖,我难得过个生日,还要被你吓跑半条命。"

纪飞扬跟他咬耳朵:"你不老说我是天上掉下来的吗?这回我真从天而降,你又不乐意了,口是心非的家伙!"

有人笑着说:"绍均你这小姑娘忒有意思。"

徐未然打趣道:"你们是只知其一不知其二,这丫头平日里可能折腾了!"

杜以欣打抱不平,说道:"你才是只知其一呢!飞扬练这舞都练大半个月了,脚都不知道扭了多少回!"

程绍均心疼地看着怀里的纪飞扬。

对方正红着脸看他:"你快放开我呀,那么多人!"

灯光映照着纪飞扬俏生生的脸颊,她平时连拍照都不愿意化妆,全靠摄影师调光,这次竟然还化了点淡妆。程绍均心里嘚瑟,这小东西终于知道讨好自己了!

也不管周围有没有人,他抵着她的额头:"脚还疼不疼?"

纪飞扬微微别过脸:"早疼完了,现在才关心我。"说完,一溜烟儿跑了。

程绍均在原地站了几秒,忍不住笑。

晚上十点半送纪飞扬回学校，程绍均抱着她在宿舍楼底下怎么亲都亲不够。

宿舍十一点就熄灯锁大门，纪飞扬有点着急："好了呀！马上就要锁门了！"

"你还没跟我说生日快乐。"

"生日快乐！"

程绍均咬着她的嘴唇："小坏蛋，好没诚意。"

纪飞扬推他："你才坏蛋！这学期害我多少次晚归被记名字了！"

"要不住我那儿去？"程绍均不怀好心地提议，他早就这么想了。

"你想得美！"纪飞扬在他鞋面上使劲一踩，疼得他立马放手，成功脱逃。

"晚安寿星，明天见！"

程绍均在原地疼得咧嘴："看我明天怎么收拾你！"

唯一一次吵架，是纪飞扬和同专业的男生去参加摄影大赛，也不知道摄影的主办方是怎么想的，竟然弄了"人体之美"这么个主题。纪飞扬充当模特，当程绍均看到那些大尺度的照片时，用徐未然的话来说就是"气得鼻子都歪了"。

两人不欢而散，此后一个星期，谁也不搭理谁。

直到无意间听徐未然说程绍均的父母正催他回A城，估计最近一两天动身。

纪飞扬有点急了，装作很随意地问徐未然："那他什么时候回来呀？"

"回去后就是结婚生子安家立业，他们家在A城如鱼得水的，还回这儿来做什么？"

纪飞扬急得眼眶都红了，回去就让宿舍里的甲乙丙给她想办法。

那天下午程绍均正在家收拾东西,接到一个快递电话。

"您的包裹在楼下,麻烦下来签收一下。"

程绍均很诧异地下楼,看到那个比他行李箱还要大上许多的纸箱子,在排除掉有人给他寄定时炸弹这个情况之后,慢慢打开包装。

最后就看到纪飞扬抱着身体蜷曲在里面,脸色憋得通红,可怜巴巴地望着他:"你再慢两分钟,我就要香消玉殒了。"

程绍均赶紧把她抱出来:"这又是玩儿什么花样?"

纪飞扬不说话,双手搂着他脖子,抱得紧紧的。

程绍均见她这样,故意道:"说话,不然我就拒签,让快递员把你退回去。"

纪飞扬憋了会儿小嘴,还是没忍住,哭得哇哇响。

程绍均叹了口气,这小东西能想到过来认错,他已经诚惶诚恐了,退货?哪能啊!

一路抱着上楼,心肝宝贝似的。

回到家,程绍均拿了毛巾给她擦脸:"想我了是不是?"

纪飞扬红着脸点点头,看到他真的是在收拾东西,紧张地问:"你要回A城了?"

程绍均有些诧异:"我什么时候说要回去了?"

纪飞扬指了指:"那你在收拾什么?"

程绍均敲她的脑袋:"小笨蛋,换季了,我不自己收拾还等着你给我收拾?"

纪飞扬知道自己被徐未然给骗了,抬起头,有些战战兢兢地看着程绍均:"那个,我想说……还有件事。"

"说。"程绍均一看她这样子就知道不是什么好事。

纪飞扬小心翼翼地措辞:"上回那摄影比赛得奖了,你要不要陪我去参加颁奖仪式?"看程绍均脸色沉下去,忙抱住他的腰,"我们后来

/035/

换模特了,你别生气,上回……是我错了,对不起。"

程绍均点点她的鼻子。

纪飞扬看他没有在生气的样子,放心了:"那你陪我去嘛,就明天晚上,人挺多的,你一起去嘛,好不好啊……"

纪飞扬说话软,磨起人来带点无意的嗲气,听着舒服。

存在感得到了充分满足,程绍均眼下哪还有拒绝的道理?小小人抱着他轻声细语,就跟羽毛挠耳朵似的,心里一阵痒,找着嘴就亲了下去。

纪飞扬知道自己落了下风,也不敢跟他闹别扭了,由他深深浅浅地吻。程绍均感觉到她今天乖了,于是就怎么喜欢怎么来,手也没闲着,探到上衣里面抚摸着她的腰。

"唔……你轻点,疼啊。"纪飞扬推他。

程绍均抓住她抵在胸前的手,放回到自己腰间。

"别动宝贝儿!我轻点。"他另一只手往她胸口探过去,在快到达目的地时被纪飞扬猛地按住,抬起头脸色通红地瞪着他。

"色狼!"

真是小女孩。程绍均故意吓她,翻了个身就把她压在下面:"我就色了,怎么着?"

纪飞扬说不出话来,眼里雾蒙蒙的。

程绍均低笑着吻住她的唇:"别怕,又不会吃了你。"

纪飞扬面红耳赤地转过脸,低头一看,衣服都被他揉得皱巴巴了,忙起身冲去卫生间,"砰"的一声关上门。

程绍均在门外笑得特开怀。

颁奖典礼在一个新式的礼堂举行,颁奖结束后照例是酒会。

就是在那个酒会上,纪飞扬第一次见到曹烨。

宴会厅的布置是按欧式田园风,看起来舒适随意。侧门外连着的是一个小花园，白漆的秋千架成了女孩们玩乐的地方，纪飞扬和她们都不认识，没停留多久就去了大厅。

程绍均一进门就有人迎上来，各种寒暄，纪飞扬找了个借口自己玩去了。她不知道程绍均家在Ａ城到底有多出名，但是看着这架势，各种不开心就涌上心头了。

程绍均以后是一定会回家的，而自己根本就不愿意离开父母，他们必然会分开……又或者程绍均早就决定好了到时候会放弃她？

巨大的水晶吊灯炫目异常，放置在餐饮桌上的所有餐具都是银质，精巧中透着奢华。

纪飞扬蓦然发现了自己和程绍均之间的差异，隔着一段距离回头，看他在那里应对自如地接过一个美女递上的酒杯。

这样灯光璀璨的场面是他从小就见惯的吧？他身边站着的人应该是知书达理、举手投足都带着优雅气质的上流名媛，而不是怎么看都像是发育不良的自己。

纪飞扬满怀悲伤地咬了一口面前的提拉米苏蛋糕，气息没调好，吹起了蛋糕上的巧克力粉，黑糊糊粉末顿时沾了满脸。

沮丧不知所措间，身后有个人轻笑着问："这是哪家的辛德瑞拉？"

纪飞扬抬起头，看到一个黑衬衫的男人正含笑看着她，脸一皱，差点就要哭出来。

"哎，你别哭啊！"曹烨本来就是闲着无聊开开玩笑的，这下忙递上纸巾，"不丑不丑，擦干净就更漂亮了。"

纪飞扬擦完脸，又打量了下曹烨："你是谁？"

曹烨咧着嘴笑，英俊的脸上带着几分孩子气的玩味："我是灰姑娘的南瓜车，十二点前要是还没找到你的王子，可要记得来找我。"

"我的王子被大灰狼叼走了，你说怎么办？"

曹烨想了想："嗯，我带你去找？"

纪飞扬觉得他亲切得就像个大哥哥，点点头："好。"

曹烨带着纪飞扬到处玩了一圈，直到纪飞扬说饿了，两人回大厅吃点心。纪飞扬喝了些酒，躲在角落里絮絮叨叨地跟曹烨说话。具体说的什么内容她自己都忘记了，只记得最后程绍均冷着张脸把她从角落里抱出来，一句话不说就往外走。

纪飞扬趴在熟悉的肩膀上，顿时安心了不少，晃了晃手跟曹烨道别："曹烨再见，我下次还来找你玩！"

然后，屁股上结结实实挨了一下。

纪飞扬醉醺醺的坐没坐相，程绍均刚上车，车钥匙还没拿出来她就爬了过来："你干吗打我？道歉！"

程绍均知道她现在神志不清，语气尽量平和："纪飞扬，我生气了。"

纪飞扬歪着脑袋看他："你干吗生气呀？"

程绍均冷着脸："你跟人喝酒的时候就没想过我会不会生气？"

这话说得有点复杂，纪飞扬一下子还绕不过来，她强调："你也跟人喝酒去了！"

"但是我没喝醉。"

纪飞扬小腰一挺，有板有眼的："我也没喝醉！"

这小脸通红的还敢说没喝醉！分明说起话来语气都不一样了！

程绍均克制着揉揉她的头发："回自己座位上去，系好安全带，我们回去了。"

喝醉酒的人通常会为了一件小事拼了命较真，纪飞扬觉得话还没说完他怎么可以这么敷衍。

"我就是没喝醉，没喝醉！不要回去！你老欺负我，刚才明明打了人还不肯道歉！快道歉，说对不起我错了！"

程绍均忙一把按住她："好好好，我不该打你，对不起行了吧，乖乖你别再晃了,怎么尽折腾。"

纪飞扬开心了,亲亲他的嘴:"这就对了嘛。"又一手拉住他的领带,颐指气使的模样,"我给你买的那条呢?为什么不戴?"

程绍均顿时觉得一个头两个大:"小祖宗,这不就是你给我买的那条?"

"是吗?"纪飞扬疑惑地凑近看,"怎么不一样了呢?"

她用力一拉,程绍均只觉得脖子一紧,抓住她的手。

"你谋杀啊!"

"啊?"

程绍均拍拍她的手:"松开,快松开。"

纪飞扬明白过来是勒着他了,急急忙忙去解,她没学过怎么打领带,怎么也解不开,急得直嘟囔:"怎么解不开啊?"

其实她手一放领带就已经松了,程绍均是乐得看她急,双手环着她的腰,任那双纤巧的小手时不时碰到他的脖子,酥麻麻的。

微红的脸庞近在咫尺,呼吸间还带着酒的醇香,程绍均一低头就吻到了她的脖子:"乖,我来教你……"捏着她的手,手把手教她解领带,"喏,是这样……对,解开,真聪明……"

最后一圈被拉开,纪飞扬笑嘻嘻地把领带拿下来放在手里玩。

程绍均温热的呼吸贴着纪飞扬的耳朵,混合着淡淡的酒精味:"宝贝儿,昨天放过你,我后悔了。"

月色低沉朦胧,将情人间的轻声夜语拖得绵密悠长。

四

YU TA GE ZHE
YI PIAN HAI
有了我你什么都不缺

曾几何时，竟是那么糊里糊涂地就将自己交付了出去，只因，如果说那个第一次是万分重要的话，那么她就是一万零一分地相信那个人值得。

虽然纪飞扬省略了所有过程，但是颜冉充分发挥了自我想象，大发感慨："哎哟喂，你们第一次竟然就是车震啊！"

纪飞扬横起手肘打了她一拳。

颜冉啧啧嘴："你和程三后来到底发生了什么事情？为什么要分开？"

纪飞扬低头去想，为什么要分开？

后来，她发现自己对程绍均的感情越发难以控制，不经意间已将他视作亲人来依赖。而她又从来不是个会委屈自己的人，当得知全身心爱着的人只是把自己当作另一个人的影子时，那些个所谓的情啊爱的，又有什么意义？

颜冉见她蹙眉，不欲多问，又正好想到另一个问题，便转移了话题："我之前有听人说过，天华娱乐的太子爷曹烨是你的前男友？"

纪飞扬点点头，又突然摇摇头，苦笑道："我跟他，要说谈恋爱，倒不如说是在过家家。"

颜冉好奇："哦？"

纪飞扬刚要说话，手机响了，顶头上司郭引绚亲自来的电话。

"飞扬，身体好点没？"

"好多了，谢谢老板。"

那头郭引绚缓缓道："刚收到程氏的邮件，他们把飞扬城水上嘉年华'在水一方'的宣传广告给了我们。飞扬，你最近好好休息，病好之后回公司负责这个项目。"

纪飞扬一听，心中顿时百味杂陈，对着手机沉默半晌，才轻轻"哦"了一声。

在家休息了三天之后，纪飞扬回到雁城工作。

去办公室的路上遇到不少同事，飞扬一个个打招呼，发现他们看自己的眼光有点异样。

直到进了办公室，纪飞扬才意识到情况确实不对劲了。

站在办公桌前里里外外观察了好几遍之后，她才确定这个被装饰得奢华无比的桌子是自己的。桌子焕然一新不说，超薄的苹果电脑放置在微型散热器上，桌子底下是一块按摩毯，就连她那盆半死不活的仙人掌都被打上了蝴蝶结放在高档花盆里……

上苍啊……纪飞扬心中感慨着，第一个想法是：老板疯了。即便程氏这回给的是大案子，他也用不着突然对自己这么好吧？

纪飞扬战战兢兢地坐下，一手刚按下电脑开关，同事顾佳走了过来，瞄了眼她的办公桌。

"飞扬,有前途啊!"

纪飞扬尴尬地笑了笑:"我……我也用不着这些,一会儿就叫人退回去。"

顾佳笑:"冯少送出手的东西还能收回去的?"

"还是原来那些用着习惯……"话说了一半她突然停下来,疑惑地看着顾佳,"你刚才说谁?"

"A城有几个冯少?冯韵文呗。哎,我说你的花露水呢?我大清早就被蚊子咬了。"

纪飞扬帮她拿,却发现她万能的 six god 不见了,取而代之的是一个深蓝色的小瓶子,凑近一看,瓶子下方是几个精致的小字母:Didr。

顾佳也看到了这个瓶子:"啧啧,经典款。"

看到纪飞扬傻愣愣的样子,她笑道:"你不会还不知道冯少在追求你吧?"

纪飞扬一脸的难以置信。

这时候,郭引绚来电话要飞扬过去一下,飞扬收拾了一下忙走去总经理办公室,她也很想知道那个"在水一方"的项目究竟打算如何运作。

办公室里,郭引绚难得穿着身休闲的运动装,纪飞扬忍不住拍马屁道:"老板这样看起来年轻了好几岁。"

雁城公司是郭引绚早年一手打拼下来的,总公司在B城,郭引绚为了发展在A城的分公司,亲自前来坐镇。纪飞扬对这个老板一直是敬重有加的,她可以说是郭引绚一手栽培出来的,故而在他面前就是有什么说什么,比其他同事要少些畏惧。

"你这是变相地说我老。"郭引绚笑着将一沓资料交给纪飞扬,"CL的那个广告就转交给顾佳吧,你接下来一心一意做程氏的这个项目。"

纪飞扬接过纸袋子,点点头。

不料,郭引绚冷不丁冒出来一句:"飞扬啊,你和程总以前就认识吗？"

纪飞扬手一抖，袋子差点就没拿稳，看着郭引绚，不敢答不是，却也不想答是。

郭引绚一点头："行，我知道了，你先去把资料大致看一下，一个小时后楼下等我。"

"啊？"

郭引绚笑着说道："去高尔夫场，我这把老骨头，再不运动运动就真的要残废了。"

心知事有蹊跷，回到办公室后纪飞扬也不是很有心情看那份策划案，只随手拿起几张图纸翻着。却被策划预想中的三维图形给惊艳到了，立马又精神振作起来，拿出文字部分仔仔细细地看。

在A城，除了几家室内的游泳馆，几乎所有的水上活动场所都是露天的，而飞扬城内占地极广的水上嘉年华却全部建在室内，顶级的控温技术突破了传统水上嘉年华只有夏季才能开放的局限，不得不说这是一个极为大胆的尝试。

雁城公司要做的便是在这个成果外再添一层华丽的包装，程氏的要求是，落落大方而蕴藏神秘，且务必在十月之前完工。

纪飞扬以指甲轻敲着桌面，大方而神秘？那倒不如做成广告电影，通过一个故事来表现主题。

但是，这得是怎样的一个故事？

附带的演员人选名单上，排在最前面的是沈临西和张玥，前者是A城数一数二的偶像派男演员，后者却只是个从来没听说过的女孩子。

纪飞扬往后一看，果然，经纪人那一栏中赫然写着三个字：张嘉茜。

张嘉茜何许人也，A城无人不知，倒不是因为在她手里出了个红透半边天的沈临西，而是她的第二个身份——程绍均的女友。

一个毫无家世背景的女孩，遇上一个经验丰富的富家公子，指不定

/ 043 /

什么时候就被甩了呢？但是张嘉茜的本事在于，她能得到程家二老十分一致的认可，据传程母一月不见她连吃饭都觉得没味道，在这种情况下谁敢不买她的账？

想到这里，纪飞扬觉得心里头有些不是滋味，想当初她和程绍均最最浓情蜜意的时候，那人也从没说过要带她见父母。

纪飞扬总觉得，一个人要是真的爱你、在乎你，定然是会把你带到父母面前的，因为这代表着他愿意你同他身后的世界接轨。

眼下倒也不是心有不甘或者羡慕嫉妒，只是觉得在那些年少的日子里，她自以为是的真爱竟然那么脆弱不堪，难免有些失落。

正想着，和郭引绚说好的时间到了，收拾一番下楼，郭引绚已经在楼下等她了。

纪飞扬上了车，有些忐忑道："老板，为什么要我一起去啊？"

郭引绚好整以暇地看着她："怕什么？我又不会把你卖了。"

纪飞扬头一次看到郭引绚这种表情，一句"我就是怕你要把我卖了"差点就脱口而出。

到了地方之后，看到曹烨笑着走过来和郭引绚打招呼，纪飞扬才算松了口气。

曹烨和郭引绚是同一个大学毕业的校友，也是因为他的关系，郭引绚私下里对纪飞扬颇有照顾。

看到纪飞扬，曹烨轻轻一拳头撞了过来："都快成工作狂了，要是我不让老郭把你骗出来，真打算以身殉职？"

"哪有那么夸张！"纪飞扬笑。

曹烨这些年都没什么变化，仿佛还是当年宴会上见到的"南瓜车"，言行举止，风度翩翩。

纪飞扬和程绍均分手后，他们有过两年的交往，而神奇的是，两年间他们就光在一起吃饭逛街聊天打牌，基本都没说起过感情的事情，连极少数的牵手拥抱都像是邻家大哥哥和隔壁小妹妹。理所当然地，两年之后他们成了饭友、聊友、密友，那层有等于没有的情侣关系就彻底瓦解了。

正当纪飞扬打算谈论一下中饭吃什么的时候，一个不和谐的声音响了起来。

"飞扬，你到这儿来也不和我吱一声，好没良心！"

纪飞扬回头一看，不远处，冯韵文坐在一辆极为骚包的奔驰跑车里探出个上半身，脸上的表情，真可用漂亮的嚣张来形容。

"要不要我陪你玩一球？"

纪飞扬黑着张脸正要拒绝，副驾驶上一双手突然拉过冯韵文的脖子，搂着他就吻了上去。那是个身材极好的西方女人，身着无袖的豹纹紧身衣，娇媚惹火。

外国妞用一口蹩脚的中文说："阿文，你今天如果敢扔下我，那么我就马上回去再也不理你！"

纪飞扬没忍住笑了出来，低声对曹烨说："'如果……那么……'，她竟然会用连词！"

再看冯韵文，正见他搂着那美女说了句什么，然后跟纪飞扬挥了挥手，踩下油门绝尘而去。

曹烨眯着眼睛："你怎么招惹到这家伙了？"

"我招惹他？分明是他阴魂不散，打个球都能遇见！"

"这球场就是冯家的，他出现在这里也很正常。"

纪飞扬简要说了下她和冯韵文认识的经过，顺带大肆倾吐了一番满腔愤怒。

曹烨转向郭引绚："你怎么看这个人？"

纪飞扬没看到曹烨转头的动作，以为他还是在跟自己说话，想到那张笑得一脸嚣张的脸和刚才搂着外国妞的嘚瑟劲儿，脱口而出道："人渣！草包！绣花枕头！"

曹烨和郭引绚先是愕然，继而都大笑起来。

纪飞扬突然想起颜冉说过，上回是冯韵文送她去的医院，忙道："不对，我收回刚才的话。"

一个声音在耳后响起："你刚才的什么话？"

纪飞扬吓得几乎是弹开来的，转身看到冯韵文，正站在她身后笑得意。

"高尔夫是最能增进人与人之间感情的活动，飞扬你说是吧？"冯韵文从后背环着纪飞扬，一手微微抵着她的腰部，"腰别弯，不然力道就错了。"

纪飞扬对他的自来熟能力和厚脸皮功力佩服到五体投地，才几分钟的时间，他已经和曹烨从国际战争聊到商业信息再聊到中饭吃什么，又送了一张高尔夫球场的终身 VIP 给郭引绚，建议他有空的时候多来锻炼锻炼，愉悦身心。

而眼下，他正手把手教纪飞扬控杆，纪飞扬甚至想不起来自己是什么时候被他几乎揽在怀里的。

"冯先生，我们似乎还不熟吧？"再高的涵养也没办法处之泰然，纪飞扬的语气不太好。

冯韵文握着她的手做瞄准动作："一回生两回熟，我们这都第三次见面了。"嘴上说这话，手里的动作也没落下，横手、出杆、扫球，"看，这样打就对了。"

一球打出，纪飞扬借机推开冯韵文。

"难道你还真把我当陌生人看，伤心啊！"冯韵文做出沮丧的表情，但维持了不到一秒，他就喜上眉梢，"嘿，球进了！"

纪飞扬毫不关心那球进没进，看了看远处的曹烨和郭引绚，对冯韵文道:"冯先生,我想有些话我还是先跟你讲清楚比较好。我不知道你究竟看上我什么,我这人又沉闷又无聊,不管你是想找个能牵在手里遛的西施,还是能陪你出席宴会的贵宾,我都不是合适的人选。"

冯韵文骤然大笑:"你怎么说来说去就把自己跟小狗比较,我不要西施不要贵宾,说白了,我第一眼见你觉得挺喜欢,所以……"

纪飞扬横他一眼。

冯韵文凑上去一点:"就是想离你近一点。"

纪飞扬后退一步:"我们还是保持点距离比较好。你送来的那些东西我并不需要,明天就寄回你公司去,麻烦你找人查收一下。"

"你这么寄回去,我还不得让手底下的人笑话,还是另外给你个地址吧,以后要是有什么事找我,也可以去那儿。"冯韵文笑道。

纪飞扬心里自顾自嘀咕,我能有什么事情找你。

不料,冯韵文紧接着又道:"告诉我你想要什么呗?这样我就不会乱送了。"

纪飞扬万般无奈,突然像是想到了什么,又笑起来说道:"这可是你自己说的。我要的东西也不多,市中心一套不下于两百平方米的公寓,郊区一套独立的高档别墅,带前后花园和游泳池健身房,车倒是没什么要求能用就行,但是要配上司机、保姆、管家,最好再弄两个英俊帅气的保镖,心情好的时候能去你的众信做几天总经理玩玩……"

纪飞扬越往后说,冯韵文脸上的笑意就越浓,笑得纪飞扬终于没了一丝底气,将话头打住。

冯韵文看着她,一脸狐狸似的笑容:"飞扬,你说的这些都是我亲亲宝贝好老婆的待遇,你是得有多想嫁给我啊?"

纪飞扬彻底气结:"你这人怎么可以无赖成这样?"

"听人说过,女人骂你无赖其本质是一种变相的夸奖。"

纪飞扬控制住想把他打一顿的冲动,对曹烨和郭引绚打了声招呼准备回公司去。

这条路上几乎没什么车子,纪飞扬要沿着这条路走到底才能叫到车。

走着走着,突然听到身后有车子的声音,然后是鸣喇叭声。

纪飞扬估计又是冯韵文,有些恼怒:"我都说过了你不要再自作多情!"

然而,回应她的是不期而至的冷笑:"谁又对你自作多情了?"

纪飞扬一惊,回过身看到跟在自己后头的是辆A8,程绍均正一手放在方向盘上慢悠悠地控制着车速。

"程总,真巧。"纪飞扬露出职业式微笑,继而摆摆手,"我还有事,先走了。"

"上车。"

纪飞扬忙摇头:"不用了,我自己到前面的路口坐车。"

"上车,不要让我说第三遍。"

纪飞扬的手脚似乎先于她的大脑,而且更听程绍均的使唤。上了车后,一路上什么话都没有,到了雁城的楼下程绍均把车一停,纪飞扬很自觉地说了谢谢和再见就下车了。

她拍拍胸口,或许真的是自己想多了。

她刚到办公室门口手机就响了,是个陌生的号码。

"你好,哪位?"

对方声音闷闷的:"知道你要个司机,我这正帮你找着呢,怎么就坐别人的车子去了?"

"冯先生?"

"不准这么叫。"

"冯总。"

"飞扬……"

"冯老板、冯公子、冯少爷，可以？"

对方的声音冷了下来："飞扬，你这样嘲讽对我不公平。"

这是纪飞扬头一次听见冯韵文用正常语气对她说话，深感来之不易。

"怎么就不公平了？"

"我生气了。"

"生气了？"

"我长得丑吗？"

"不，说实话你还真挺好看的。"

"我人品不好？"

这个问题纪飞扬仔细想了想，第一次见面的确是自己先给了他点颜色，被扔泳池顶多也就算是次小小的捉弄，至于别的……纪飞扬说："爱玩也不是错，起码你对人不坏。"

"我气质差劲？"

"您英俊潇洒风度翩翩。"

"我学历不够？"

"听说您是名牌大学毕业。"

"所以你拒绝我的原因不外乎我顶着那么个背景，觉得对你只是一时兴起随便玩玩。"

纪飞扬默认。

冯韵文继续道："我觉得你的一味逃避有欠妥当，首先你并不讨厌我，其次你也没有男朋友，再次我的综合条件不算差，即便你没办法喜欢上我，我们也可以做朋友，而你也该对自己有基本的信心，不要因为害怕最后受伤害就对我剑拔弩张。"

纪飞扬觉得他分析得也有道理。

"那好，我为我之前的无理向你表示道歉，我不应该根据你的名声就把你整个儿盖棺定论。"她想了想，"所以，我决定大发慈悲给你一个重新被我认识的机会。"

"这就对了。"

"嘿,冯韵文,我发现电话里头和你沟通比较容易。"她心里想道:可能是平日里他那吊儿郎当的话和那张欠抽的脸配在一起实在太让人想踩一脚。

"那我们以后可以每天打电话啊。"

"我没有这么多时间!"纪飞扬故意埋汰他,"今儿那洋妞是你什么人啊?"

电话里传来冯韵文轻快的笑声:"哟,这么快就吃味了?"

"你做梦!"

挂上电话,纪飞扬嘴角的笑意却还没有下去,想着偶尔有人这么拌拌嘴也是件不错的事情。

看到桌子上飞扬城的合作案,想起刚才送她回来时程绍均冷淡的表情,所有的好心情顿时又烟消云散。

她可以不考虑别的事情,但是程绍均凭什么用她的名字来建那个商业区?这算是侵犯署名权!又或者……真的是自己想多了,毕竟这只是一个再平凡不过的名字。

郭引绚将这个案子全权交由她负责,最近一定会非常忙碌,新的策划方案必须尽早确定下来。

之前部门会议后,初步决定做成故事形式,内容必须与水和爱情有关,而男女主角也毫无疑问地确定下来,正是沈临西和张玥。

部门中几个年轻的小姑娘都在私底下悄悄议论,纪飞扬抬头看了看大门背后沈临西的那张海报,无奈地笑了笑,帅哥的魅力果然是无穷的。

没几天,纪飞扬遇到了一个严重的问题,同时有三份剧本,各有所长,但是没有一本真正满意,综合一下各本又会显得不伦不类。

正在烦恼之际，颜冉找她出去吃饭，纪飞扬想着正好可以换换状态，便欣然赴约。

饭桌上却不止她和颜冉，徐未然悠闲地躺在沙发里，翻着本封面花花绿绿的书。

不管自己和程绍均如何，跟徐未然总还是朋友，故而纪飞扬和他见面也不尴尬，径自拉过凳子坐下："看什么呢？"

徐未然一抬头，合上书本："来了哈，这书送你。"

送书？

一看封面，《安徒生童话》。

纪飞扬笑他："行啊你，越活越小了。"

徐未然一脸神秘："切记切记，此中有真意。"

"谢谢你的真意，我有空了就看。"

徐未然轻轻嘀咕了一声："笨蛋！"

刚点完餐的颜冉，将菜单轻轻地盖在徐未然头上："说谁笨蛋呢？"

"我，我笨。"徐未然赶紧道。

颜冉笑："可不是嘛，飞扬你可不知道，我昨天睡觉的时候还想着怎么越来越热，竟然是他开了热空调！"

纪飞扬正喝着茶，差点没呛到。倒不是因为空调冷热的问题，而是颜冉和徐未然都已经发展到那一步了。

这似乎……有点快啊！

想来这两人处得还不错，纪飞扬撑着头看徐未然，嗯，他俩在一起还算是靠谱的吧。

徐未然见纪飞扬盯着自己，感到一阵恶寒，想当初她这么看着他之后总会发生什么不太乐观的事情，忙在她眼前晃晃手："喂！喂喂喂！想什么呢！"

纪飞扬回过神来："啊？没、没什么。"

殊不知此时此刻,飞扬城七十七楼的总裁休息室中,程绍均正板着张脸第十八遍问他的助理梁小盈:"还是没有找到吗?"

梁小盈都快哭出来了,会议室的经理们正等着她的会议资料,她却在这儿帮大老板找一本幼稚的《安徒生童话》。

"老板,我发誓,除了下水道,整个楼层我都翻过了,还是没有啊!"

"再找。"

吃完饭回到公司,纪飞扬随手把那本《安徒生童话》搁在桌上,瞟到童话书封面上的人鱼公主,她突然计上心来:"哈,有了!"

她匆匆在策划书的开头打上一行字:在水一方的童话。

飞扬城的"在水一方",中西结合的元素随处可见,却融合得十分完美,丝毫不显得突兀,完全可以用一个西方童话来作为故事的整体。

要让人们迅速记住一个产品广告,借助已然耳熟能详的事物是一个很好的方式,而最适合"在水一方"这个主题的当属安徒生的美人鱼。

思路一通,接下来的事情就变得特别顺利。纪飞扬将人员都安排好之后,已经接近下班时间。正打算收拾东西回家,冯韵文的电话就来了。

"鉴于近期人员紧缺,我特命我自己来做你的专人司机。"

"得,我也就随便说说,哪敢啊!"

"那么辛苦工作了一天的飞扬总策划,有没有心情和我共进晚餐呢?"

纪飞扬笑笑,想着人与人之间真是微妙,前几天还恨得牙痒痒的人,现在听到他的声音却觉得有些愉快。

"好啊,穷困潦倒的我决定吃你一顿大餐。"

"悉听尊便。"冯韵文格外得意,仿佛被宰一顿是他的荣幸。

冯韵文今天又换了辆车,看外观的拉风程度就知道价格不菲,纪飞扬深深觉得这样的司机她消受不起:"喂,你有这些个闲钱干吗不用来支援一下慈善事业,光我见到的几辆车,都够造个福利院的了。"

"你怎么知道我没有那么做?赶明儿就带你去看看。"冯韵文轻描淡写地说着,脸上挂着浅浅的笑容,随手把车钥匙给出来迎接的服务生。

服务员应声接过之后,马上又有一个穿着西装的男人出来接应,应该是经理级别的人物,看得出冯韵文常来这儿,连座位都是特定的。

"为什么你每次都喜欢声势浩大劳师动众呢?"纪飞扬低声道。

冯韵文一脸无辜:"哪有?只能说这些个人懂眼色,有什么不好吗?我没有特意高调也不想故作低调,就这么个人。"

纪飞扬一想,用自己口袋里的钱去装点自己的生活,旁人又有什么权利指责?

不经意间脑海中竟然浮现过程绍均的影子,他应该是什么样的人?

四年前似乎和冯韵文有些像,虽然不至于这么挥霍,但也有着对于生活的类似精雕细琢,衬衫的布料一定得是最舒服的,饮食一定得是最健康的,连花园地面都装修得寸土寸金。

而现在……似乎是变了很多的,但究竟变在什么地方,她又说不上来。

纪飞扬拍拍脑袋,提醒自己不要再去想跟他有关的事情,转而观察起这家西式餐厅。木刻的壁画都是在讲法兰西第一共和国时期的历史,不知这家店的主人是否对那个时期抱有特别的感情。从大厅去包间要路过一条走廊,走廊里亮着低沉暗哑的光,也是别具风情。

就在他们快要走到走廊尽头的时候,前面的拐角处出现了两个人。

冯韵文脚下一顿,率先问好:"在这里都能遇到程总,真是人生何处不相逢啊!"

纪飞扬抬头的那瞬正对上程绍均看过来的目光,似笑非笑,让她下意识地捏住了一旁冯韵文的袖子,而冯韵文则极为自然地将她的手牵过。

程绍均将这些看在眼里,不冷不热地回了句:"冯公子也是好兴致。"

"同样同样,程总不也是佳人在侧,这位就是张嘉茜张小姐吧?本人比照片还好看。"

纪飞扬这才看到程绍均身边站着个身材高挑的女孩子,长发在耳后绾起一个漂亮的髻,眉眼特别娴静,一看就像是温柔贤惠,还透着几分灵秀。

她挽着程绍均,落落大方,饶是纪飞扬,也忍不住想要夸奖程绍均,真是好眼光!

便听冯韵文在耳边道:"傻飞扬,怎么光愣着?"

那神情语气,俨然是情人间的轻言密语。

纪飞扬"哦"了一声,这才回过神来:"程总好,张小姐好。"

"这就是飞扬啊,我听绍均说起过你呢,这回总算是见到了。今后的工作上我们就要相互帮忙了,临西和玥玥可要麻烦你多照顾。"张嘉茜说着对纪飞扬伸出手。

纪飞扬伸出僵硬的手和她握了握,绍均怎么可能八婆到和现任说起前任?

冯韵文最会粉饰太平,一手拉过纪飞扬,一边叫着"哎呀,我都快饿死了",一边和程绍均、张嘉茜说了再见。

看着他们离开,程绍均眼中的寒意渐渐扩散。

张嘉茜捕捉到了他的变化:"绍均,怎么了?"

"没事,我们走吧。"

到了车上,张嘉茜从包里拿出本书给程绍均:"听小盈说你找了一整天,旧的估计是找不回来了,但是我买了本新的给你。"

程绍均接过她手里的童话书,温柔地亲了亲她的额头:"嘉茜,忙的话不要再为这种小事操心。"

张嘉茜顺势靠在他怀里,轻声道:"有关于你的,才是我最重要的事情,怎么能不亲力亲为?"

程绍均回抱她:"这个星期天来家里吃饭吧,你喜欢的那个粤菜厨子从老家回来了,我让他给你做一桌好吃的。"

"嗯!"

两人相拥着,十分亲密和谐,安静得似乎再也容不下其他。

当然,是似乎。

张嘉茜闭着眼睛,嘴角扬起笑意,心中也在庆幸,刚才对纪飞扬的试探并没有被他看出来。不过,纪飞扬也并没有如自己所料的出糗。

程绍均的确有跟她说起过纪飞扬,那是在她拿到雁城的合作案,问起纪飞扬何许人的时候,程绍均说了句"办事能力还不错"。

再正常不过的一句话,张嘉茜却记下了。

她垂着眼,暗暗道:绍均,不管过去如何,现在和将来,你都是我的。

餐厅里,冯韵文和纪飞扬正在抢夺最后一块牛排。

"说说你和程绍均呗。"冯韵文冷不丁冒出的一句话,让纪飞扬的叉子一顿。

下一秒,牛排进了冯韵文嘴里。

纪飞扬瞪他:"你耍赖!"

"喏,留一半给你。"说着,他把咬着半块牛排的嘴伸过去。

"死开!"

冯韵文吃完后,说道:"当初你们怎么会在一起的?我见过你那时候的照片,没听说过程绍均有恋童癖啊!"

纪飞扬气鼓鼓地看着他:"冯韵文,你这嘴真的很……贱!"

"我真的很想知道你的过去。"冯韵文看着纪飞扬,一脸认真。

"冯韵文,我本来想说,你认真起来的时候并不那么讨厌。"

"嗯……嗯？"

"现在看来也一样讨厌。"

冯韵文哈哈一笑："看，坏话都说了那么多，那现在说说看，当初他是怎么把你骗走的，我也好学着去骗骗小姑娘。"

纪飞扬喝了点酒，神志还清晰但是少了些顾忌："这个嘛……人家一碗冰激凌就把我骗走了。"

冯韵文点点头："那是够好骗的。"

"但是你现在给我再多都没有用，上过的当不能有第二次。"

"你又知道我一定是骗你了？"冯韵文见她小脸微红，忍不住捏了捏，"来，告诉我你想要什么？"

"我什么都不想要，"说前半句的时候纪飞扬还很清晰，但是后半句话酒劲有点上来，再一想到程绍均眼睛就湿了，"就是想有个人真的能对我好，什么都相信我……"

冯韵文轻柔地抚摸着她的脸颊："那么，有了我，你就什么都不缺了。"

桌上的白色蜡烛燃着，火光明灭，衬得他的脸部线条越发温柔。

这一瞬，纪飞扬竟然有些不知所措。

五

在水一方的童话

"在水一方"的广告正式开拍,纪飞扬也终于见到了沈临西和张玥。

娱乐圈里有不少恋人,公开的或者不公开的,很多外人以为关系很好的,有可能只是假象,但是这一对,纪飞扬几乎可以肯定他们百分百是真心相爱的。

趁着休息时间,张玥拿着瓶矿泉水跑过来,凑到纪飞扬耳边说:"飞扬姐,临西说今晚去城南的柳家巷吃夜排档,你跟我们一起去吧!"

"又拉我去当电灯泡?"

张玥拉着她的手左右晃:"那边的烤鱿鱼可好吃了,你一定喜欢的!"

烤鱿鱼!

纪飞扬的眼睛亮了:"去!"

张嘉茜这个妹妹真是要比她可爱太多,今年还在念大三,对一切事物都不设防的样子。因为她和沈临西的情侣关系不能公开,而张玥又喜欢纪飞扬，故而自开拍以来三人经常在一起吃饭。

不远处是导演呼来喝去的声音——

"临西准备！临西！人呢？"

"张玥你别老是跑来跑去，妆又要重新补了，有时间去跟那团海藻培养培养感情！"

纪飞扬站在场地外的一个高处，看着那整个A城最最豪华的水上乐园。那里，在不久的将来就会人山人海。

这一场戏是美人鱼和王子第一次见面，因为改编成分很大，除了几个深入人心的意象，故事内容已经大为不同。

张玥被打扮成小美人鱼的样子，作为人鱼族王室的公主，她却没有一条完整的尾巴，这对王室而言是莫大的耻辱、灾祸的降临。珍珠、宝石和玛瑙镶嵌而成的宫殿宏伟壮观，忧伤的人鱼徘徊在宫殿门口，唱着绝美的歌……

当沈临西穿着优雅的绅士服出现的时候，张玥慌慌张张地躲到假山后，用大团海藻遮住自己的尾巴。

年少英俊的王子带着几分轻佻："来，让我看看这假山后面藏着什么宝贝……"

不得不说，沈临西是一个偶像与实力并俱的演员，虽然张玥的表演略显得呆板，但他一流的演技和对张玥所流露的真情完全可以掩盖住其他的瑕疵，张玥的稚嫩越发体现出美人鱼的楚楚动人。

纪飞扬看着看着，几乎都忘记了炎热。

直到头顶出现一块阴影。

纪飞扬诧异地转过头。

"都说一白遮三丑，你本来就不漂亮，晒黑了就更难看。"程绍均撑着伞，适当地把遮阳处让给纪飞扬。

这里离拍摄场地有点距离，所以他们几乎是处在一个私人空间里。

"程总来视察?"

"嗯。"

"可还满意?"

程绍均眯起眼睛:"你是怎么想到用美人鱼的?"

纪飞扬没想到他会这么问,含糊道:"就这么想到了呗。"

程绍均的目光转向别处:"听说你和冯韵文处得不错?"

纪飞扬毫不客气地回过去:"听说你和张嘉茜快要订婚了?"

"听说……以前是曹烨不要你?"

"听说,你当初出国是因为被谢家大小姐拒绝?真可惜,她现在已经是庄太太了。"

程绍均觉得太阳穴突突地跳,他倒是差点忘记了,这已经不是那个被他几句话就能训到哭鼻子的小姑娘了。

"郭引绚为什么要把这个案子给你负责?"

"当然是因为我有这个实力。"

"哦?"程绍均斜过头看着她,"我倒是很担心这'在水一方'的广告会毁在你手里。听说你以前只是个助理?"

"听说、听说、听说……程总耳听八方的本事可真是厉害!但是程总您大可放心,雁城有的是可用之人,即便一个不起眼的小助理,也能把您的广告做到最好!"

程绍均点点头:"但愿如此。"

纪飞扬觉得和他话不投机半句多,找了个借口便要溜走。

她还来不及看清楚前面的路,脚就已经跨了出去。

一个阶梯踏空,脚下一滑,整个人就要往下摔去。程绍均敏捷地伸手,将纪飞扬拦腰抱在怀里。

"摔着没有?"

温热的气息吹拂过脸颊,纪飞扬猛地把他推开:"没事,谢谢程总。"

程绍均不注意间被她这么一推,差点也要摔一跤,站直之后盯着她的脸冷哼一声:"你就是这么谢人的?"

纪飞扬垂着眼睛看地面,没有说话,自顾自整理头上的帽子。

这时候一个雀跃的身影突然冒了出来:"呀,姐夫也来了!"

正是张玥一场戏刚拍完,回头来找纪飞扬。

程绍均对她的口无遮拦毫无办法,随她怎么叫了,姐夫就姐夫吧。似乎所有人都认定了他会和张嘉茜结婚。

他觉得这时候应该表示一下作为姐夫的关心,看着一身奇怪装束的张玥道:"这阵子还习惯吗?"

张玥点头:"习惯习惯!飞扬姐人可好了呢,剧组的员工们也都很照顾我!"

纪飞扬一脸黑线,你都口口声声叫某人姐夫了,谁有胆子对你不好?

下午拍摄期间,程绍均一直在旁看着,整个剧组从导演到场工都认认真真不敢有丝毫马虎。

纪飞扬听到有人私下议论。

一个人低声道:"程总亲自在这儿站了这么久,真是难得啊。"

另一人赶忙附和:"可不是,这个'在水一方'是张小姐说要建的,程总当然用心。"

"也对,咱这女主角是程总的小姨,内定的。也难怪了,要我说怎么总感觉有些傻乎乎的,不像是专业的演员。"

纪飞扬咳嗽两声,径直走了过去:"你们的事情都做完了?"

"没……还没。"

"那还有时间唠嗑?"纪飞扬也不明白自己脾气怎么就不好了。

因为下午的拍摄进程大大加快,四点的时候就收工了,纪飞扬整理了下随身的物品准备回家。和张玥约了七点去吃晚饭，还有足够的时间回家洗个澡休息一下。

出门的时候正遇上程绍均和导演，导演一见到她就喊道："飞扬，一起去吃晚饭吧！"

纪飞扬摇摇手："不了，我和人约好了。"

她没看到一旁程绍均突然皱了下眉头，转身离开。

回到家洗完澡已经接近六点，纪飞扬窝到沙发上去闭目养神。一个人的时候难免会很想家，从四年前离开S城之后就已经很少回去，想到父母年纪慢慢大了，没有自己在身边肯定也会寂寞，要不……这个广告完成之后就辞职回家吧？毕竟亲人朋友都在那里，如果不是因为那个意外，她大概一辈子都不会离开S城的。

她这么想着，不知不觉竟然睡着了。

梦里的S城还是多年前的样子，小而温馨的家，父亲在窗台上给仙人掌浇水，母亲将洗好的衣物一件件晾起来，年少的自己拿着手机趴在卧室的阳台上，等某个人的电话。

一辆熟悉的车子从楼底下开过。

父亲啧啧嘴："瞧瞧现在的年轻人，有了钱就知道开着车到处乱晃，像什么样子。"

母亲笑笑："又是来接他女朋友的吧，我看那小伙子人挺不错的。"

"你见都没见过，就知道不错了。"

"你想啊，住在这小区里的都是工薪家庭，但这小伙子也没嫌弃，我算算时间……哦，对，都快三年了吧，也没见他跟那小丫头分手，每星期都来呢。"

父亲不以为然："你怎么知道是接他女朋友的？"

"不然他能隔三岔五往这儿跑？你当初追我的时候不也老踏着辆三

轮车等在我们家楼下?"

"三轮车?那是自行车!"

"我看都一样……"

她打断了他们的回忆。

"爸爸妈妈,欣欣找我出去玩呢,晚饭我就不回来吃了哈!"

然后将母亲的唠叨全关在门内,一溜小跑转到花园边。

程绍均已经下了车在等她,她跑过去就扑到他怀里:"六天了!"

"嗯,六天。你看我这不哪儿都没去就先来找你了吗?"程绍均这回出差,已经把工作时间压缩再压缩。

他亲亲她的脸颊:"小东西,想我没?"

"想……"她拖着长长的口音,摸摸他的眼睛,"你是不是累了?那我们今天不出去玩了,我学会滑蛋牛肉了,做给你吃好不好?"

"小飞儿真乖!"程绍均又亲了一口。

"哎别!"她推他,"这里好多熟人呢!"

"怕什么,早晚是要认识的,你可说了一毕业就让我去见你爸妈的。"

"但是现在不行嘛!我妈妈早说了,读书的时候不可以交男朋友。"

"好好好,我们回家去!"

上了车,她就爬到后座去捣鼓程绍均的行李箱:"给我带什么好吃的了呀?"

"馋嘴!"

"唔,手剥核桃、糖炒栗子、巧克力……咦?这个是什么?"她拿起一张红色封面的小册子,竟然还是浮雕压印的,一打开,"哇,繁体竖排的软笔手写!庄泽、谢宛……笙磬同音,鸾凤和鸣……噢,是结婚请帖啊!做得真好看!绍均,我们结婚的时候也把请帖做成这样,你说好不好……"

程绍均却默不作声,只管开着车。

那时的她以为他是因为一路开车回来累坏了,于是也不再说话,只继续找零食。

突然,她在一个内置的小口袋里碰到个坚硬的东西,拿出来一看,竟是枚漂亮的女戒。

见程绍均还是只顾自己开着车,她没忍住,问道:"你是不是有什么东西送我呀?"

程绍均回过头:"对不起飞儿,这次回来急了点。"

见他不像是开玩笑的样子,她有些愣住了,拿起手比画:"这么这么小的也没有?"

程绍均笑了笑,温柔道:"想要什么明天陪你去买好不好?"

她沉默着低下头,悄悄试了试戒指的大小,大了,这么说的确不是买给自己的。感觉到戒指里似乎有刻痕,趁着程绍均不注意,拿起来仔细看了看,是一行小字:

此生唯一 均

戒指沿着手心就滚了下去。

程绍均听到声音,转头问她:"怎么了?"

那时的她蹲坐在座椅上,一副呆呆傻傻的表情,似乎连满脸泪水都没有察觉到。

程绍均立马踩了刹车,开了后车门上去搂住她:"怎么了宝贝,不就是没给你带礼物吗?不哭了噢,好好说话,要什么我都给你,嗯?"

眼泪掉得更凶。

程绍均把她抱在怀里,一手拉过她的手:"怎么手这么凉?是不是生病了?"

然而,她却对着他的胸口狠狠打了一拳,又猛地搂住他的腰,抱得紧紧的。

程绍均抵着她的额头亲了又亲:"哎,你说我一大男人,怎么就老被你这么治着呢？"

那时候的她能感觉到，程绍均对她的好是真的，但是后来呢……后来……眼前一片猩红的血色，冰冷的机器攫去了她生命里死死守护着的温暖，所有的情感和依赖都随之远去，也将所有的软弱和胆怯尽数掩盖。身体痛得像是要失去知觉，脑海中却偏偏死命地抓着那一丝清醒的洞察……

"纪飞扬，你还是不是人！"

"我这辈子都不会原谅你。"

"滚！滚得越远越好！死也不要出现在我们面前！"

"我就当没生过你这样的女儿！"

……

纪飞扬从梦中惊醒，满脸的汗水和泪水。

手机在身旁叫嚣，她无力地抓起来："玥玥，我马上好了，等我下。"

那边传来张玥和沈临西嘻嘻哈哈的声音。

"好的，我们在楼下等你哦，飞扬姐是刚睡醒吧？"

"嗯，睡了一觉，洗把脸就下来。"

纪飞扬看着镜子中憔悴的自己，竟是被一场梦折磨得浑身乏力。要真是一场梦该多好？她对着镜子苦笑。

多久没有梦见程绍均了？

太久了，久到根本就记不起确切的日期。曾经不顾一切的信任，换回的是一个伤痕累累的自己。没有人爱在伤口上撒盐巴，她可以和任何一个人有牵扯，但这个人绝对不能再是程绍均。

张玥穿着条及膝的雪纺连衣裙，沈临西是短袖T恤配牛仔裤，怎么看都登对。两人大手牵着小手，一晃一晃地绕着棵大树走，时不时还凑到对方耳边说句什么话，然后两个人就一起笑。

纪飞扬大老远就笑道："感情好的我见过，好到这程度的还真是少见。临西啊，好像玥玥一秒钟不在，你就怕她被人拐走了似的。"

"可不是，玥玥这么笨，指不定被人勾勾小指头就骗走了。"沈临西淡淡笑着。

张玥也不生气，傻呵呵地说："我就是笨呀，也就你这更笨的才会要我这笨蛋。"

沈临西为她们拉开车门。

张玥一脸幸福道："吃好吃的去咯！"

A城说大不大，说小也不小，从这儿开到城南，饶是走高速，也花了将近一个小时，到柳家巷的时候三个人都已经饥肠辘辘。

这里的夜排档在A城最出名，价格便宜却极有吃头，小摊从街头一路摆到街尾。

张玥走在前面，一下子冲到卖年糕的老伯那里："年糕，我要六串！"

老伯的推车看上去并不见得干净，但是张玥也不在意，拿到手的年糕还冒着热气，一口就咬了下去。

"好吃好吃，飞扬姐给你，临西你也拿两串。"

沈临西递上去纸巾："小心烫，慢慢吃。"

张玥吃着手里的，还在不停四下张望，突然眼睛一亮："前面有蟹黄豆腐羹！我先过去排队！"说着一路小跑地冲去前面的店铺。

沈临西笑道："这丫头，上回来吃多了，最后的年糕实在吃不下只能干瞪眼。上回买了这么多，到时候又该抱怨吃不下别的了。"

"和她在一起特别开心吧。"纪飞扬对沈临西道。

"是啊，永远长不大似的。"他的目光穿过人群，一路紧随着前方的小身影。

"飞扬你来过这里吗？"

"第一次来，不过 S 城也有类似的地方，那时候也喜欢到这种地方来吃东西，不过我男朋友不准我吃，每次我都得偷偷地和朋友去。"

她说的男朋友自然就是指程绍均。

"有一回我在小摊子上买臭豆腐，被他逮了个正着。我硬是逼着他吃了一口，没想到他从此就喜欢上了。不过那家伙闷骚得很，打死不承认自己爱吃臭豆腐，被我看到了还硬要说是给我买的。"

沈临西道："你和你男朋友的感情也很好。"

纪飞扬的笑容渐渐淡下去："早就分手了。"

"感情的事情，的确说不准的。"沈临西没有再问，只是抬头看着满天的星光，"终有一日我们老去，爱不动、恨不动，到时候陪在自己身边的不一定是最爱的，却一定是最好的。"

纪飞扬喃喃道："最爱的，却不一定是最好的……"

她吸了口气，问道："临西，听说你和张嘉茜是大学同学？"

沈临西微一错愕，随即点了点头。

纪飞扬看着他的表情，一下子心如明镜似的："的确啊，最爱的不一定是最好的。临西，玥玥是个好女孩，有的时候她表现得不太懂事，那也是因为有你在身边为她打算着，我不希望看到哪天她变得聪明伶俐起来。"

沈临西点点头："我曾经失去过，所以现在更知道怎么去珍惜。"

纪飞扬心想，这沈临西也是个难得通透的。

不料他的下一句话，却让纪飞扬险些喷了出来。

"你也老大不小的了，要不我给你介绍个……"

张玥这时候已经吃着蟹黄豆腐羹心满意足地走过来了："临西，要不要吃一口？"

沈临西张嘴："啊。"

"好吃吗？"

沈临西面无表情："你放了多少辣椒？"

"一整勺！"

"找打！"

沈临西做出要打她的样子。张玥一边四处逃窜，一边还嚷嚷着："谁叫你不陪我去买的，害我差点遭遇变态色狼！"

"什么？"

"算啦算啦！也没什么事！"张玥挥挥手，突然看到一种从没见过的食物，"你们来看，这是什么东西？"

老板是一个三十多岁的男子，长得一脸乐和："小姑娘，没见过吧？来一个试试，保管好吃！"

纪飞扬看了看那色泽金黄、造型奇特的东西，一下子叫出了名字："熏拉丝！"

老板抬起头看着她："你竟然知道？"

"老板您是S城的人吧？"纪飞扬笑道。

"竟然是遇见老乡了！"老板分外高兴，"来来来，给你们便宜点，自个儿拿吧！"

纪飞扬刚要说话，一旁张玥已经一口咬下去了："嗯嗯，好吃！老板给我多装几个。"

不料，纪飞扬只是一脸木讷地看着她："真的……好吃吗？"

"唔？这不是你们那儿的特产吗？"

"倒算是特产，还是S城难得的本土野味，但是……"纪飞扬有几分无奈，"你知道这是什么吗？"

张玥正吃得开心："什么？"

"'熏拉丝'是我们那儿郊区的方言，意思是……癞蛤蟆。"纪飞扬说这话的时候，有点心虚。

下一刻，张玥连忙吐掉嘴里的东西，转过头看着沈临西，泪眼汪汪的。

沈临西轻咳了两声："玥玥，这星期我都不亲你了。"

三人吃了一路，走在夜深人静的巷子里，推推搡搡之下，没发现前方突然出现几个身影。

一个人粗着嗓子喊道："老大，就是那穿裙子的！妈的敢踢我！"

张玥猛地跳起来："快跑！是刚才那个色狼！"

沈临西眼神一冷："飞扬你带玥玥先走。"

"临西！"

沈临西把车钥匙给纪飞扬："快去开车，我拖他们一会儿，不然谁也跑不了！"

纪飞扬一看对方人多势众，拉着张玥往他们停车的地方跑去。

"两个妞跑了，追！"

好在两人穿的都不是高跟鞋，但是后面有四个男人紧追不舍，她们体力毕竟不及，距离正在一点点拉近。

"玥玥你会开车吗？"

"不会。"

"真巧，我也不会。"

"管他呢，油门我会踩！一路撞回去，叫他们敢欺负临西！"

纪飞扬的钥匙刚插进钥匙孔，背后一个男人使劲拉了她一把，硬是把她往后拖了几步。

纪飞扬反手把包甩在他脸上，男人吃痛，暂时放开了手。

趁着这个机会好不容易开了车门，却听到张玥大叫一声，竟是被一个虎头虎脑的大汉拦腰抱了起来。

纪飞扬抄起一块砖头，狠狠地往那男人头上砸过去，然而石头只从那人脸上擦过，划出一条血线。

这时候另外两个男人同时欺上来，纪飞扬被反手按在车门上，挣扎中一个粗厚的巴掌迎面而来。

"挺带劲啊！"男人狠狠钳制住她的手，一脚踢在她的小腿上，"打啊！叫你再打！"

张玥吓得大叫："浑蛋！放开我！飞扬姐！飞扬姐你没事吧！"下一刻嘴就被堵上了。

一个站在旁边的问："这车一块儿搞了？"

"不然等着警察来查？"

"那小子那边能搞定吗？"

"三个打一个，你说那小子还爬得动吗？"

张玥不知道沈临西的状况，听他说三个打一个，心里着急，她想求这几个人让她回去见见临西，正琢磨着怎么开口，手里的力道突然松了。

难道这人良心发现了？张玥看过去，却发现这个粗壮的大汉竟然靠着墙壁一点点滑了下去。而他的背后，站着一个穿着衬衫的年轻人，对张玥做了个噤声的手势。

张玥点点头，明白这人是来救她们的。

这里离另外两个流氓还有一些距离，他们正在那边说话，没有注意到这边的情况。

那人低声道："一会儿我引开他们的注意，你从另一边上车，按喇叭，使劲按，明白？"

张玥点点头。

两人贴着墙壁慢慢走过去，在快要接近车子的时候，那人骤然冲上去，一脚把抓着纪飞扬的男人踢翻在地上。另一个男人一慌，正准备反击的时候，车子喇叭拼命地响起来，在深夜听来异常刺耳。

周围的住宅区不一会儿就有人出来："要死啊，大半夜的不睡觉！"

那两个男人生怕被抓，赶紧溜走了。

张玥拔脚就往沈临西的方向跑去，纪飞扬跟在后头，刚才他们遇到这几个家伙的地方已经没人了，张玥看到满地的鲜血，眼泪再也控制不住。

"临西！"

走了几步，墙角处传来一个轻微的声音："玥玥……"

张玥急忙跑过去："临西，你怎么样？"

靠墙的黑暗角落里，沈临西侧躺在地上，脸上、手上都是血痕。

张玥一见他这样反而捂着嘴巴不敢哭出声音来，跪在地上手足无措："临西，忍一下，我们马上送你去医院。"

沈临西伸出沾着血的手，轻轻抚了抚张玥的脸："没事的，不怕啊，不疼，一点都不疼。"

张玥无声抽泣。

纪飞扬转过头，看到刚才救他们的人还站在身后，她认出这是在飞扬城第一次见到冯韵文时，帮她解围的那个助理，当下说道："谢谢，我记得你，你是程羡宁的助理？"

"纪小姐您好，我叫陈戈。"说着他帮忙背起沈临西，"我们先送他去医院，然后，您有必要去见一下三少。"

纪飞扬惊讶道："你是程绍均的人？"

陈戈默认。

近郊的私人别墅里，纪飞扬坐在客厅的沙发上，不安地看着厨房里程绍均的背影。

她刚才明明就应该坚持留在医院，或者干脆就回家，怎么会同意到程绍均这里来呢？

不对！不是我自己肯来的，是他强迫我来的！

不一会儿，程绍均从厨房出来，端着刚热好的牛奶递给纪飞扬。

"喝了。"

纪飞扬沉着脸不动。

"还要我喂你喝?"程绍均说着,一手端起牛奶。

纪飞扬抢过杯子,咕咚咕咚喝了个干净。

程绍均拿着空杯子去洗,洗完杯子回来就在纪飞扬身边坐下。

"好点没?"

"嗯。"她今天吃了太多东西,吃完又跟流氓打架,到了程绍均家就突然胃疼,现在喝完牛奶似乎是好点了。

"过来。"程绍均看着她。

"啊?"

"我叫你把脸凑过来。"

纪飞扬摇摇头:"没事了,医生都说了过几天就好……哎,你干吗呀!"

程绍均突然捏着纪飞扬的下巴,把她的脸移到自己面前,轻轻抚着那层厚厚的纱布,温柔道:"还疼不疼?"

纪飞扬的心突突突地猛跳:"不……不疼了。"

程绍均突然低头一笑,学着她的语气:"那……那你为什么结巴?"

纪飞扬往旁边移了一点:"临西被打成那样,陈戈怎么还把他们放走了?刚才附近的居民都被吵醒了,明明有机会把他们都送到公安局的。"

"你当我会轻易放过他们?"程绍均的脸上露出一丝狠色,"警察能把他们怎么样?我有的是办法让他们尝尝真正的苦头。"

纪飞扬点点头,觉得和他讨论这个问题真是有点多余,那几个人要是不断胳膊少腿地回去,程绍均也就不是现在的程绍均了。

"之前在飞扬城,陈戈也帮过我,你早就知道我会去?还有这一次,为什么他会出现在那里?"

程绍均笑着站起身，走到阳台上点了根烟："你以为我专门叫人保护你？"

"我当然知道你不会愚蠢到这个程度。"

又是这样的针锋相对。

程绍均站在阳台上，一手插在裤子口袋里，一手拿着烟，微弱的火光在手指尖闪闪烁烁，整个人都沉浸在一片墨色中。

纪飞扬看过去的时候刚好能看见他的大半个侧脸，下巴的轮廓呈现出一个完美的弧度，知他素来是在夜晚的喑哑光线下比较好看，不由得多看了几眼。

程绍均吸了口烟，扬起头看着天空，饶有意味地说道："你不会天真到以为我建了个飞扬城就是对你念念不忘吧？"

纪飞扬的心口像是被什么东西突然堵住了，有点呼吸不畅，神经似乎又再度紧张起来，刚有些起色的胃部又开始隐隐作痛。

她抿了抿唇："想必你也不会无聊到玩这种游戏。"

程绍均掐了烟，转过身看着纪飞扬，灯光将他的影子投在地面上，随着他走近的身影缓缓移动。

"呵，我的确就是把你的名字写得到处都是——不过，目的是为了提醒自己，曾有个人让我如何失望过，那种失望，这辈子都不会再有第二次。"

纪飞扬站起身想要走开，却被他一拉摔在了沙发里。

"程绍均你别太过分了！"

"我过分？"程绍均欺身压了上去，将她固定在沙发上，目光落在她的眼睛上，"你为什么来？"

"什么？"纪飞扬没明白过来。

程绍均凝视着她，一低头，几乎要碰到她的脸："我问你，为什么要来A城。"

纪飞扬伸手挡在程绍均和自己中间:"工作需要。"

"以郭引绚对你的器重,她不会强迫你跟他一起来到A城。你知道我在这里,不是应该逃避吗?纪飞扬,你已经逃避了整整四年,为什么不继续下去?为什么要再次出现在我的视线里?因为你知道了那座拔地而起的商业城与你同名?"

他的话中是在暗示什么?她以为自己是因为他才会来到这里?

荒谬!纪飞扬静默许久,看着他心平气和道:"为什么觉得这四年我是在逃避?绍均,你以为我有权利选择逃避吗?你以为我的生活像你一样没有后顾之忧吗?很抱歉,我根本没有那个时间和精力,是你想多了。"

程绍均冷笑一声,拉开她的手,捏着她的半边脸颊:"告诉我,亲口告诉我,这四年来你从没想过我,一次都没有!"

纪飞扬平静地看着他:"如你所愿,一次都没有。我们,就这样吧。"

"就这样吧?呵!"

客厅的柔光从顶上打下来,纪飞扬直挺秀气的鼻梁和莹润小巧的嘴唇在光线下显出半明半昧的诱惑。程绍均骤然俯下身,不由分说地贴上她的唇。纪飞扬要挣扎,却被他按在沙发上固定住身体。

嘴唇被撬开,烟草的味道从他的嘴里传过来。程绍均的手穿过她的头发,托着她的后脑勺将她与自己拉近,灵巧柔软的舌极尽其能地诱惑着。

纪飞扬差点要陷进去,直到听见自己的喘息,羞得无地自容。她奋力将他推开,坐直了身体:"我累了,要是你这里没有可以休息的地方,我出去找地方住。"

程绍均在一旁看了她许久,终于说了句:"睡吧。"

见纪飞扬顺势就要窝到沙发上,他又加了句:"到房里睡去,随便哪间自己选。"

纪飞扬也不客气，随便选了一间就进去了。

关门，上锁，吐气，平复心情。

她一转身，才发现不对劲，这间不是客房，而是……程绍均的房间！

他不知道提醒一下吗！现在怎么办？出去？那多尴尬！睡这里？明天要怎么面对他！

纪飞扬咬咬牙，心道：我不知道这间是你的卧房！今天不知道明天也不知道！哼！

房间的格局很简单，床、衣柜、桌椅，东西不多，看来程绍均也并不常来这儿。

纪飞扬不准备参观他的房间，径自去卫生间洗了个澡。洗完才意识到一个严重的问题：这里没有换洗衣服，而卫生间里也只放着一套浴袍，明显是某人穿过的。

总不能这么光溜溜地出去吧？

纪飞扬心一横，借一下好了，借一下又不死人！然后三下五除二穿上了那套几乎能拖到地上的浴袍。

房间里没有吹风机，纪飞扬顶着湿漉漉的头发就躺下了。今天真的太累，她才一躺下，闻着被子里久违的味道，竟然就安安心心地睡着了。

其实，如果纪飞扬愿意仔细看一下这个房间的话，会发现这间卧室的格局和四年前在 S 城的几乎一样，浴室里的小镜子甚至是她多年前买的，在床边的抽屉里放着她以前的照片，而枕头底下有一部旧手机，收件箱里存满了发件人为"宝贝飞儿"的短信。

六

YU TA GE ZHE
YI PIAN HAI
是因我逢赌必输

已经是凌晨两点,夜晚最最寂静的时刻。

程绍均靠在床头,一手把玩着刚才从纪飞扬脖子里掉下的项链,闭着眼睛,仿佛能听到隔壁房间里传来轻微的呼吸声。

而那人也正喃喃念着他的名字,一墙之隔的距离,却静得悄无声息。

纪飞扬在睡梦中皱着眉头,感觉到熟悉的气味萦绕鼻尖,纤长的手指紧紧抓住被子的一角。

"绍均……"

所有最最不愿意记起的回忆,最最想要用时光掩埋的伤痛,都在这个夜深人静的时候悄然复苏。

那个四月,校园里的桃花正开得旺盛,纪飞扬自从看到了程绍均行李箱里的戒指之后,就经常神情恍惚,只要程绍均不在身边,她就会觉得害怕。

"绍均,你不要去了好不好?"程绍均一说要回 A 城参加朋友的婚礼,纪飞扬就黏着他不放。

程绍均环着她,低眉轻笑:"舍不得我,嗯?"

纪飞扬赖在他怀里:"不要去了嘛,说好了这段时间陪我写论文的。"

"飞儿乖,我答应了一定要去的,三天之内就回来,好不好?"

"三天?"

"对,一秒钟也不会超过。"

纪飞扬答应了。

而后的三天,纪飞扬事后想想,几乎花去了她的半生。

第一天,她和杜以欣出去逛街的时候差点晕倒在商场,杜以欣陪她去医院做了个检查。那个略有些肥胖的中年女医生带着惋惜的目光看着她:"小姑娘,都快一个月了,你现在还是学生吧?药流还是人流?"

纪飞扬一慌,不知所措地看着杜以欣,小脸一阵红一阵白。

杜以欣瞪了那医生一眼:"谁跟你说不要的!"拉着纪飞扬就出了医院。

自从上回程绍均出差回来,纪飞扬就一直住在他那儿,很多次确实连基本的措施都没有做……

纪飞扬咬着唇,一言不发地看着地面。

杜以欣倒是开开心心地在一旁算日子:"再有两个月就毕业了,到时候办婚礼的话也看不大出来,飞扬还是漂漂亮亮的新娘子。要不这几天你们先去登记吧,程绍均哪天回来?要不要现在给他打个电话?不行!咱先不说!等他回来后你当面告诉他,看他什么表情!"

纪飞扬心里一阵紧似一阵的闷,低声道:"欣欣,你说他真的会跟我结婚吗?"

"傻丫头!"杜以欣笑道,"上回小然然过生日的时候,谁喝醉了说要送你座城池当聘礼的?"

"可我就是觉得很不安。"

那天晚上,纪飞扬给程绍均打电话,好几次话到了嘴边又没有说出口,担惊受怕的。

第二天中午的时候,一个陌生电话打过来,来电显示是A城的电话,纪飞扬还以为是程绍均换了个号码,接起来一听却是一个陌生的声音。

"纪飞扬纪小姐?"

纪飞扬一听这嗓音,心都纠起来了,战战兢兢道:"嗯,我是纪飞扬……请问您是?"

"我是绍均的父亲。"

所料不差,一种莫名的恐惧涌上心头,纪飞扬缓缓说道:"伯父您好,请问有什么事?"

那边说道:"原本我不想打这个电话的,但是纪小姐,你得体谅一个做父亲的。我们就绍均一个儿子,好不容易他从国外回来了,却因为你连家都不怎么回。你们家的情况我大致了解,开门见山地说,绍均将来要娶的女孩子绝对不是你这样的,这么说你能明白吗?"

"明白。"纪飞扬低低应了一声,只觉得从身到心都冰凉冰凉的。

想让纪飞扬彻底死心似的,程闻又说道:"我看过你的照片,和几年前的谢家大女儿是有些像,绍均是个固执的孩子,过些日子他就知道自己喜欢的不过是个影子。眼下谢宛结婚了,他也是该收收心了。纪小姐,希望你做个明白人。"

原来如此,原来如此……那枚戒指是他送给谢宛的,难怪,说起那张结婚请帖的时候他的神情会那么奇怪。

这么说,他是真的不会回来了。

纪飞扬握着手机的手轻微地颤抖着,低低说了句:"我知道了,你放心,我不会缠着他的。"

程闻听她这么说，语气缓了缓："当然我们程家也不会让你吃亏的，毕竟你跟绍均也那么多年，我下午就叫人汇笔款过去，你自己说想要多少吧？"

纪飞扬狠狠地咬着唇，眼泪忍不住夺眶而出，却还是固执地说道："对不起程先生，我想您有所误会，绍均是您的宝贝儿子，但我也是爸爸妈妈疼爱的女儿，不是用钱就能买得到的！我是因为喜欢他才跟他在一起，可以交换我的感情的也只能是他的感情。不管他是真的对我好还是把我当作谁，至少这些年，在我看来，我们之间是公平的，谁也不欠谁！"

她挂上电话，哽咽着再也说不出话来，胸口堵得连呼吸都困难，只能靠在墙上静静地呼吸。

好像就在不远的之前，她坐在程绍均腿上，搂着他的脖子又啃又咬："说你要不要跟我结婚！"

程绍均喜欢她这样跟自己吵啊闹的，抱着她的腰，低头深深地吸吮她的锁骨："胆子大了敢咬我，嗯？"

纪飞扬不依不饶："那你到底要不要跟我结婚？"

"你说呢？"

"会！"纪飞扬亲亲他的嘴巴，"我打赌你一定会娶我的！"

程绍均抬起她的屁股往前一挪，沿着她的耳垂亲上去："你用什么赌？"

"我的一辈子！"

程绍均微微一愣，目光中似带有明亮的光。他捧着纪飞扬的脸庞，随即低笑着俯下身，极尽温柔道："宝贝儿，那我怎么舍得让你输。"

那一刻，她似乎听见了命运对她许下的诺言。

它说纪飞扬，你要相信在你面前的这个男人。

于是，她相信了。

纪飞扬打了程绍均的手机,先是无人接听,再是被按掉,最后是关机。
整颗心就像在一点点死过去。

未曾尝试过人间疾苦的年纪,任何苦难挫折,都能让她产生消极的心态。就在同一天,她注销了手机号码,扔光了所有朋友的联系方式,只觉得整个世界都是灰沉沉的颜色。

第三天,正是程绍均说好要回来的日子,一宿没合眼的纪飞扬缩在被子里,听到家里电话铃响起,才慢吞吞地走去接电话。

母亲从外面打回来的电话:"飞扬啊,你舅舅到机场了,我还在超市买菜呢,你快去接一下。"

纪飞扬恍惚想起来舅舅说要来S城的,"哦"了一声,随便收拾了一下就出门了。

人来人往的机场,纪飞扬忽然觉得头晕,想起来自己已经好久没吃过东西了,摸了摸平整的肚子,眼睛一酸,去机场超市买了面包和牛奶。她吃着面包,想着肚子里那个小生命此刻正同她一起吃着,突然就轻微地弯了弯嘴角。

小小飞扬,别怕啊,你还有妈妈,妈妈会照顾你的。

还有两个月就毕业,学校那边没什么问题,至于父母……飞扬想,他们那么疼我,一定会接受这个孩子的。

纪飞扬,你要振作!

这时候扶梯下有人叫她:"飞扬!"

纪飞扬往下一看:"舅舅,你在下面等我,我过去找你!"

穿过形形色色的人群,在即将跨上电梯的时候,旁边走过的那人的行李箱滑到了纪飞扬的脚趾,纪飞扬痛叫一声,脚下竟然踩空了!

人群的吸气声此起彼伏,不少人眼看着那个穿着白裙子的女孩从扶梯上跌下去,在扶梯的运行中一路往下滚,直到尾端的时候才停下来。

女孩失去了知觉,她的身下,一团殷红的鲜血染透了白裙。

"飞扬！飞扬！"纪飞扬的舅舅吓得面无人色，急忙往这边跑来。

而在另一端，有个人闻言也是大吃一惊，他放下了手里的拉杆箱，黑色的身影快速奔至前方，比纪飞扬的舅舅还先到达。他二话不说就抱起纪飞扬："快！快叫救护车！"

"痛，好痛……绍均，好痛啊……"

感觉到冰冷的手被一个温热的掌心包裹着，纪飞扬紧紧抓住他的手指："绍均，不要走……"

"忍着点，很快就没事了。"曹烨在机场听到飞扬的名字，想起来是以前在宴会上遇见的那个有趣的小姑娘，立马就抱起她送医院。他想着这小姑娘也怪可怜的，好不容易说服了医生让他一起进来陪着，看着纪飞扬这模样，忍不住心疼。

他再次擦了擦纪飞扬眼角滑出的泪水："飞扬，别怕。"

"别走……"

"不走不走！"曹烨摸摸她的额头，"别怕，我不会走的。"

纪飞扬觉得好冷，有什么东西从她的身体里被生生拿走，永远也回不来。这种失去最重要东西的感觉让她觉得无比恐惧，但又不敢去多想，眼泪不停地淌下来，衣服湿了又干，干了又湿。最后实在太累，昏昏沉沉睡过去，真想再也不要睁开眼睛。

手术之后纪飞扬还在沉睡，中年医生狠狠看了曹烨一眼，忍不住道："现在知道急了，早干吗去了！要是再晚送来一会儿，这辈子都甭指望生孩子了！"

曹烨好脾气，连连认错，感谢医生仁心仁术，尽管这压根和自己没关系。

纪飞扬的父母和舅舅都在门口等着，她母亲哭得站都站不住，倒在父亲怀里，见纪飞扬出来了，颤巍巍地要上去看女儿。纪飞扬的父亲却只是看着曹烨，实在气不过，冲上去就重重的一拳头打在他脸上。

曹烨的脸被打得一歪，下一刻鼻血就噗噗噗地往外冒。

他觉得自己真是亏大发了。

"飞扬要是有什么事，看我不扒了你的皮！"

曹烨揉着脸，实在不知道讲什么好，只叫了个护士过来给自己包扎，心想，程绍均你是真可以的！看我以后怎么还给你！

曹烨陪了纪飞扬一下午，快接近傍晚的时候她才微微有些转醒，脸色苍白地看着坐在病床边握着自己手的人。

曹烨忙收回手："好点没？"

纪飞扬皱皱眉，不是程绍均，他真的再也不会出现了。

"我认识你，你叫曹烨，我叫纪飞扬，"她指指自己的肚子，苍白的小脸上浮起一丝笑意，"这里住着小小飞扬。"

曹烨差点要泪崩，不敢提醒她孩子没了。

"飞扬，你别怕，手机在哪儿呢？我没有程绍均的电话。"

"我没怕呀，什么都没有了，也就不害怕失去了。曹烨，绍均不会回来了，你别告诉他这事儿，我这下真的是和他彻彻底底没关系了。"

曹烨听明白了，气得想踹桌子："什么？出了这事他倒成缩头乌龟了！"

"他不知道，不知道而已，曹烨你别告诉他。我和他，真的不合适的，这样也好。"

"好什么好！我以前怎么没看出来，丫的整个一人面兽心！"听到纪飞扬这么说，他脾气再好都忍不住要骂人。

"你不要那么说他，不能怪他。"纪飞扬闭上眼睛，"我没事了，就是好困好困，你在我就放心了，再让我睡会儿好不好？"

"好好，你睡吧，别怕，我就在这儿看着呢。"

曹烨被那句"你在我就放心了"感动得一塌糊涂。其实纪飞扬的意思是，她害怕见到所有认识的人，程绍均、父母、老师、同学……也只

/ 081 /

有在曹烨这样一面之缘但是却能十分信任的朋友面前,她才能放下所有的焦虑,痛痛快快睡一觉。

于是,纪飞扬睡着了,睡得很沉很沉,醒来的时候,已经是第二天的晚上。

杜以欣来了,眼睛红红地看着纪飞扬,一见她醒来,就抱了上去。

"我知道你不想见任何人,但我一定要看到你平安无事才行,飞扬,你给我好好的知不知道?"

纪飞扬点点头,嗓子干哑,有些生疏地说了句谢谢。

这一觉醒来,似乎对于所有人,都多了一层莫名的隔阂。

杜以欣没有在意,道:"程绍均到处在找你,疯了似的,我什么都没跟他说,不过想必这几天就能找过来。"

纪飞扬面容惨淡淡的,没什么表情,只定定说道:"记住,不是意外摔跤,是我自己不要这孩子的。"

杜以欣大惊:"你要做什么!"

纪飞扬说:"总要断得干净点。"

感情的事如人饮水,冷暖自知,如果没有,宁可放弃。

年少的时光悄然掠过,那些曾经心心念念着要用一辈子去守护的感情,在尚未老去的年华里急转凋零。那年那人,此时此地,谁又逃得过光阴侵袭、物非人非?

岁月浸透年轮,时光掠过大地,现实与回忆交缠着扑面而来,究竟是谁在生命里打下了那个结?换一个时间,换一个角度,你还是你,我还是我,但我们已经不是我们。

很多年前,程绍均曾以为自己会和一个叫谢宛的女孩子一辈子不分开,他送过女孩子一枚戒指,以为他们总有一天会结婚。后来,女孩子和别人订婚,他伤心之下去了国外。回国的那一天,程绍均看见一个和小时候的谢宛气质相仿的女孩,他接近她、追求她、保护她、疼爱她,到最后甚至于忘记了最初的那个影子,眼里心里,只剩下这个活生生的、会说会笑的纪飞扬。

他对她极好极好,却基本不去说未来如何如何,因为曾经和他在一起描绘未来的谢宛都快嫁给别人了,光说又有什么用?

他尽可能地将她庇护在自己的羽翼之下,让她永远做个无忧无虑的小女孩。

多年后再次遇到谢宛,两人已经可以平静地坐在一起吃吃东西聊聊天,各自说起自己的未婚夫和小女友。当谢宛将那枚戒指还给程绍均的时候,他也只是随手扔在行李箱里,到后来都没有再想起过。

所有的事情就是这样顺其自然。

如果谢宛没有将戒指还给程绍均,如果程绍均没有将戒指放到行李箱,如果纪飞扬看到戒指后能多问一句,如果程绍均那天没有表现得那么疲惫,如果纪飞扬在今后的那段日子里没有疑神疑鬼,如果程闻没有瞒着程绍均给纪飞扬打电话,如果程绍均的姐姐没有嫌烦按掉飞扬的电话,如果程绍均知道他们有了小小飞扬,如果纪飞扬没有从电梯上摔下去……

所有的如果加起来,都抵不过一个但是。

但是,还有但是。

那时纪飞扬已经不愿意听程绍均任何的解释,也不想给他任何的解释,真真假假都好,她只是觉得累了。

所以当程绍均一脸怒气出现的时候,纪飞扬表现得极为平静。

程绍均按捺住火气:"亲口告诉我,怎么回事!"

纪飞扬淡淡道:"就是觉得我们不合适,孩子不要也罢,从此大家各过各的。"

程绍均暴怒:"纪飞扬,这种事情你都做得出来,你他妈的还是不是人!"

　　这是程绍均第一次在纪飞扬面前说脏话,纪飞扬听着也只是木木的,这个男人,一旦决定放弃,他的所有气场与强势,都没有了原来的威慑力。纪飞扬从来没觉得自己在他面前也可以这样清醒这样决绝。

　　"反正你们程家又不缺能生孩子的女人。"

　　程绍均看着她,气急之下反而冷笑了出来:"纪飞扬,我好像终于看清你是个什么样的人了!"

　　"那真是恭喜。"

　　程绍均见不得她这阴阳怪气的模样,气得一脚踹翻了旁边的木头椅子,眼神是从未有过的寒冷:"纪飞扬,我这辈子都不会原谅你。"

　　纪飞扬脑海中一遍遍浮现的却是曾经的甜言蜜语。

　　"那你到底要不要跟我结婚?"

　　"你说呢?"

　　"会!我打赌你一定会娶我的!"

　　"你用什么赌?"

　　"我的一辈子!"

　　"宝贝儿,那我怎么舍得让你输。"

　　"……怎么舍得让你输。"

　　"……怎么舍得……"

　　纪飞扬眼看程绍均绝望离开的背影,突然轻声道说:"我赌你不幸福。"

　　程绍均的背影猛地一滞,纪飞扬似乎看到他的肩膀有微微颤抖,然后,头也不回地离开。

　　隔世的甜,让人一头扎进那五彩斑斓的色彩中。梦呓般的语调,一些无可救药的情绪在里面氤氲起伏,深陷沉沦。

　　——我赌你不幸福,是因我逢赌必输。

——你看,我都输得这么惨这么惨了,所以,你忘了我,好好过吧。

——不是你的错,只是我们真的不合适,原来这三个字不是恋人分手的借口,而是被逼无奈的理由。

——如果一定要有一人恨另一个人的话,就让你来恨我吧,其实这四年是我欠你太多,没有你,我怎么能有那样无滞无碍的成长。

——而今后,我是真的要长大了。

事情原本可以这样过去,但是碰巧那段时间S大在严查校风纪律,纪飞扬怀孕流产的事情不胫而走,她面临的是被学校开除学籍。这之后,就是亲朋好友的指指点点和父母终于不堪忍受的怨气怒气。她不得已离开S城,孤身在外寻找工作,若没有曹烨的帮助,那两年,真不知会是何样的境地。

爱情在仓促间无疾而终,所有的揣测、幻想、期望都无济于事,她也只有在睡梦中的时候才能悄悄怀想一下,那样的山河、那样的岁月、那样情到深处的喜悦与安宁。

她喜欢的诗人写过:"年轻的时候,如果你爱过一个人,请你一定要温柔地对待他。"

她有过这世界上最最柔软的感情,尽管这些最终都被席卷而来的时光统统带走,她也总是一再地说服自己,不要对这个世界抱有任何的怨恨。她要活得很好,带着过去的伤痕、带着一双能将逝去感情看透的双眼,清醒、勇敢地走下去。

有的人说,生活是一把刀,削去丰盈的肉,留下清瘦的骨。

有的人说,生活是一杯酒,你能喝到醇香,也能喝到苦涩。

纪飞扬有一句名言是:生活是一条河,淹死了很多人。

而她恰恰是个溺水未亡的,一觉醒来,清晨的阳光将噩梦尽数驱散。她双手抱着被子,大而柔软的床,忍不住就想多赖一会儿。

赖着赖着,发现被子的味道不太对劲,是一股淡淡的带着些清洌的味道,算不得香味,却煞是好闻。她鼻子再怎么不好,也闻得出这不是自己被子的味道。

想起来了!这根本就不是自己的床!

纪飞扬回忆起昨晚的事情,立马噌地从被子里跳出来,意识到自己正穿着程绍均的浴袍躺在程绍均的床上,急急忙忙爬起来。

看了下时间,好在还不晚,换上了自己的衣服,清洗了一下之后,整理好床铺,开了门。

客厅里,程绍均正坐在沙发上看着电脑,眉头微微有些蹙起。

纪飞扬蹑手蹑脚地往大门走去,想着要在程绍均发现她之前,飞快逃离。

然而,冷不防地,听到程绍均说了句:"吃完早餐过来看这个。"

纪飞扬泄气地朝程绍均看了看,见他还是盯着电脑屏幕,这样都能被发现,侧面长眼睛似的。再看看餐桌,果然已经有一堆早餐摆放整齐,纪飞扬捂着饿扁了的肚子,闷闷回了一声:"哦。"

纪飞扬不知道程绍均打的什么主意,三两下就把早餐搞定了,走到沙发边上,问:"你让我看什么啊?"

程绍均将笔记本电脑转过去:"你看看这个广告的思路。"

纪飞扬低下头去看,是一个造型夸张的洗发水广告,总共有六分钟的长度。广告的故事内容明显取自《灰姑娘》,然后对其进行大量的改写和重设,而其对于艺术把握的整体思路,竟然和"在水一方"如出一辙!

纪飞扬大骇,张大眼睛看着程绍均:"这……这是怎么回事?!"

程绍均面无表情地看着她,说道:"这个广告是昨天晚上才发布的,很明显,如果不是你抄袭人家的方案,就是你的策划被盗,并且人家比你们先一步做出成果了。"

"我……我才不会那么不长进!"纪飞扬瞪他一眼,继而忧心忡忡道,"策划案怎么会泄露?这是哪家公司?他们的速度怎么可能那么快?如果这样的话,我们之前投入的资金和人员不是都浪费了!这得是多大的损失!"

程绍均扬眉,随手合上了笔记本电脑,说道:"这就是你们雁城的问题了,我大不了换一家广告公司,至于损失多少……你得回去好好跟你们老板解释了。"

"你!"她扬起右手,食指指着程绍均,气愤得说不出话来。

程绍均将她的手指一把捏住:"飞扬,你这个样子是很不礼貌的。"

"程绍均,你不要太过分了!"

"我怎么了?生意场上本来就没有永远的朋友或者绝对的敌人,你还指望着程氏帮你们共渡难关?"程绍均扬了扬嘴角,唇线上出现出一条好看的弧度,"还记不记得你上次跟我说过什么?'雁城有的是可用之人,即便一个不起眼的小助理,也能把你的广告做到最好',这话可是你说的,现在……真可惜。"

纪飞扬愤愤地挣脱开他的手:"情况还没那么糟糕。"

程绍均一脸同情地看着她:"但愿如此。"

纪飞扬转过身去开大门,听到后面传来程绍均暧昧不明的声音:"昨晚睡得好吗?"

"你的床臭死了!"纪飞扬"砰"的一声用力关上门。

程绍均的嘴角扬起了微笑。

回公司之后,纪飞扬才知道情况比她想象中的更糟糕。对方不仅盗用了他们的创意,还放出消息,口口声声说是纪飞扬泄露的资料。纪飞扬本来就是这个项目的负责人,一时间百口莫辩。

纪飞扬推开会议室的大门,里面郭引绚和几个经理都在,个个神色焦虑不安的样子。

"对不起，我来晚了。"

郭引绚看着她脸上厚厚的一块纱布，问道："飞扬，你的脸怎么了？"

纪飞扬喃喃道："昨天去柳家巷，遇到几个流氓……"

"原来沈临西和张玥昨天是和你在一起！"郭引绚很生气，将几张纸甩到纪飞扬面前，"你自己看看！沈临西伤成这样，现在他们的经纪公司要求赔偿！"

"他们的经纪公司……不是程氏旗下的'盛日娱乐'？"纪飞扬拿起来一看，"这么高的赔偿金？！"

"沈临西什么身价！张玥又是什么身份！程羡宁今天早上亲自处理的，你说严不严重？"郭引绚来回踱步，"不仅这件事，今天早上发布的那个洗发水广告你看到没？飞扬，我相信你不会做对不起公司的事情，但是他们一口咬定是从你这里得到的消息。你回来前五分钟，程氏刚刚发来邮件解除和雁城的合约，撤回了所有资金，且要求问责相关人士！"他一掌重重地打在会议桌上，"这么一来，几个新接手的案子全部都要因为资金原因停止！"

纪飞扬心里一怔，程绍均你够狠的啊！看来从昨晚她去了他那里开始，他就已经在谋划着要怎么做了，而今天早上说的那些话也不是什么试探，而是猫捉到老鼠之后拿在手里把玩的变态行为！

会议室里，几个经理俱是沉默，心知这次遇到大麻烦了。

"老板，我……"纪飞扬想解释，却又不知道怎么解释。

郭引绚挥了挥手："收拾下东西，马上离开雁城吧。"

纪飞扬一愣，张了张嘴，环顾坐着的几个人，没有说什么，关上门就退了出去。

刚一出门，曹烨的电话就来了。

"飞扬你先别急，老郭跟我说了，你暂时得离开雁城，他也是为你着想。刚才骂你了吧？别放心里去，都是做做样子的。这事情八成是有人坑你呢,继续留在那里还不知道要出什么事,这几天先回家待着。"

"噢。"

"别那么丧气啊,都是钱能解决的问题,你先在家玩着,等休息够了过几天我帮你找个新工作。"

"噢。"

"别傻愣愣的了,该吃吃该玩玩,别多想了。"

"噢。"

"飞扬你不要……"

纪飞扬忍不住说道:"曹烨,我要是连这些都不知道这些年就白混了!"

曹烨的笑声从另一头传过来:"好好好,你知道就好,我挂了!"

纪飞扬刚按了电话,手机铃声马上又响起来了。

"冯韵文先生,您又有什么事?"

冯韵文笑道:"好像除了约你吃饭,我也不能找你做别的什么,看电影?打球?逛街?要不帮我去买衣服?"

"大清早的你找我帮你买衣服?"

冯韵文悠闲道:"反正我知道你现在需要人陪着。"

"你消息挺快啊!"

"何止消息快,你办公桌上的东西都已经搬到我车上的,是不是效率也很快?"

纪飞扬往楼下一看:"我怎么没见着你的车啊?"

"这边,粉红色那辆!"

楼底下的确有辆粉红色的小车,印着 Hello Kitty 的粉色甲壳虫,远远望去简直像是女孩子的玩具。

纪飞扬笑得眼泪都快要掉出来了,但还是装作一本正经地说:"这车挺好看的。"

冯韵文笑道:"嘿,这是你第一次夸我的车漂亮!行啊,我以后就开这辆了!"

纪飞扬哭笑不得:"我挺好奇,你爹看到你开这车是什么反应?"

"他?反正我无论干吗他看到我都是恨铁不成钢。"

"真不容易,你还知道自己是块臭铜烂铁。"

"你怎么就这么舍得伤我心啊?"

"反正你皮厚啊!"

说着说着到了楼下,冯韵文正从车里探出个脑袋,见她下来,赶紧给开了门。

纪飞扬见他一大男人开着这么可爱的车,使劲憋着笑,涨得脸都有些微微泛红。

"气色还不错嘛,红光满面的。"

"这不是托您的福吗?"

"去哪儿?"

"医院。"

昨晚检查下来,医生说沈临西断了三根肋骨,手脚也有不同程度的骨折,好在伤得不是很严重,但纪飞扬觉得还是有必要再去看看。

到了病房里,正看见张玥在喂沈临西喝粥。沈临西脸色有些苍白,但精神不错,还不忘伸出缠着绷带的手蹭蹭张玥的脸颊。

"飞扬姐来了!"张玥跟飞扬打了声招呼,看向冯韵文,"这位是?"

"众信集团的冯少爷!"病床上的沈临西笑道,"玥玥,这可是出了名的花花公子,记得离他远点!"

冯韵文笑嘻嘻的:"难得能见到大明星啊,哈哈,让我看看破相没。"

说着真的要去捏沈临西的脸,被张玥一掌打掉,气呼呼地看着他,好像在说:我的男人你乱动什么!

冯韵文更是笑开了，揉揉下巴："玥玥你怕什么，我又不喜欢男人，这不正追着你飞扬姐嘛。"

小姑娘不乐意了："谁准你叫我玥玥的，跟你又不熟！"

纪飞扬也看他一眼："你怎么老是乱说话！"

"哪有乱说，没追上而已。"

"你还说！"

"飞扬姐打他！"

"喂，你个小丫头怎么这么毒！"

几人在病房里吵吵闹闹，都不是小孩子了，但却能玩到一块去，暂时遗忘了外面世界的各种烦恼。

正当冯韵文抱起纪飞扬作势要往楼下扔的时候，病房的门开了。

纪飞扬还被冯韵文抱在手里，当下愣住了一同往门口看去。

程绍均和张嘉茜站在门口，身后跟着陈戈。

程绍均脸色铁青地看着纪飞扬，张嘉茜走到病床前关心沈临西和张玥，陈戈站在门口，看了看纪飞扬和冯韵文竟是笑了一下。

纪飞扬低声问道："那家伙为什么笑？"

冯韵文答："大概是头一次看到他老板的那种表情。"

"你为什么还不放我下来？"

"忘了。"

冯韵文将纪飞扬放到地上之后，朝程绍均问好："程总、张小姐，我们总是这么有缘哪。"

明显的热脸贴着冷屁股，程绍均这回连理都没理他。

纪飞扬上去拉拉他的袖子："我们走吧。"

冯韵文牵着她的手出去。

程绍均看着他们出去，目光始终淡淡的，但是右手的手心已经紧握成拳，青筋暴起。

七

亲爱的，这座城也叫飞扬

纪飞扬这几天闲在家里，却也时时关心着雁城的情况，程绍均限定一个星期之内归还所有资金，让郭引绚急得头发白了不少。

思忖良久，纪飞扬还是给程绍均打了电话，等了好久程绍均才接电话，听那边的声音，莺莺燕燕好不热闹。

"唔，想我了？"程绍均的声音似乎迷迷糊糊的。

"你喝酒了？"

程绍均难得跟她开起了玩笑："对啊，喝了好多，你要不要来救我？"

纪飞扬想他肯定是糊涂了，估计都不知道自己在跟谁说话，问道："你在哪儿？"

"印记。"程绍均报了个酒吧的名字。

纪飞扬赶到的时候也才九点多，但已经人满为患。

音乐声震耳欲聋，纪飞扬转了一圈没找着人，打他手机也不接，干脆手一撑,坐在卡座和舞池中间的木质横梁上,居高临下地来来回回看。

突然,腰上被伸过来的一只手整个搂住。

纪飞扬一惊,正要推开,那人却抬起手,一个公主抱把她从横梁上抱了下来。

"宝贝儿,腰真细。"

是程绍均的声音,纪飞扬一回头就看到他带着些醉意的眼神。

"你放我下来。"

程绍均低笑,把她抱到角落里的沙发上,弯下腰就去亲她的嘴。

"乖,别动,就亲一下。"

柔软的唇覆盖上来,轻柔得她都忘了推拒,先是浅尝辄止,再一点点加深,在飞扬几乎要动情的时候程绍均却生生刹住了,离开她的唇,静静地看着她。

"说好了就亲一下的。"

纪飞扬"嗯"了一声,心道:倒装起正人君子来了!

"你好像不太高兴?"

"呃?"

"那就再来一个。"

……

"绍均?程绍均?程绍均!"

纪飞扬好不容易抬起被程绍均压着的手,拍拍倒在自己身上一动不动的家伙。

"喂,你今天是和谁一起来的?喂?"

程绍均迷迷糊糊说了个名字,纪飞扬没听清楚。

"谁?"

"庄……希。"

"庄希?"庄家的人?

程绍均突然笑起来:"那小子,被个小姑娘倒追,从美国一路逃回来……现在小姑娘不要他他又不乐意了,你说别扭不别扭?"

"是别扭,可别扭了。"纪飞扬随口说着,一把扶起程绍均,问道,"那庄希人呢?"

"那儿!"程绍均抬手指了个方向。

"哪儿?"纪飞扬顺着他指的方向看了一圈,脑袋都大了,"算了,我先送你回去。"

程绍均被她拉起来,不管不顾地,大半体重都压在她身上。纪飞扬半拖半拉,好不容易才挤到大门口,随手拦了辆车。

"喂,你住哪儿?"

程绍均睡着了。

纪飞扬让司机开到自己之前去过的那幢小别墅。到了地方,程绍均早就睡得人事不知,还是司机帮忙把他抬上楼的。

纪飞扬本来想着就这样扔在地上好了,反正这天气又冻不死人,再一想不行啊,自己找他本来就是有事相求,怎么着也得态度好一点。于是伺候他脱鞋子脱外套,搬到床上马马虎虎洗了脸。

临走,纪飞扬气不过似的在他脑袋上敲了下,对着他"哼"了一声。

不料,程绍均猛地一把抓住她的手,睡梦中叹息似的轻声呢喃:"亲爱的,这座城也叫飞扬。"

纪飞扬苦笑,低声说:"难道我该满心欢喜地认为这是你为我而建的?"

问题却没有答案,她拨开程绍均的手,一步步走出房间。

第二天,程绍均醒来的时候头还是很痛,看了看所处的环境,很想不明白自己怎么睡到这儿来了。

他回忆昨天晚上的事情,记得是很久不见的发小庄希说心情不好找他出去喝酒，于是就去了，去了之后就听庄希絮絮叨叨说起他在美国遇到的一个女孩子。知道他原本是话不多的，自己还特意打了他一拳嘲笑他怎么跟娘们似的，然后两个人就喝啊喝……

但是后来呢？他看了看床边的衣物和鞋子，却怎么都想不起来。

他给庄希打了个电话想问问情况，接电话的却是一个女人。

程绍均还一句话都没说，对面就冲着他厉声骂起来："你！你叫程绍均是吧！是你叫庄希去喝酒的？你脑残啊智障啊，他酒量那么差你还让他喝那么多，喝完又把人扔那地方，你怎么就不想想那边乌烟瘴气的女人那么多，庄希那么好看一人万一被欺负了怎么办？还有，一大清早打什么电话！现在我跟你说清楚，麻烦你也去转告一下你们那群狐朋狗友酒肉朋友，以后这种事情不准叫上他！"

程绍均"泼妇"两字还没说出口，听到那边传来庄希睡意蒙胧的声音："赵七七，你干吗吵我睡觉……"

然后电话"啪嗒"一声挂了。

狐朋狗友？酒肉朋友？程绍均愣了片刻，庄希有本事啊，这种女人也敢要？

昨晚还说那姑娘什么来着？可爱？细心？温柔？大方？眼瞎！

不过，既然不是庄希，那自己到底怎么回来的？

正想着，外头有人敲门，程绍均诧异道："进来。"

纪飞扬推门而进："睡醒了？"

"嗯。"

没想到进来的人会是她，程绍均有些不知所措了，伸手揉了揉刚睡醒时乱糟糟的头发。

"睡醒了的话就出来吃早饭。"纪飞扬走出去，然后掩上门。

程绍均来到客厅的时候鬓角上还沾着些微水珠，一丝不苟的衬衣将脸部线条衬托得更加轮廓分明。

纪飞扬刚将煎蛋和牛奶放到餐桌上,他就拉开椅子坐下了。刚才看了昨天的通话记录,对于她怎么会出现在这里,不用想都明白了,当下也只是沉默着。

长方形的餐桌,两人各坐一边,无声地吃着东西。

程绍均安安静静吃完了煎蛋,突然道:"虽然手艺不怎么好……"

纪飞扬抬起头看着他。

程绍均轻笑:"不过看在你还记得我喜欢吃七分熟的煎蛋,说吧,我答应你。"

纪飞扬放下了面包:"你知道我为什么找你?"

"不是为了雁城的事情,难道还是为了来求我回心转意?"程绍均一脸轻佻地看着纪飞扬。

"策划案你们程氏手中也有,不能因为外界一点点捕风捉影的声音就把问题都归结到我们身上。"纪飞扬道。

"哦,那你觉得我该怎么做?"

"可以的话,查查那些资料到底是怎么泄露出去的,以你在 A 城的能力,想知道问题究竟出在谁身上,易如反掌。"

程绍均摇头:"然后拿回一笔赔偿?你觉得我的时间就是用来这么浪费的?"

纪飞扬无奈:"你讲讲道理好不好。"

"一直都很讲道理,可就是不喜欢跟你讲道理。"程绍均安安静静地看着她。

"那打扰了,再见!"纪飞扬起身就准备走。

"回来!"程绍均在纪飞扬走到门口的时候叫住她,"帮我把牛奶热了,雁城的广告继续,其他事情我会解决。"

纪飞扬深吸了口气,回到餐桌边拿起杯子。

因为程绍均的良心发现，雁城在经历一场人心惶惶的风波之后，重新步入了正轨。

纪飞扬因为之前被同事们认定为是"商业间谍"，继续留在雁城难免尴尬，闲了几天之后，被曹烨拉去了他的"天华娱乐"。

"觉得广告无聊了，所以转行搞电视剧？"在一家名叫"人约黄昏后"的小店里，冯韵文正靠着座椅玩打火机。

纪飞扬坐在他对面，喝着店里特制的饮料："喂，我难得这么惬意，你干吗要跟我提工作的事情？"

"又不顺心了？"

"昨天是两个小演员为了争着给导演倒酒，差点在饭桌上打起来；前天是一个制片的侄女，长得抱歉吧还哭着闹着死活要演女主角；大前天是有个摄影，片场一切准备就绪就等着拍了，他打电话来说老爹车祸，正在回老家的路上；大大前天……"

"得了得了，都是些什么鸡毛蒜皮的小事啊！"

纪飞扬正要把一勺提拉米苏往自己嘴里放，冯韵文把脸伸过去："啊。"

"德行！"纪飞扬很大方地分给他。

"好吃！程绍均不是说去查上回那事儿吗，给你什么结果了？"

"那个盗用我们创意的广告被封了，别的倒没说什么。"

"这么说我可以百分之百肯定了。"

纪飞扬若无其事吃着东西："肯定什么？"

冯韵文道："我叫人查过了，资料不是从雁城泄露的，而是程氏自个儿那边出了幺蛾子。我本来不确定这事儿程绍均知不知情，这么看来，即便不是他指使的，他也帮着隐瞒了。"

"你肯定？"

"不肯定我能跟你说?虽说你那老情人是不咋的吧,我也不至于低劣到去陷害他的。"

纪飞扬拿小碟子打他的手:"又乱说话!"

冯韵文笑着揉揉手:"没打疼。"

纪飞扬不理他,沉思道:"难怪他后来那么爽快就答应了,敢情这原本就是他自己弄出来的,但是这样做有什么意义?现在雁城不还好好的?"

冯韵文提醒道:"但是你欠了他一个人情。"

纪飞扬蓦地没了声音。

银质的小铁勺没拿稳,"叮"的一声敲在碟子上,纪飞扬下意识地去拿,却被冯韵文握住了手,眼神温和地看着她:"知道提拉米苏是什么意思吗?"

纪飞扬摇摇头,忘记了把手拿开。

"捡起我吧。"冯韵文缓缓说着,眼角眉梢俱是柔柔的笑意,"来源于一个意大利的故事,说的是有个即将奔赴战场的士兵,在临行那天,心爱的妻子将家里所有能吃的面包饼干都混在一起让他带走。后来士兵每次在战场上吃到的时候,就会想起他的家和妻子。"

"冯韵文,你什么时候也变得这么煽情了?"

冯韵文看着纪飞扬,目光与她的视线平行:"好像,我们认识也有些时间了。"

"嗯。"

"好像,你也并不讨厌我。"

"嗯。"

"好像,我对你真的挺好的。"

"嗯。"

"好像……你会同意做我的女朋友。"

纪飞扬和他对视很久,没什么表情,慢慢地把自己的手从他掌心里拿出来。

"冯韵文,你是不是没被女孩子拒绝过啊?"

"也没,好女孩子通常都会拒绝我。"

纪飞扬想笑,忍了半天没忍住。

"你还挺有自知之明的。"

"可不是嘛,好在我是我爹亲生的,不然估计早被掐死了。但是我反思过了,你看哪,和你认识这段时间以来,我什么荒唐事儿都没做,都已经够得上好女孩儿要求的标准了,我爹都在怀疑养这么大个儿子会不会突然被人掉包了。"

"别那么可怜巴巴看着我,没用!"

冯韵文的脸更可怜了:"飞扬,您别那么狠心成吗?"

纪飞扬笑了笑,不说话,站起身,拿着包就准备走了。

冯韵文想叫住她,但是只动了动嘴,没叫出声,脸色晦暗地低下了头。

却听到纪飞扬的声音不远不近地传来:"喂,你还不准备走吗?"最后三个字语调拖得长长的,"男——朋——友——"

冯韵文瞬间眼睛一亮,脸色立马转晴,噌地从椅子上站起来跟在纪飞扬后头。

纪飞扬走在前面悠悠说道:"前几天报纸上登出来某著名女星与一个身份不明的人出现在私人会所,行为暧昧,那人的背影和您老挺像啊。"

"飞扬你真关心我,还认得我的背影。"

"再前几天高速上有群人飙车,被警察拦下来后还和那几个警察动了手,后来有人叫了军方长官才消停下来。那辆粉嫩粉嫩的 Hello Kitty,整个 A 城都找不出第二辆吧?"

"你看……你一说好看,我到哪儿都是开着它。"

"再前阵子有人来视察,才到 A 城就被身份不明者袭击,套上麻袋暴打一顿后扔在臭水沟里,据说若不是你家老爷子出面,那个肇事者早就被拉去判刑了?"

"飞扬,这个我可得说说,你是不知道,那老王八蛋养了十七八个'小',个个不超过十八岁个个都是被迫,我这不是为民除害嘛!"

"还个个如花似玉我见犹怜是吧?"

"是……啊不,不是……"

"那还有……"

"成了您别举例了,我以后修身养性还不行吗?"

纪飞扬收住了话头,和冯韵文坐上小 Kitty,开始了她人生中的第三段恋爱。

她并不确定,这么个浪子会因为自己回头是岸痛改前非,但起码他有自己的善恶和人生信条,而且和他在一起的时候自己可以很轻松也很开心。

一转眼入秋,整个城市都陷入了阴沉沉的状态。难得一个雨停的日子,也正是"在水一方"的广告发布的时候。

纪飞扬收到了邀请函,这一天冯韵文还有事要办,所以送她过去之后要先走一步。

车子在门口停下来,冯韵文黏着纪飞扬要一个 kiss goodbye,纪飞扬面对他这种耍赖皮装委屈有些哭笑不得。

周围人来人往,粉色的小 Kitty 本身就已经十分醒目,纪飞扬只想着快点把冯韵文打发走,于是食指往自己嘴上一按,然后隔着点距离朝着冯韵文轻轻一点。

冯韵文立刻满足,笑起来眉毛弯弯的:"两个小时后来接你!"

然后,他驾着爱车小 Kitty 特臭屁地走了。

这次广告发布会,程氏代表出席的是张嘉茜、沈临西和张玥,他们三人从车上下来,刚好看到了这一幕。

张嘉茜带着些冷笑走上前去,挡住了正准备进门的纪飞扬,她对纪飞扬说道:"原本觉得冯少虽然疯玩,品位也还是不错的,现在看来,他的审美真的是……古怪。"

纪飞扬没心思跟张嘉茜拐弯抹角,转过头看着她,直接说道:"哦?张小姐是说那辆车还是说我?"

张嘉茜没想到她会这么直白,愣了愣,而身后的沈临西和张玥察觉不太对劲,立马变了脸色。

张玥急忙道:"飞扬姐,我姐她不是那个意思!"

张嘉茜冷哼一声,严厉道:"你管谁叫姐?玥玥你给我记清楚点,在这里除了我没有人是你姐姐!"

张玥向来有些害怕张嘉茜的,被她这么一说,吓得低下了头。

站在张玥身边的沈临西露出一个不悦的神色,随即沉声道:"够了嘉茜,我们进去吧。"

路过纪飞扬身边的时候,沈临西朝纪飞扬点点头,算是打了招呼。

纪飞扬深呼吸,走进会客厅,不曾想竟然会看到颜冉。

颜冉穿着身香槟色的抹胸长裙,头发颜色挑染成了一束束的暗紫,原本就不落俗套的相貌,在人群中十分扎眼。

颜冉也看到了纪飞扬,隔着老远对她招招手笑了笑。

纪飞扬有些纳闷,趁着郭引绚发言结束,中间休息的那段时间找到她:"冉冉,你怎么会在这儿?"

颜冉用手指头戳戳她的肩膀,佯怒道:"一点都不关心我!上星期刚和'盛日'签约,今天发布会结束后要跟经纪人去见个客户。模特这行也混不出什么,不如转型做演员。"

"徐未然同意?"纪飞扬蹙眉,以颜冉的身份要进徐家有些困难,徐未然若是对她认真的话,一定会让她早日离开这个圈子。

/ 101 /

颜冉一听徐未然的名字，脸色立马就变了，气道："以后别再跟我提那浑蛋！"

纪飞扬一愣，未及多想，点了点头。

在这样一个时代，这样一个城市里，相遇、相爱、厌倦、分手，不是再平常不过的事情了吗？谁能保证今天的金童玉女到明天还没有劳燕分飞？

"为什么要签给盛日？要是来天华的话，或许能走得更顺些。"

"有程氏在背后撑腰，盛日绝对是未来最有潜力的娱乐公司，何况人家已经几次递过来橄榄枝了，我总不好意思每次都拒绝吧？"颜冉语调一转，"你是觉得这样我就成了程三的员工，而你对他还是恩怨难了？"

"哪有的事！"纪飞扬不经意间看了看张嘉茜，有些担忧，"你的经纪人是谁？"

"喏，那个，张嘉茜，你应该认识的。"

纪飞扬一滞，果然如此。她看着颜冉认真道："冉冉你想过没有，程羡宁一再提出拍摄期间'盛日'的女演员不能去见制作方或者投资商，意思明白得很。你虽然刚加入他们公司，但是最起码的保护还是应该有的，张嘉茜为什么要带上你一个新人去见客户？"

颜冉也是个思维活络的人，一点就透，低声道："你是说她故意害我？因为她知道你和程绍均的事，而我又是你的好朋友？"说着，她自己忍不住笑了出来，"这种幼稚的事情不至于发生在张嘉茜身上吧？"

"或许是我想多了，不管怎样，一切小心。"纪飞扬缓缓道。

颜冉笑道："你以为我会怕？飞扬，这点小事都摆不平的话，我能一个人活到现在？"

纪飞扬自然知道颜冉有能力照顾好自己，听她这么一说，突然发现颜冉从来没有跟她说起过自己的父母和家庭，仿佛是一个没有过往的人。

想再多问几句的时候，颜冉看到不远处有认识的人在跟自己招手，便对纪飞扬说:"我先走了,周末打你电话。"

纪飞扬点点头:"好。"

不一会儿,广告放映,巨大的银幕上,出现"在水一方的童话"几个漂亮的大字,看到总策划那一栏里写着自己的名字,纪飞扬心里蓦地一感动。她转过头看了看前老板郭引绚,对方也正好看向她比了个大拇指。

雁城的这个广告拍摄得很成功,从演员到服装都非常到位,沈临西和张玥简直就是天生的王子和公主。十分钟的长度,新颖独特而又富于内涵,几乎让在场的每个人都意犹未尽。纪飞扬偷偷看了眼张嘉茜,她坐在位置上没什么表情,只是若有所思地望着正前方的屏幕。

发布会结束之后,张玥悄悄跑过来拉住纪飞扬,压着声音道:"飞扬姐,刚才的事情你别放在心上,我姐她其实挺好的。还有,她不知道我和临西在一起的事情,只当我们是好朋友,你可千万别告诉她呀!"

"放心吧,我会帮你保密的。"虽然这么说着,但是她心里却十分明白,以张嘉茜的洞察力,怎么可能连张玥的这点小心思都看不出来?只是装作不知道而已。

发布会结束之后,纪飞扬走出大门就看到冯韵文的小粉红招招摇摇停在那儿。顶着不少人将笑未笑的目光,纪飞扬捂着脑袋,很是头痛地走了过去。

上了车之后,冯韵文说要带她去一个地方,神神秘秘的。

纪飞扬咳嗽一声,建议道:"韵文,要不你下回换辆车吧。"

"这车挺好啊,自从我开了它,回头率一下子从百分之九十九上升到百分之百。就连你这眼神儿不大好的都能一眼认出来,多劳苦功高啊,我才舍不得换了。"冯韵文一副老大不愿意的样子。

"我眼神儿不大好?"

冯韵文点头:"可不是,要不以前每次都是我先看见你的。"

是啊,那是因为有几回纪飞扬看见了当没看见。

当小 Kitty 在一家私立幼儿园停下来的时候,纪飞扬随口问道:"来找你私生子?"

冯韵文哼哼两声不屑地看着她:"瞧你那比蚯蚓尾巴还狭隘的思想!"

纪飞扬正在思考蚯蚓究竟有没有尾巴,幼儿园的大门开了。一群小孩子围了上来,有个绑着两只小辫子的漂亮小女孩一把抱住冯韵文的腿。

"冯叔叔又来看我们啦!"

冯韵文抱起她,一脸的好叔叔模样:"小星星!这几天听不听话?有没有乖乖吃饭呀?"

被叫作小星星的女孩子使劲点头:"星星很听刘奶奶的话,星星还帮宋奶奶扫地。"

冯韵文亲了她一口:"真乖!看叔叔给你们带了什么礼物!"他说着去开后备箱,竟然满满当当放了一大堆玩具。

其他孩子高兴地上去搬东西,小星星挂在他脖子上,睁着大大的眼睛问:"冯叔叔,这个漂亮姐姐是谁?"

"什么姐姐啊?她都一把年纪了,叫阿姨!"冯叔叔老不乐意。

纪阿姨很生气:"冯韵文你找打是不是!"

小星星已经甜甜地叫了一声:"阿姨!"

瞧着那可爱的小脸,纪飞扬也只好应了一声,阿姨就阿姨吧。

和孩子们一起走进幼儿园,纪飞扬对冯韵文道:"我听过这里,想着哪个好心人这么善良,建了幼儿园又建了小学。"

"孤儿院里的孩子时时刻刻会记着自己是孤儿,但我想让他们知道,他们和世界上任何一个有父母的孩子都一样,这里吃的用的都是最好的,他们过得很快乐。"冯韵文道,目光柔和中带着一丝狡黠,"怎么样,有没有觉得我很伟大？很想以身相许？"

纪飞扬忍俊不禁："冯韵文，我说你怎么这么别扭啊？做坏事就想让谁都知道，难得做件好事，倒要瞒得滴水不漏的。"

"我这不是情怯嘛。"

"拉倒！"纪飞扬笑着说，"一看就是黑心钱赚多了，怕遭报应吧？"

冯韵文很配合地忙点头："是是是！就怕坏事做太多了哪天你不要我，这不在你面前好好表现一下……"

两人都留在幼儿园陪孩子们玩了一下午，转眼已经天黑。

晚饭的时候，纪飞扬突然兴起打电话叫了各种各样的小吃，顶楼天台上，她和冯韵文席地而坐，边吃边聊。

这一日天光明亮，一抬眼，月色柔和，星火闪烁。

纪飞扬吹着风，回忆着今天下午的一切，正如冯韵文所说，这里的孩子和孤儿院中的孩子不同，他们天真、善良、快乐，没有丝毫对这个世界的恐惧和不信任。

冯韵文究竟花了多少心思在上面，才能够让这些失去家庭的孩子如此勇敢而幸福地生活在一起？

"飞扬，你这么看着我，会让我以为你爱上我了。"不知何时，冯韵文注意到了飞扬停驻的目光。

而纪飞扬这次却没有将他的玩笑反打回去，只是看着他说："真有那么一天，我一定亲口告诉你。"平淡的语气，很轻，但是认真。

冯韵文只觉得，在那一刻他的心跳忽然加快了，有那么一瞬，心中所思竟然是：就她了吧，这辈子，就她了！

但是，紧接着一股莫名的不爽又涌上心头，潜意识中就觉得，他似乎永远也听不到那句话了。

纪飞扬看他发呆，推了他一把："你怎么愣住了啊？"

冯韵文笑笑："我在思考问题。"

"什么问题?"

"嗯……我想做件坏事。"他说着往纪飞扬身边一挨,俯下头,一个浅浅的吻落在纪飞扬嘴角。

纪飞扬有片刻的恍惚,继而听到冯韵文轻笑道:"好甜,哈哈……"

"你坐过去!"纪飞扬反应过来,推了他一把。

冯韵文被她没轻没重地一推,身体竟然歪了歪,眉头一紧一手捂住胃部。

纪飞扬问道:"你怎么了?"

"突然有点胃疼。"冯韵文摇摇头,"都是你啊,让我吃这些玩意儿,本少爷金贵的胃能受得了吗?"

纪飞扬见他脸色苍白,也不跟他贫嘴,担忧道:"要不要去医院?"

"一会儿就好,你以后别给我乱吃东西就行了!"冯韵文说着往她肩膀上一靠,"疼一下也好,飞扬来,帮我揉揉。"

"矫情!"纪飞扬嘴上这么说着,还是很给面子地帮他揉揉胃部。

她的发丝从耳后落下来,垂在冯韵文脸上。

冯韵文觉得鼻子痒,动了动却也没有拿开,原本泛白的脸,晕起数不尽的笑意。而不管心里作何想法,冯大公子表面上还是得做出一副百毒不侵的模样,也不在乎对方早已将他拆穿。

"你在看星星吗?我从小就觉得,每个数星星的女孩子都特可爱。"

纪飞扬说:"那真是可惜,我比较喜欢数月亮。"

"那么……嗯……月亮好看,天气应该要开始转晴了。"

"你胃不疼了?"

"疼!可疼了!你手一拿开我就疼……"

今晚的月光特别特别柔和,柔和到很久之后的很多个夜晚,当纪飞扬回忆起这个人的时候,都会从心底里产生无尽的感激。

八

YU TA GE ZHE
YI PIAN HAI
我以为，我已经把你藏好了

雨季彻底过去，A城迎来了阳光普照的日子。然而平静的日子没过多久，纪飞扬一直担心的事情还是发生了。

天华娱乐与盛日娱乐为了一部原创小说的影视版权，相争不下。最终小说的原作者出于私人关系将版权给了天华，而盛日则转而买下了近几年红遍网络的另一部架空历史剧。

天华和盛日争得越你死我活，纪飞扬就越担心颜冉。

盛日那部电视剧的男主角是沈临西，女主角是当下的人气女王董心蕊，同样戏份很多的女二原定是颜冉，但剧组临时加入了一位名气很响的一线演员，角色被顶替，颜冉只能出演一个不起眼的小角色。

接到颜冉电话的时候，纪飞扬正在KTV为同事庆生。

"冉冉，怎么想到给我打电话了啊？"

对面是一片杂乱的声音，纪飞扬隐约可以听到男人的话语和大笑，而颜冉却始终没有说话。

预感不妙，纪飞扬紧张道："冉冉，你在哪里？说话！"

颜冉的声音模模糊糊的，明显手机并不是放在嘴边，但纪飞扬还是能听到个大概。

"早就听说这'上御'的装潢特别好看，今天总算是见识到了……似乎'清越'这房间还是这家老板亲自做的设计……"

纪飞扬一听地点就知道事情麻烦了，上御，一家以男性服务出名的私人会所，不是光有钱就能进得去的。

不知道冉冉怎么会去那种地方，然而现在容不得她多想。

从电话不难听出颜冉的情况，和几个男人在一起，其中有人非富即贵，而且她现在不能打电话。

纪飞扬挂了电话，和同事说了声有急事就离开了KTV，匆匆赶去。

所幸上御离纪飞扬所在的KTV并不远，到了上御门口，有侍者拦着不让她进去。纪飞扬扯谎说是替冯韵文来选聚会场地的，晚了的话冯少要生气。那侍者虽有犹豫，但听着纪飞扬的口气似是对冯韵文极为熟悉，也就没敢拦她。

上御的包厢设计很奇怪，并不是按照数字或者字母顺序来排布，毫无章法可言，找起来麻烦得很。纪飞扬走了一段路，随手拉了个服务生，问清越包间怎么走。服务生给纪飞扬指了个方向之后，纪飞扬就顺延着一路找过去。

此刻的清越包间里，颜冉的神情隐没在幽暗的灯光之下。

坐在旁边的是一个中年男人，他举着手中的红酒对颜冉笑道："颜小姐，你这次能来拍摄我们公司ice系列的宣传片，真是让我们觉得荣幸之至啊！"

颜冉从一头暗紫色的长鬈发中抬起头，举杯轻抿了一口："刘总您客气了，这是我的运气才对。"

那张即便是毫无表情的脸,在灯光下也显得很是国色,让姓刘的着实愣了那么两三秒。不光因为她的美貌,更是因为觉得这戏子安静得有些出奇。酒水里头分明是掺过药的,她不可能到现在还没发现,偏偏还是一脸从容镇定的样子。

无端靠了张冷板凳,姓刘的倒也没生气,正要换个话题,颜冉却又说话了:"能和诸位老板合作,很是期待。我突然有些不舒服,这一杯酒我敬各位,稍后可能要失陪一下了。"

"颜小姐一看就是个识趣的人,来,一起敬颜小姐。"姓刘的一高兴,发福后的肚子都随着他的笑声一颤一颤。

颜冉一阵反胃,却不好发作,只能眼看着那人的手伸过来,将她腰一把揽过。

"颜小姐身体不舒服,这可是件大事,要不我现在扶你去楼上的房间休息会儿?"言罢,他神色暧昧地看着颜冉。

颜冉忙摇头:"不,不用了,我自己过去就可以。"

张嘉茜今天说要带她出来的时候她本想找借口推掉,但是想到涉及那部重金打造的电视剧中的戏份,她还是来了。不想最恶心的事情真的发生了,张嘉茜说有点事情先走的时候,颜冉就知道自己在劫难逃。趁着那几个人不注意,她反过手去偷偷拨了纪飞扬的电话,不知道纪飞扬能不能明白自己的意思。

姓刘的带着浓重酒味的嘴贴上颜冉的脸颊,颜冉强忍着想要扇他一巴掌的冲动,拿着酒杯的手已经止不住发抖,拼命思考着要怎么拖延时间。

却不料那人得寸进尺,一手探入她的衣服,笑容猥琐得极是让人反感:"颜小姐,剩下这些酒,要不你来喂我?"

周围的人顿时哄笑起来。

颜冉深吸了口气,装糊涂,将酒杯递到他嘴边。

"颜小姐，不会的话我来喂你。"姓刘的说着，头就往颜冉身上凑。

是可忍，孰不可忍！

颜冉霍地站起身，手中的酒杯瞬间倾斜，大半杯酒生生就倒在姓刘的身上。

旁边一个年轻点的男人立马拍桌子站起来，怒道："你别敬酒不吃吃罚酒！"

颜冉喝得不多，但是酒里下了药，她猛地站起身后头晕得厉害，被人迎面一个巴掌扇倒在沙发上。

在场的几个平日里什么女人没见过，像颜冉这样没有什么身家背景的小明星，怎么玩都不会有人管，眼下趁着酒劲和怒气，竟然什么都不管不顾起来。

有人欺身而上，从后面拉开了颜冉的衣服，光洁的肌肤一下子露出来，饶是颜冉胆子再大，也吓得脸都白了。

姓刘的被她半杯酒泼得几乎失去理智，正要上去，包厢的门却被大力撞开了。

纪飞扬踹门的脚还没放下，看见里面五六个男人和被脱了一半的颜冉，原本的那么些畏惧瞬间被愤怒所替代，二话不说就冲了进去。

"你们别乱来，小心我报警！"

"报警？哈哈哈……"有人大笑，"小姑娘，喏，警察局局长的侄儿就在这里，你想怎么报？啊？哈哈哈……"

纪飞扬听他这么一说，顿时心都凉了半截。

这时候坐在角落里的一个人说话了，冷笑着道："多来一个正好，本来还想着一个不够我们玩的，跟你姐妹感情好是吧，那就一起来！"

众人又是大笑，站在门口的那个人一把推上了门，看着纪飞扬。

"我对那紫头发的没兴趣，这个你们先别跟我抢。"

纪飞扬还没回过神来，手臂已经被人狠狠抓住，她使劲挣扎了几下，却怎么也挣脱不了。

她正要抬脚去踢他,却被那人的膝盖用巧劲一撞,整个身体都往旁边的沙发上倒去。

颜冉趁着刚才那些时间,已经将衣服拉上,一回头,看到纪飞扬被人按在沙发上,她顺手抄起一个酒瓶子就往那人头上砸过去。

在酒瓶就要砸到的时候,她的手却被后面一人抓住。

"胆大包天!看我不连你一起扒了!"

纪飞扬惊惶之下,狠狠地咬住困着自己的那只手。

那人吃痛大叫一声,看见自己的手掌被咬得见血,恶狠狠踢了纪飞扬一脚:"找死!"

纪飞扬痛得眼泪都差点掉出来,咬牙道:"你们会后悔的!"

"好啊,看你怎么让我们后悔!"那人笑得一脸阴邪。

"飞扬!飞扬!"颜冉见那人要撕纪飞扬衣服,急得大叫,"你别动她!她是程绍均的女人!你要是还想要那只手,赶紧放开她!"

那人一愣,随即大笑起来:"程绍均的女人?哈哈,你难道忘了刚才是谁带你来的?你想告诉我那是冒牌的张嘉茜,这个才是?哈哈哈哈……"

颜冉看着他,眸中露出一丝冰冷的狠色。她明明衣襟半开,头发凌乱,但那样的眼神,竟也让这几个男人有了片刻的停滞。

然而,只是片刻。

在上御,每天都会发生各种隐而不宣的事情,工作的人自然早已习惯如家常便饭。

但是今天给纪飞扬指路的服务生,在听到清越包厢中发出的声音后,不动声色地向着最里面的一个私人包间走去。

里面徐未然正推开门倚靠在墙壁上,见到服务生就招了招手:"弄壶茶来。嘿,你新来的吧?长得真俊哪!"

服务员点了点头,说道:"徐先生,麻烦告知程总,一个叫飞扬的女孩子在前面的清越包间遇到点麻烦。嗯……如果是您朋友的话,或许要快点过去。"

徐未然闻言一顿,拉开门就往里走了进去。

那服务员轻轻一笑,随即转身离开。

包厢里,程绍均正微微偏着头翻起衬衫的衣袖,看见徐未然正向他走过来,还笑得一脸诡异,莫名道:"你不是说出去透下气吗,见到什么了?"

徐未然挨着他坐下来,笑道:"你就真打算不要纪飞扬了?"

程绍均一怔,纪飞扬于他就是个七寸,徐未然和他虽然是好朋友,但两人也很少说起感情问题。眼下他突然提起纪飞扬,让程绍均有些惊讶,问道:"她又怎么了?"

徐未然笑笑,不急不缓的:"这么说你还是关心她的。"

程绍均别过脸去,不打算再跟他绕弯弯,想着这家伙是真的栽在颜冉手里了,自从闹分手开始就没见他正常过,现在还想给自己找点不痛快。

徐未然自然不知道好友心里想什么,在最后一刻才放出定时炸弹:"那丫头现在就在前面的包厢里,正被人欺负呢。"

程绍均脸色一变,下一刻,已经从沙发上站起来。

房门再度被人踹开。

只是这一次,比起刚才纪飞扬的力道还要大上许多,木质的门板被踢得颤颤巍巍。

房内一片混乱,里面的人正愤怒着又有哪个不知死活的家伙闯进来,都不约而同将视线看过去。见到门口站着的人是程绍均,原本到口的话都咽了下去，有些震惊地看着他。

"程……程总？"姓刘的当即有点口吃，刚才那女人说的难道是真的？看着程绍均紧抿嘴唇一言不发，几乎下一秒就要把他乱刀砍死的样子，他不由得有些脚软。

论财力，程绍均动动手指就能把他们弄得倾家荡产；论势力，程家要是与庄家同气连枝，别说一个公安局长，A城市长都不放在眼里。

程绍均看着被按倒在沙发上、衣衫不整的纪飞扬，只觉得太阳穴突突突地跳。这疯女人，竟然跑到这种地方来！还是和这样一群人！被吃豆腐了还硬是要摆出这副"你能把我怎么样"的态度，她难道不知道，自己要是晚来几分钟，后果就不堪设想吗！

纪飞扬看到程绍均这样出现，也愣住了，但恐惧却在看到他的那一瞬间消失无踪。

直到程绍均突然走过来将她一把抱起。

"你干什么？"纪飞扬低呼。

程绍均冷声道："怎么，想继续留下来陪他们玩？"

房间里的几个人眼看着程绍均抱着纪飞扬出去，吓得气都不敢大出。

纪飞扬张了张嘴，提醒程绍均："那……还有冉冉……"

"不急，自然有人会去的。"

程绍均走出门，见门口徐未然正等着看好戏，于是说道："似乎，被人欺负的不止这一个。"

"你说什么？"徐未然惊愕。

程绍均不再多说，抱着纪飞扬直接离开了上御。

纪飞扬道："你放我下来。"

程绍均充耳不闻，到了停车场，直接把纪飞扬扔进车里。

直到看见那大型的商业区出现在眼前，纪飞扬顿时有些生气。

"喂，你让我来这里干吗？"

"我要回家！"

"程绍均你听清楚没有，我要回家！"

"回家！"

程绍均无视她的义愤填膺，到了主楼的停车场，把她从车里拖出来后又直接抱起来。

"我自己能走！"

程绍均冷冷地看着她："是啊，如果你的衣服没有露一半的话。"

纪飞扬扯了扯自己的衣服，却是没有再挣扎。

他们走的是专用通道，上了电梯，直达七十七楼。

这是纪飞扬第一次来这里，这个传说中的七十七楼。

双开门的电梯位于大厅一侧，一出门就正对大厅，水晶吊灯垂至半空中，一路通向大厅两侧的两条走廊。

纪飞扬执意让程绍均把她放下来，一边整理衣服一边问道："你带我来这儿干什么？还有，你能不能让张嘉茜放过冉冉？"

程绍均抬了抬眉："怎么说？"

"我不知道你们当初拉拢冉冉是抱着什么样的目的，张嘉茜怎么对她的，你肯定知道得比我清楚。你大可以告诉张嘉茜，以后不管有什么事儿，都冲着我来好了。"

"哦？你就这么有把握？"

纪飞扬道："她不怕叫人看笑话，你也不嫌折腾得慌，那我就奉陪到底。"

"这回你可说错了，嘉茜要做什么那是她的自由，我既不支持也不干涉。"他看着纪飞扬，眼中着一丝挑衅的意味，"还有这传话筒的活，要我来做还真的挺不合适。"

纪飞扬忽地想起一人："那徐未然呢，冉冉怎么说也和徐未然……"

程绍均伸出食指贴上纪飞扬的嘴,无不可惜地说道:"你怎么又忘了,他们都已经分手了,刚才在上御,未然是出于好心,你可千万别指望他会为颜冉劳心劳力。"

纪飞扬一脸嫌恶地别过头去:"真是没一个好东西!"

程绍均也不管她那句话是不是把自己也算进去了,露出一个人畜无害的笑容:"颜冉和盛日签了十年,你可以把她带走,给盛日十年的赔偿金;或者过来帮她对付张嘉茜,我心情好了或许还会帮帮你们;再不然去跟你的冯韵文还有曹烨说说,他们绝对给得起这笔钱。"

半晌,纪飞扬终于叹气道:"程绍均,你到底想怎么样?"

程绍均扬了扬唇,迎上她的眼神:"曹烨那里你不用待了,以后来盛日,直接归我管。至于办公室,这一层楼你随便选。"

纪飞扬冷笑:"程总,你这样会让我以为,你对我别有用心的。"

"奉劝你不要多想。"程绍均听完忽然笑了,他挨着纪飞扬低声道,"要不要来看看你今后工作的地方?"

程绍均说着,往左侧的走廊走去。

纪飞扬还是选择了跟上他:"程绍均你傻了吧?你觉得我就一定会乖乖听你的?觉得曹烨会眼睁睁地看着你这样肆意而为?"

"你不过是他的员工而已,他又有什么资格插手呢?更何况……"程绍均沉声道,"你就那么相信他?"

"没有谁比他更值得信任了。"

当初谁都离她而去,在外乡无依无靠的时候,是曹烨帮着她一步步走下来的。如果连他都不信任,还能信任谁?

这话听在程绍均耳中又是另一层意思,他停下脚步冷笑道:"值得信任?"

"是的。"纪飞扬轻轻地吐出这两个字。

/ 115 /

"好,很好。"程绍均放低了声音,"纪飞扬,只要你对过去所做的事情有过一点点的内疚,一点点!我就可以说服自己不要恨你,但是你没有,一点点都没有!"

水晶灯的光照耀着,投下两个人的影子。

"跟我认个错吧。"程绍均低声说着,宛如叹息,"就认个错,好不好?"

在他心里,她永远是那个不懂事的小姑娘,做错事、发脾气、犯固执……都可以,只要回过头拽着他的袖子晃两下,说句对不起、我错了、别生气……什么都好,他哪有不原谅的道理?

但是纪飞扬早已不复当年。

她后退一步,眸色暗沉下来,低声说道:"绍均,都过去了,你为什么还要把自己困在里面?真的是我不懂事吗?"

程绍均深吸一口气,下意识地不愿意去回忆那些不痛快。

"那好,飞扬,告诉我,这四年,你从来没有想过我,你讨厌我、不要见到我、想让我永远在你面前消失!"

程绍均往前走一步,纪飞扬就往后退一步,退到后来无处可退,纪飞扬靠着墙,只觉得心里一阵阵发闷。室内温度打得低,她双手背在身后,突然觉得全身发冷,止不住地颤。

"怎么不说话了?"程绍均居高临下地看着她,抬起她低垂着的脸。

纪飞扬只觉得自己快要透不过气来,她很想把程绍均刚才的话重复一遍,也许那样他们这辈子就再也没有任何交集了。

敢吗?敢吗!

心被什么东西攫住了似的,她害怕。

再也不爱、再也不想、永远不见、永远消失……

室内灯火通明,室外星光闪烁,纪飞扬却如同身处暗无天日的角落,拼命地踮脚张望,却望不到出口。

过了很久,她低声道:"我以为,我已经把你藏好了。"

程绍均微抬起头:"你说什么?"

纪飞扬摇了摇头:"我念诗呢。"

"哦?那也念给我听听?"

月光透彻,淡淡地洒在飞扬城七十七层高的主楼顶端,冰凉的建筑似是被镀上一层银白的色泽。而此刻,纪飞扬和程绍均正坐在阳台的地面上。

顶楼是双层的墙壁,按下按钮之后,外层墙壁会自动往下缩,露出里面的玻璃墙。此时房子里的灯都已经熄灭,巨型的玻璃如同虚设,只在月光下泛出些许明亮的色泽,凌驾于周围的楼宇。

两人靠着身后的墙壁,仿佛置身于一个高高的水晶天台,纪飞扬看着天空,喃喃念道:"我以为,我已经把你藏好了。藏在那样深、那样冷的昔日的心底。我以为,只要绝口不提,只要让日子继续地过去,你就终于,终于会变成一个,古老的秘密。可是,不眠的夜,仍然太长。而早生的白发,又泄露了,我的悲伤。"

程绍均镇定自若的神情中带着温柔的笑意,低声说道:"席慕容的《晓镜》。"

月光柔和地倾泻而下,他低头,整个人都像是浸泡在银白色的光芒中,眉眼之间,较之从前更多了几分成熟的从容。

纪飞扬怔怔然看了许久,直到程绍均眼底晕起一抹深深的笑意,她才恍然醒悟似的别过头去。她刚要说些什么来缓解一下尴尬的气氛,手机响了。

是冯韵文。她刚想接,却被程绍均一把拿过去。

拒接,关机。

"喂,你干吗啊!"

程绍均见她着急,刚才那片刻的温存几乎在片刻间荡然无存。

"怎么着,告诉你男朋友你现在正和我叙旧?"

"还我。"纪飞扬摊手,沉着声说。

"不给。"程绍均回答得非常干脆。

纪飞扬伸手去抢手机。

程绍均的反应比她更快,手一抬,往后一扬,纪飞扬收不住力道,几乎就要扑倒在他身上。

纪飞扬见暴力无效,转而以言辞说服,认真说道:"程绍均,你让我给他回个电话,不然他会着急的。"

程绍均顺势把手机滑得老远,纪飞扬起身要去拿,却被程绍均一个借力抱在怀中。

热烈而张狂的吻,霸道中透出强烈的占有欲。

纪飞扬用力推拒,程绍均不搭理,直到她狠狠一口咬在他嘴唇上,他才不情不愿地结束。

纪飞扬往旁边靠了一点,沉默许久,终于再次转过头看着程绍均。

程绍均也正偏过头看着她,隔着一步之遥的距离,他看到她眼底隐隐约约的雾气。

纪飞扬看了他许久,直到眼底的雾气尽数退去,终于张了张口:"我只是来工作的。"

程绍均笑了起来:"看来已经选择好了。"

"我答应你。"

纪飞扬松了口气,抬头看了看外面的天。月色朦胧,斑驳的光影相互交叠。

她忽然想起,有一年,她和程绍均去看日出。

程绍均四点钟就在学校门口等着,偏偏她还睡过了头。到海边的时候都快五点了，按理说太阳已经升起来了，但那天却只看到天边泛起了一片红色。纪飞扬十分开心，说太阳专门在等他们。但是半小时后，太阳还是不见踪影——那天是个阴天。

看纪飞扬发呆，程绍均说道："我以前就在想，以后要造一个巨大的玻璃房子，早晨看日出，傍晚看日落。所以在造这个楼的时候，我就特意让人设计成了这个样子。从这个高度看下去，正好可以盖过A城所有的高楼，看太阳从海面升起。"

纪飞扬低着头，看着地面上的影子，一言不发。

腰间忽地一热，竟是被程绍均用力固在怀中。

他的话语在耳边轻轻响起："飞扬，我一直在想你，你知不知道？"

纪飞扬的额头直抵着程绍均的心口，听到他微微有些加快的心跳声，骤然间起了一种难以名状的感觉，又酸又涩。

程绍均低缓地说道："你呢？有没有想过我？一天？一个小时？还是一分钟？哪怕是一秒钟我都很开心了。"

纪飞扬脑子里一片空白，只剩下一阵尖锐的耳鸣。她欺骗了所有的人，甚至说服自己：我已经将他忘记。但无果的思念，已然将分分秒秒的难以割舍和焦灼不安植入心间，忽遇疾风骤雨，便在顷刻间长成参天大树。

纪飞扬的眼泪掉下来，落在自己手背上，先是一阵温暖，却又很快冷下去。

程绍均紧了紧手腕："傻丫头。"

纪飞扬吸吸鼻子："放开。"

程绍均没有回答，只是静静抱着她。

从这个地方往下望去，可以看到A城明亮的灯火，一条条长长的路延伸开去，似是没有尽头。

纪飞扬缩着身子，不敢多想其他，冯韵文、曹烨、颜冉、张嘉茜……

她只是给自己一次放纵的机会，就这一次，明天天亮，一切都会过去。

程绍均抱着她，轻轻地拍着她的后背哄她睡觉。一低头，就能看见飞扬闭着眼睛，长长的睫毛微微颤动，眼下那一小片阴影也连带着轻轻晃动。

不多会儿，她竟然睡着了，在他的怀中，悄然睡去。

在这座城市的制高点，程绍均已经无数次独自坐在这个位置俯瞰，看天色渐渐暗沉，看华灯骤然点亮，看水中倒影浮动，看晨曦透过窗台……

而这一刻，怀中的人安然沉睡，他仿佛可以听到下面大片大片鲜花恣意盛放的声音，沉浸在喜悦与赞叹中，幸福得几乎要喘不过气来。

岁月，年华，浮光，梦境。

总会有那么几个特定的时间地点，将这些词瞬间想起，又倏忽遗忘。

就如同时光掠地，回忆转身。

此刻，楼上的人却不知，在七十六楼与七十七楼之间的楼梯上，有两个人正蹲坐在那里说话。

冯韵文接到上御电话，说有个女孩子以他的名义进去了，便知道那肯定是纪飞扬，二话不说交代了侍者好好照应，立马开车赶了过去。

他到的时候纪飞扬刚被程绍均抱走，又恰遇上气得灰头土脸的徐未然拽着颜冉出来。他们的同一包厢里还有几个明星，恰巧沈临西也在，得知了飞扬的情况后，他和冯韵文紧随着程绍均的车子来到了飞扬城。

按照徐未然说的方法，他们顺利到了七十六层，正要上去找纪飞扬的时候，听到楼上传来两人的争执。

冯韵文想要上去，被沈临西拦住了。

"让他们把话说清楚也好，你要是不放心，我陪你在这儿等着。"

等了许久，楼上的声音渐渐消下去，却迟迟没有其他的动静。冯韵文有些担心,打了个电话过去,被按掉,再打就是关机。他的脸色越来越难看,却只是默不作声地坐在楼梯上。

沈临西刚要说几句安慰的话,却听冯韵文自言自语:"至少在这里,她是安全的。"

然后,他笑了笑,对沈临西道:"走吧,是我太小题大做了。"

沈临西默然,心中却已然明了,这位冯少爷,这次怕是来真的了。

他和冯韵文一起出了飞扬城,然后冯韵文的话就渐渐多起来。

"大明星,你伤都好得差不多了吧?"

"嗯。"

"真好,又能上电视了,其实你真人比电视上还好看些。"

沈临西刚要说谢谢,却听冯韵文补充道:"虽然和我还是有那么点差距。"

于是沈临西只好笑着:"那是,明星哪儿没有?而整个 A 城翻过来,也就一位冯少。"

"这话我爱听!"冯韵文笑呵呵的,"喂,偷偷告诉我,上次跟你传绯闻那个,她的下巴是垫的吧……"

"哪个?"

"哎,我说你怎么就这么健忘啊……"

沈临西想,若是别人,他一定会认为这是在难过的时候自我麻痹,但是在冯韵文身上,他找不到一丝一毫的伪装或者不真实。他前一刻的难过是真,后一刻的高兴也是真,生来就是这么个无拘无束的人。

真是令人羡慕,又为其担忧。

九

不知所措，甘愿领受

纪飞扬很难想起自己是如何将程绍均封存起来的，但是她清晰地记得，自己是如何再次将他从久远的纸盒子里打开的。

岁月蒙上尘埃，那个早就该被遗忘的人，在这个明亮的清晨，出现在她第一次的睁眼中。只一个瞬间，过往的所有都变得清晰可见。

纪飞扬醒来的时候，甚至有些迷迷糊糊分不清楚状况。她看着程绍均睡着之后的容颜，怔怔然失语良久。

直到程绍均睁开眼睛，转过头看着她，低笑说："早啊。"

一时间惊慌失措，纪飞扬吓得立马掀了被子。

还好，两人都是衣衫完整的。

程绍均扬眉："你这表情算是高兴还是失落？"

"我很想喜极而泣。"

"千万不要，不然你会很快就乐极生悲。"程绍均说着，自顾自起床，走进卫生间。

程绍均没有关门,水声哗啦啦地传出来,纪飞扬看他赤裸着上半身自顾自刷牙洗脸,小声嘀咕道:"暴露狂。"

她整理好衣服爬下床,还是决定先行离开。

正要出门的时候,听到程绍均说:"别忘了今天就要来上班。"

"知道了,老板。"

纪飞扬说到做到,上午九点之前,她完成了所有的交接,两手空空走出天华娱乐公司的大门。

送她出来的是曹烨。

"你真的想清楚了?"曹烨有些担忧。

纪飞扬笑道:"程绍均目的不在于此,真要是给他钱,不等于是逼他想出更狠的招数?"

曹烨皱眉说道:"你明知道他是针对你。"

"是啊,所以我更不能置身事外,把火引到冉冉身上。有些事情他一天想不明白,我也就一天不得安生,倒不如我和他一起想,早点解决早点轻松。"纪飞扬笑着说,"记得高中的时候,班级里一有人谈恋爱,老师就让他们做同桌,结果真的如他所料,不出一月基本都分手。所以说,离得越近,越难相处,过阵子他或许就觉得对我完全失去兴趣了。"

纪飞扬想过了,她与程绍均之间那个结眼下是出现了松动,接下来要么将它解开,要么将它彻底打成死结。

而她的目的就是将其变成死结。

而曹烨心里却觉得事情并没有她想的那么简单。

纪飞扬伸伸懒腰:"好啦,大老板,回去吧,虽然像我这么出色的员工,走了是很可惜,但是你也不要太过伤心。"

曹烨忍不住笑起来:"好吧,我出色的员工,希望你在盛日也能一如既往地出色下去。另外别忘了冯韵文那边,我猜想,这位少爷要是吃起醋来的话,你挺难招架的。"

纪飞扬若有所思地点点头:"我会和他说清楚的。"

冯韵文是在和朋友看球赛时接到了纪飞扬的电话,他立马出了球场。

"飞扬,今天这么好心情,请了假来看我?"冯韵文一手钩着纪飞扬的肩膀,笑得眉眼弯弯。

纪飞扬略一迟疑,说道:"韵文,我换工作了。"

"曹烨给你的待遇还不好?"

"跟曹烨没关系。"纪飞扬缓缓说道,"韵文,我打算去盛日,程氏旗下的盛日娱乐公司。"

纪飞扬话刚一出口,冯韵文当场就沉了脸:"你想去哪儿都行,就是不能去程氏。"

"你是信不过我呢,还是信不过你自己啊?"

冯韵文道:"我是信不过他!"

纪飞扬知道这个"他"指的是程绍均,微微一笑:"那就不用担心了,像冯少爷这么聪明厉害年轻有为的人物,一定能够见招拆招、战无不胜!"

然而赞美的话语不是每次都能对冯韵文起作用的,纪飞扬不得已软硬兼施:"韵文,你不要生气了,我如果不过去,冉冉在那边肯定会吃亏的。大不了,以后我每天都陪你吃晚饭,吃完晚饭我们还可以去逛街,或者你想看电影的话我们就去看电影,看完电影……"

冯韵文眯起眼睛:"看完电影干吗?"

纪飞扬一头黑线:"各回各家……"

正是暖秋的季节,太阳高高挂着,纪飞扬一身职业女装,打扮齐整,头发难得扎成了个小辫子,乍看还有点小女孩子似的天真。

冯韵文倚靠在小 Kitty 的车身上仰起头看着她,阳光照得他只能半眯着眼睛。他忽然叹了口气:"飞扬,我决定,再给你一个月时间。"

"呃?"纪飞扬张了张嘴。

冯韵文沉着声道:"一个月后,明确地告诉我,要不要和我在一起。"

纪飞扬愣在那儿,实在不知道该怎么回答。

冯韵文揉揉她的头发,站起身开了车门:"走,送你去上班。"

阳光和煦,纪飞扬却突然生出一种如履薄冰的感觉。

于是乎这一天,纪飞扬来到飞扬城七十七层高的主楼里上班,并且还是在最高的那一层。

跟她一起来的还有那位每个月都来看她一次的亲戚。

纪飞扬一到七十七楼就觉得腰酸腿疼小腹胀痛,去了趟卫生间,顿时觉得老天爷这玩笑开大了。算了算日子,提早三天,翻箱倒柜一阵,没找着卫生棉。

据说这一楼只有程绍均?

据说最近的便利店也要走半条街?

据说大楼里的员工超市只能凭工作证进入?

纪飞扬蹲在里面想了很久,心力交瘁。

然后,外面传来了敲门声。

纪飞扬突然被惊吓到了。

"纪小姐,你进去很久了,有没有什么需要帮忙的?"

女孩子的声音!

纪飞扬喜上眉梢,唰地拉开了门,探出个脑袋。

"那个,不好意思……"

门口站着的小姑娘年纪轻轻,穿着件瘦长的T恤和牛仔小热裤,板鞋的鞋带还松了一个,正是程绍均的助理梁小盈。

纪飞扬冲她尴尬地笑笑:"我需要……卫生棉。"

梁小盈原本想着这个传说中的纪飞扬是个什么三头六臂的怪物、会不会太难相处之类,见着眼下这情形,顿时眯起眼睛笑了:"哦,我明白了,纪小姐稍等。"

很快,梁小盈帮她解了燃眉之急,看到纪飞扬略显苍白的脸色,问道:"你是肚子疼?"

纪飞扬点点头:"没事,我休息会儿就好。"那位亲戚来的第一天,肯定要连带着腹痛头晕,她已经习以为常。

梁小盈扶她去休息室躺着,很快倒了杯温水过来:"你喝完先睡一觉吧,老板一时半会儿也不会过来,晚点我再来叫你。"

纪飞扬感激地看了她一眼:"谢谢。"

在休息室睡了一觉之后,纪飞扬觉得精神好了很多,走出去看到梁小盈正在扫地,向她打探道:"程总平时都在这里的哪间?"

梁小盈说道:"这可不一定,工作的话是大厅右转第二间,休息的话在左手边的休息室,有客人来的话就在会客厅,偶尔也会在放映室看电影……"

纪飞扬说:"算了,你帮我大致琢磨一下,找间离他远点的就行了。"

梁小盈一脸为难地看着她:"这可不行啊纪小姐,老板说了,您的办公室就在那儿。"说着手指一指,正是左手第三间,"老板说那儿占尽了天时地利人和,阳台能俯瞰整个飞扬城,离厨房、卫生间和茶水间都是一步之遥,我就在隔壁,随叫随到。"

"我是来这里上班还是养老?"纪飞扬万分无语。

梁小盈微微一笑:"您就负责跟四少爷管理的盛日娱乐做好沟通工作。"

以前盛日的人事安排、资金统筹,还有各种大大小小的项目计划,都会汇总到总公司,打个报告给程绍均过目。程绍均对程羡宁充分信任,拿这些给纪飞扬看，也不过是走个过场。

纪飞扬听懂了："其实我就是个吃白饭的？"

梁小盈说："这倒也不是，虽说盛日从没出过什么严重的状况，但纪小姐还是要对此负责的，保证核实情况不能有误。"

"我一个月的工资大概是多少？"

梁小盈报了个数。

纪飞扬本以为，程绍均给的工资起码不会低于曹烨，结果，结果……

"他……这是养的活人的工资吗！"纪飞扬深深觉得，按这样的工资，半年之后估计连房租都要付不起。

梁小盈有些尴尬地轻咳一声："这……这只是底薪。"

"这么说还有奖金？"

"嗯，其实我拿的工资也不多，多亏了手脚麻利。老板很大方的，你有空的时候多给他倒杯水送个点心什么的，他都会记得。不过要记住他不吃冷的东西，宁愿喝茶也不喝速溶咖啡，煮的倒是可以。还有，面食基本不吃，午睡的时候不喜欢有人打扰，午睡之后会吃水果，偶尔也要甜食……"

纪飞扬深吸一口气："我又不是做保姆来的！"

"员工手册第三条，程氏的每个员工都有照顾老板的义务。"

纪飞扬几乎就要抚额了："这么奇怪的员工手册，谁写的啊？"

"二小姐，也就是老板的二姐程一菲。说是以前老板总拼命工作，二小姐看不过去，就写了这一条。"梁小盈说到这里，又补充道，"老板虽然没说什么，但是很快也改了员工手册第四条，任何程氏员工如果和二小姐说话，当月工资减半。"

纪飞扬惊讶道："他们姐弟有仇？"

梁小盈说："这倒不清楚，好像是很久以前吵过一架。所以你可要记着，见到二小姐，走为上！"

纪飞扬点点头，又问："你们老板去哪儿了？"

梁小盈正要回答，一侧的电梯"叮"一声响，西装笔挺的程绍均从电梯里走出来，而身后跟着的，还有张嘉茜。

张嘉茜没想到在这里竟然会见到纪飞扬，脸色顿时有些难看，向梁小盈问道："她怎么会在这儿？"

程绍均看了眼纪飞扬，随口说道："纪小姐觉得曹总给她的那些工资实在对不住她出色的能力，所以转投程氏了。"

纪飞扬在心中鄙视他一百遍，要知道，财大气粗的程总给她的工资还不到曹烨的一半！

张嘉茜看着他们各自迥异的目光，有些瞠目结舌："但……但是，她为什么会来七十七楼？"

程绍均一脸理所当然的样子："你不是一直说这里缺个人扫扫地吗？小盈要做的事情已经很多了，一个人确实忙不过来。"

"那……那也不用把她……"

程绍均伸手揽住她的肩膀，两人往休息室走去。

"好了不说这个了，我等不及要吃你做的寿司。"

纪飞扬瞪着他们的背影，心中升起一股无名之火，心里恨恨道：吃！吃不死你！

梁小盈摊了摊手，一脸的无奈："张小姐不定期会来陪老板吃饭的，这个时候我们退居一旁就可以啦，要不要一起去吃饭？"

纪飞扬摇摇头："我已经吃过了。"

梁小盈耸肩："那么纪小姐……"

"叫我飞扬就可以了。"

"嗯，好，飞扬，那么这里就交给你了，这些麻烦帮我拿去老板办公室。"她说着将手里的一沓纸放到纪飞扬手里，摆了摆手掌，"拜拜！"

"拜……拜。"

趁着程绍均还没有回办公室,纪飞扬赶紧将手里的那沓资料放过去。

正准备出去的时候,目光不经意瞥到刚才她拿进来的那沓资料,"众信"两个字映入眼帘。

程绍均要对冯家做什么?

好奇之下,她退回到办公桌前看了一眼,竟是程绍均对冯氏众信的股份预算。

程绍均难道打算对冯氏下手?

纪飞扬拿出手机,想着她是不是该打个电话给冯韵文提醒他注意。不过……据她了解,众信的掌控权似乎并不在冯韵文手里,老爷子对这个儿子很不放心,基本上把所有事情都交给自己的弟弟冯正在打理,而冯韵文和他那位叔叔的关系也不见得好。

思来想去,她还是将手机放回口袋,出了办公室。

就在纪飞扬踏出办公室的那一瞬间,休息室中看着监控屏幕的程绍均微微扬了扬嘴角,咬了口手里的寿司:"嗯,很好吃。"

张嘉茜见他喜欢,又递过去一个,眼睛却还是没有离开屏幕。

"绍均,你要整垮众信,大可以光明正大的,这对你而言并不是什么难事。"

程绍均看着屏幕上已经空无一人的办公室,说道:"谁都以为要拿下众信就得从冯正那里下手,但是嘉茜你再想想,不管自己的儿子有多差劲,又有哪个父亲真的会把公司交给别人打理?更何况,"他顿了顿,"所有人都把冯韵文看低了。"

张嘉茜恍然大悟似的:"你的意思是,众信的主要股权其实是掌握在冯韵文手里的?"

"大致可以确定。"

"所以你找纪飞扬过来,其实是想从她这里入手,因为她是冯韵文的软肋？我还以为你……"

程绍均笑："还以为我对她旧情复燃？"

张嘉茜一愣，随即说道："对不起绍均，我以前确实让人查过你们之前的事情。"

程绍均摇摇头："你不用担心，她成不了你的对手。"

张嘉茜淡淡一笑："但是你怎么确定冯韵文对她就一定是认真的？依照那种人的性格，他能真的对纪飞扬毫无隐瞒？"

说到这里，程绍均面色冷了冷，不过心中所想的完全和张嘉茜担忧的相反。如果冯韵文真的对纪飞扬没有任何保留，那么自己当然可以借此想办法瓦解众信，但是如果纪飞扬知道……

"嘉茜，这些你都不用考虑了，听羡宁说那个新剧《沉醉千年》要开拍了，一切还顺利吧？"

张嘉茜点点头："嗯，唐导都说了，有了杜以欣的加入，的确造势不少。"

"杜以欣……"程绍均念着这个名字，过往的回忆又止不住涌现出来，"代替颜冉演女二号的那个？"

"是啊，"一想到能够成功拉拢杜以欣，张嘉茜就十分高兴，"名气、演技、人气，无论从各方面来看都比颜冉好太多了。"

程绍均看着她笑道："你倒是一点都不护短，颜冉可是你手底下的人，这次真的不让她入剧组？"

"她可傲着呢，得杀杀锐气，晾一阵子再说。"张嘉茜轻描淡写地说。

程绍均说："这些你看着办就是，但也别太过了，徐未然可是一大早就来过电话了，你看着办吧。"

张嘉茜点点头："好，我看情况再安排一下。"

这时候程绍均突然想到另一件事，笑着对张嘉茜道："要说，今天早上我还接到一电话。"

"谁？"

"玥玥呗，跟我说你让她演个丫鬟。"

张嘉茜道："那可是女主角的丫鬟，她自己说的，又要出镜率又要观众喜欢。"

程绍均无奈地笑笑："随她便吧。"

送张嘉茜走后，程绍均回来的时候看到纪飞扬正在阳台上浇花，一手托着花盆，一手拿着水壶，歪着头，懒懒散散的样子。

程绍均走上去："这么清闲？"

纪飞扬都懒得转过身去："可不是，领的是最低保障工资，再闲下去，都快饿死了。"

程绍均装模作样道："哦，竟然这么可怜，要不要我给你找点事做？"

"不要。"纪飞扬认定他说出来的肯定不是什么好事。

"唐一隽导演的助理无数人抢着要做，某人竟然还不领情，真是伤人心啊！"程绍均连连叹气。

纪飞扬惊讶地转过身："唐一隽！你们这次找的是唐一隽！"

作为一个新锐导演，唐一隽近几年风声鹊起，以奇幻武侠剧出名，独创中国式的舞武画面，风格极为华丽，夸张中又极富真实，让人惊叹不绝。作为唐一隽的忠实粉丝，纪飞扬前几天就已经听说他正打算拍一部宫廷戏，没想到就是来盛日做《沉醉千年》的导演。

纪飞扬小心翼翼地问道："我还有反悔的机会吗？"

"你要就有。"程绍均噙着笑，在一旁抱着手臂，缓缓说道，"飞扬，我很想知道，你是抱着一种什么样的心情来这里的？"

纪飞扬一愣，脸上的笑容渐渐隐没，神态也恢复如常。她想了想，说道："不知所措，甘愿领受。"

"哦？是什么样的不知所措？又为什么要甘愿领受？"

纪飞扬不说话，转过头，专心于那些花花草草。

对于程氏对众信的虎视眈眈，纪飞扬无心插手。但是在冯韵文面前，她还是觉得有必要旁敲侧击一下。

这天吃完晚饭，纪飞扬问道："韵文，众信的股权，你手里掌握多少？"

冯韵文一愣："怎么想到问这个了？"随即笑起来，"你是不是开始考虑嫁给我了？放心，我绝对养得起你！"

纪飞扬道："问你话呢，别转移话题。"

"我要是告诉你一成都没有你信不信？"

"信。"

冯韵文乐了："看在你这么相信我的份上，跟你说实话。我老爹虽然看我不成器吧，但怎么着也只有我这一个儿子，而且我也是个孝顺孩子，他心里头都明白。所以，两年前他就已经把众信百分之五十一的股权转给我了。怎么样，我可有钱了吧。"

得知众信目前的实际控股人是冯韵文，纪飞扬有点不安，转念一想众信不动声色地换了当家人，外界半点风声都没有，冯韵文还真是个含而不露的主，程绍均占便宜恐怕也不是那么容易的。

冯韵文见她一脸深思的模样，诧异道："想什么呢？"

"在想，要些什么聘礼。"

"那可得使劲想。"神情就好似在说"爷有的是钱"，冯韵文一副暴发户的样子。

纪飞扬摇摇头："得了吧你，好好守着你的钱，别让其他什么人钻了空子。"

冯韵文一想，忽然有些明白过来了："程氏对众信有什么企图？"

"我可什么都没说。"

冯韵文心下了然,笑道:"我这算不算是赢了程绍均一回?"

回家的路上,纪飞扬意外地遇到了颜冉和徐未然。

"你们……和好了?"

颜冉一脸幸福的微笑:"是啊,刚见过未然的父母了,未然还说服他爸爸同意我继续拍戏。"

纪飞扬在心中愤然怒骂:程绍均你骗我!

盛日娱乐的《沉醉千年》对外公布开拍日期的那一天,天华娱乐的一部穿越大戏也在同一地点召开了发布会。

于是乎,人挤人,好不热闹。

纪飞扬好不容易才挤到前面,看到几个熟面孔的人都已经站在台上。导演唐一隽穿着黑色的长袖衬衫,下身搭配牛仔长裤,干干净净的平头彰显出一种成熟男人所独有的魅力,和旁边穿着一身休闲服的男主角沈临西往那儿一站,一度成为众人的焦点。

虽然还没有正式向唐一隽介绍过自己,但纪飞扬很快就已经兴致勃勃地进入角色,充当起唐一隽的小厮。她今天故意把头发都盘起来了,还戴着顶黑色鸭舌帽,身边还跟着一个张玥。

张玥是特意来看沈临西的,但是这么多人她也不能上去,只好在下面跟纪飞扬窃窃私语地唠嗑。张玥挽着纪飞扬的手拉了拉,问她:"飞扬姐,你说是唐导演好看还是临西好看啊?"

纪飞扬说:"都好看。"

"只能说一个!"张玥道。

纪飞扬想了想,笑道:"那就临西好了。"

张玥立马就眉开眼笑的:"哈哈,我也是这么认为的!"

但是纪飞扬很快又补充了一句:"不过临西要是到了唐导这个三十

多岁年纪的话，就不一定会比唐导好看了。"

"为什么？"

"你看那种举手投足间的霸气啊！是一般年轻人身上能找到的吗？啧啧，那腰板、那身段、那说话的语气……"

张玥搓搓手臂，示意自己鸡皮疙瘩都已经掉了一地了："飞扬姐你快别说了，这可把我冻得！果然啊，平日里不花痴的人，一花痴起来就要人命！"

纪飞扬压了压她的帽子："我有说错吗？"

"呀，临西下来了！"张玥忽地眼睛一亮，站起身来，"飞扬姐，我先过去一趟，晚点来找你！"

纪飞扬看着她快乐的背影，忍不住微笑起来，心道，这两个家伙真是一刻都分不开。

这个时候，唐一隽也一起下台了，纪飞扬十分讨好地跟了上去。

"唐导您今天真是太帅了！"

"嗯。"

"唐导你现在是要去程总那里吗？"

"嗯。"

"唐导打算留在程氏吃午饭？"

"嗯。"

"唐导那我得介绍个菜……给你。"

看到唐一隽突然停下脚步，回过头用一种不能称得上是善意的目光看着她，纪飞扬说话都不顺溜了。

唐一隽看着眼前这个打扮得不男不女的家伙，心想，程氏怎么给自己弄了这么个话多的助理。

"你叫纪飞扬是吧？"

"是！"

"以后尽量少说话。"

"……噢。"

纪飞扬被偶像伤到玻璃心之后,理所当然地一路上都不说话了,见着程绍均更是板出一张臭脸。不过,程绍均和唐一隽聊到兴起,两人基本都忽略了她的存在。

纪飞扬人生中头一次追逐偶像的勇气彻底用尽,啃着块排骨啃到风生水起。

张玥跟着沈临西一路走到休息室里,从背后蒙上他的眼睛,粗声粗气道:"猜猜我是谁。"

"笨蛋玥玥,你怎么每次都是这一招?"沈临西笑着转过身抱她,"累不累?"

张玥摇摇头:"不累,就是见到姐姐的时候有点害怕,她最近好像不太喜欢我,是不是知道我们的事情了?"

沈临西亲亲她额头:"别怕,知道就知道,也没什么大不了的。"

张玥有些害怕:"不行,姐姐会不开心的,毕竟你们以前那么好……"

"傻丫头,那些事情都过去了还提来做什么?"沈临西低下头,轻轻吻住她的嘴唇,"我最最喜欢的人就在面前,只要我们在一起,别的什么都不重要。"

张玥推开他,有些闷气:"我看过剧本了,你和董心蕊有吻戏,和杜以欣也有!"

沈临西刮她鼻子笑道:"我现在就想吻你。"

"门都没锁上呢……唔……"

"不会有人进来的。"

两人拥在一起,吻得越来越深。

不料门突然被打开,张玥一慌张,本能地就要推开沈临西,但是哪还来得及。沈临西把她往自己胸口一按,低声说了句:"别怕。"

张嘉茜站在门口,脸上的表情由震惊变为愤怒,再转为错愕与失落。

"你们……"她犹豫片刻,"临西,作为公众人物,不要我提醒你该注意些什么吧?"

沈临西道:"对不起,我会注意。"

张玥一听到是张嘉茜的声音,吓得回过头:"姐姐,你别生气!"

张嘉茜面无表情道:"我为什么要生气?只是你应该回去好好反省一下,这种行为万一闹大,会对我的工作造成什么影响。"

"嘉茜你别说她,是我不好。"

张嘉茜不理他:"玥玥,这部戏你就不要参加了,不然我很难保证拍摄过程中会不会出现什么让人难以预料的事情。"

张玥急了:"姐姐,我会听你话的!上次那个广告不也是……"

"好了玥玥,"沈临西柔声道,"听你姐姐的话,不拍就不拍了。"

张玥还有犹豫,看到沈临西略带提醒的目光,也只好抿着嘴一言不发。张嘉茜走后,沈临西紧紧抱了抱张玥。

"乖,你姐姐这个决定是对的,我的玥玥这么天真,做演员不合适。"

"但是我想和你在一起。"张玥眼圈一红,"姐姐还是喜欢你的对不对?不然她不会那么生气的。她虽然没说,但是我看得出来她特别难过。临西,我又不是小孩子,你们为什么什么都不跟我说、什么都不告诉我?"

沈临西道:"我们有什么事情不告诉你了?你要知道什么?"

张玥抱住他:"好多时候,你们是站在一条线上的,然后就一起来说我,好像你们才是一起的。刚才也是那样,我也不喜欢拍戏,又苦又累演不好还要挨骂,但是你那么忙,我只有在片场才能一直看到你啊。"

"我知道,我都知道,以后多找时间陪你好不好?"沈临西拍着她的背,"我去跟公司说,以后我们公开关系,没有什么好遮遮掩掩的,我要让所有人知道沈临西很喜欢很喜欢张玥。"

"你说真的,不可以骗我!"

"当然是真的!"

十

隔世的好，现世的痛

在张嘉茜的记忆里，那段时间总是灰蒙蒙的。大三的日子非常忙碌，除功课紧之外，又要每天坐来回两个多小时的公交车去做兼职，并且接受老板色眯眯的目光。

那个时候张嘉茜就对自己发誓，总有一天，她会亲手结束这样的生活。

好在有沈临西一直陪在她身边。

沈临西会说："嘉茜，大学一毕业我们就结婚吧，我不想再看到你这么辛苦。"

然后张嘉茜就觉得所有的疲惫都可以暂时缓解，她安安静静地笑着点头，说："好。"

那是在他们回学校的公交车上，午夜的末班车上已经没有其他乘客，司机在前面沉默不语开着车，他们坐在最后一排靠窗的位置。张嘉茜累了一天，靠在沈临西肩膀上闭着眼睛休息，车子颠簸着，他们窃窃低声说着些话。

夜晚的车厢里，就连空气中都透出些寂寥的味道，但是他们相互依靠着，感觉不到丝毫畏惧。

张嘉茜的家境并不好，这也造就了她颇有心计的性格，任何事情，她总要想尽办法拼力一试。所以当一家小的经纪公司来学校挑选临时演员的时候，她硬是拖着沈临西去了。结果，公司没有录用她，却和沈临西签下了为期一年的合同。沈临西本是不愿意的，他的父母都是老师，怎愿让儿子涉足那个圈子？但是终究抵不过张嘉茜厮磨，应了。

渐渐地，沈临西变得小有名气，看着存款中一笔大过一笔的收入，想着当初的选择或许并没有错，至少张嘉茜不必再为了每个月的生活费在外奔波。日子一天天过去，找他出去吃喝玩乐的人越来越多，沈临西能推则推。而更多的时候，却是张嘉茜一早帮他安排好，只等时间一到，催他过去。

沈临西道："嘉茜，我不喜欢那种应酬。"

张嘉茜总会亲亲他的脸颊："傻临西，那些人能给你很多的帮助，这对你而言并不可少。"

沈临西还是妥协了。

毕业那天，他们手牵着手走到山顶上，看满城灯火在脚下耀眼盛放。

沈临西握着她的手："嘉茜，你相信我，我一定会给你最好的生活。"

张嘉茜抱住他："我相信你。"

沈临西不曾告诉过她，那一天，她眼中的明亮胜过天际任何一颗星星，那双眸子说不上有多么妩媚，却是十分澈动人——是每个少年在心悸之时都渴望拥有的那种色泽。沈临西决定，他会用一生来守护这双眼睛。

"嘉茜，盛日找我签约，十年。"

张嘉茜眼中精光一闪，随即又有些暗淡，低声问道："你拒绝了？"

沈临西浅浅笑着，道："没有，我答应了，并且，从今天起你就是我的经纪人。"他低下头温柔地看着她，"不管将来是什么样子，我都只是你一个人的沈临西。"

张嘉茜愣生生看了他许久，终于忍不住哭出声来，是喜悦，是感动，也是发泄。她埋头在他胸前，心中万千起伏，几可预料，从今而后，他们的人生将发生重大的转折。

沈临西拥着她，在她耳边温柔而坚定地说道："嘉茜，这十年，我并不是卖给盛日，而是将自己交给你，以后还会有二十年、三十年，你都得对我负责……"

张嘉茜感动得说不出任何话，只紧紧抱住他，一手贴着他坚实跳动的心脏，倍感安心。

她在心底说：这颗心，这辈子，我一定妥帖安放，不离不弃。

然而这句并未说出口的誓言，终究没有抵过岁月的侵蚀，在太多个日日夜夜后，风化在脑海，腐蚀在心底。

处世未深的年纪，对待很多事情都缺乏控制与拿捏，他们或许经得起任何的大风大浪，但却承不住生活中各种琐碎小事的日积月累。工作上、生活上，他们的分歧越来越多，冷战时间越来越长。

终于有一日，在一个宴会上，张嘉茜遇到了一个名叫程绍均的人，酒醉、错觉、混乱……

清晨醒来时，她赤裸着身体，裹紧被子看向旁边那个陌生的男人。

程绍均坐起身靠在床头，连着抽了几根烟。她一直保持安静，等着他开口。

程绍均熄了最后一根烟，有些疲惫似的，终于徐徐说道："我身边正缺个人，你要是乐意就留下，别使太多主意，我不会亏待你。"

张嘉茜十分清楚程绍均的意思，只要点头，她一生努力都不一定能得到的回报，顷刻间就能翻十倍地到来。但是她眼睛酸涩，满脑子都是另一个人的影子,迟迟不晓得要怎么回答。

"我时间不多。"程绍均起身,裹了条浴巾往卫生间走去。

张嘉茜咬咬牙,低声道:"好。"

一个字,断送了她和沈临西所有的过往。

她回到与沈临西的公寓里,准备午餐、收拾衣物、整理东西,最后放下钥匙,拖着行李箱转身离开。沈临西坐在沙发上沉默地看着所有这一切,不发一言。

张嘉茜不敢去看沈临西,如果看到他彻夜未眠后的憔悴,如果看到他眼中深深的绝望……她或许就再也迈不动一步。

她在心里说,临西,你为什么不叫我呢?只要你说一声嘉茜别走,我一定会忍不住转过身将你紧紧抱住。

但是,他没有。

他看着她一步步走离自己的世界,就如同看着自己的整颗心一点点空置。

沈临西就是这么个人,该说的、该做的,一件不落,除此之外,他连一句半句的争执吵闹都吝啬。他始终认为,既然相爱,又怎舍得怒言相向?所以他始终都保持着安静。

张嘉茜事后想想,这么一个人真正找到合适的另一半,那对方一定会成为这世界上最最幸运的人。

她还是他的经纪人,他还是她手中万人拥护的明星,只是除了工作,再无交集,心中的沟壑,深至万丈。

直到在午后人迹罕至的公园里,她看到自己的妹妹腻在他怀中撒娇:"临西,你只能喜欢我!"

他温温润润一如当年:"好,我只喜欢你。"

她霎时慌乱,择路而逃。

今后的日子,要如何面对?如何面对呢?

……

"嘉茜,大学一毕业我们就结婚吧,我不想再看到你这么辛苦。"

"好。"

"嘉茜,你相信我,我一定会给你最好的生活。"

"我相信你。"

"不管将来是什么样子,我都只是你一个人的沈临西。"

"嘉茜,这十年,我并不是卖给盛日,而是将自己交给你,以后还会有二十年、三十年,你都得对我负责……"

梦中人的眉目渐渐模糊,她看到他的影子像是镜花水月般地消失于地面,忙不迭地扑下身子去触摸,手心却只余下阵阵冰凉。

"临西……"

夜风低吟,长梦如此之久,再甜、再苦,也是要醒过来的。

张嘉茜挣扎着从床上坐起来,满脸是泪。她抬起头,过了好久才明白过来,自己正身处市中心的高层小区里。

睡前,电视机里正放着沈临西主演的一部电视连续剧。

午夜梦回,连续剧已经结束,屏幕上是夸张的广告。

她独自拥着一床被,此时此地才惊觉,那些年,是真的回不去了。

倒并不见得有多么伤心欲绝,若没有当初的果断分开,哪来现在的安逸生活?只是这中间她似乎遗失了这辈子再难遇到的美好,前所未有的痛彻心扉。

"但是临西,我错了吗?不,我没有错……"她蓦地坐直了身体,喃喃道,"绍均,我现在只有你了,我一定、一定会让你只属于我……"

别人看她张嘉茜机关算尽不择手段,这些有什么关系,她连沈临西都可以放弃,又有什么事情是做不得的呢。

夜深人静。

空荡荡的公园里，沈临西坐在木质的椅子上，看着前面傻乎乎乱踢石头的纪飞扬。

《沉醉千年》开拍已经有一个月，两人平日里不常碰面，最多就是在片场打个招呼。

今天收工晚，沈临西想自己走走，便让司机先回去了，结果走着走着，就看到了纪飞扬，手里还拎着一大袋啤酒。

此刻，空易拉罐已经垒得老高，沈临西喝完最后一罐啤酒的时候，目光已经不太清晰。纪飞扬更是犯晕，"呼"一口气吹过去，垒起的易拉罐就哗啦啦倒了一地，在寂静的半夜，听来十分响亮。

沈临西把纪飞扬拉到一边坐好，抬头看着夜色，低低说道："那时候也是这样的月光，公交车颠啊颠，她就靠在我肩上轻轻地唱着歌。你不知道，她唱歌真的是很好听、很好听……"

纪飞扬拍拍他的肩膀："早就看出来你跟张嘉茜之间不简单了。后来呢？你怎么又找上人家妹子了？"

沈临西苦笑："我和玥玥刚认识的时候并不知道她是嘉茜的妹妹，她整日叽叽喳喳话多得很，我开始就是觉得身边太安静了，得有个人说说话才好，时间久了，才发现再也离不开了。"

纪飞扬酒劲上来，哥们似的钩着沈临西的脖子："看在你把那些事情都讲明白了，公平起见，我也什么都告诉你。说吧，你还想知道什么？"

他们边喝酒边聊天已经很长时间，本来就对对方的事情猜得七七八八的两个人，也着实没有什么好相互隐瞒的。

沈临西道："我就是不明白，我这个外人看起来程绍均现在都还对你余情未了，可你这个当事人怎么就是不愿意面对呢？"

"余情未了？"纪飞扬含含糊糊的，借着酒精把平时根本不会说的想法都说出来，"他现在心里可别扭着呢，一半是对我余情未了没错，可还有一半，他是真恨我。这样的感情，要是你你敢要？"

纪飞扬低声说着,越想越觉得委屈:"我也难过啊……他什么都不知道!他才是在逃避!什么都不知道,就认定了是我对不起他!"

纪飞扬呜呜哭着,沈临西怎么拉她都不肯起来。

"傻子,他是害怕知道真相之后,会发现自己还错过了其他。所以才会一意孤行,或许这些他自己都没有意识到。"

纪飞扬现在一点都听不进去他的话,就是固执地骂程绍均。沈临西心如明镜的人,你说不在乎就真的是不在乎了?为什么要让我对玥玥好?因为我们和以前的你们那么像,你不愿意再看到类似的分离,就是这样的吧?

飞扬,其实你心底,是期盼着和他在一起的。

纪飞扬突然傻乎乎地又冒出一句:"你说程绍均和冯韵文,到底谁更好一点?"

"冯韵文。"沈临西不假思索地笑着答道。

纪飞扬不解:"为什么呢?"

沈临西说:"你自己想。"

纪飞扬垂下脑袋,闷声闷气的:"我想……我想……"

沈临西蹲下身把纪飞扬背起来,走出了公园大门。

街灯依稀照出两个影影绰绰的身影,沈临西走到走不动了,给冯韵文打了个电话。

"冯少,捡到了你家的纪小猪,要不要论斤卖了?"

日理万机的冯少爷大半夜听到电话响,一顿脾气还没来得及发,立马从床上下来:"你们在哪儿呢!"

"你家后门。"

沈临西看着醉昏昏的纪飞扬,心道,虽然程绍均是我大老板,但看在冯韵文更让我看得顺眼的份上,我还是把你送这里来了。而且,谁让喝酒的公园离冯家比较近。

雕花镂空的白漆大门后,冯韵文亲自下来开的门。

老管家见冯韵文一身睡袍就跑了出去,一路跟着他走出来,颤动着胡子拉住冯韵文:"少爷,老爷都说了今晚不准你出去的,你这又是要到哪儿去?"

冯韵文笑看着忠实的管家:"张伯,你看我一身睡衣的能去哪里?时间不早了,你快回去睡吧。"

老管家却不放心,站在一旁不肯走,看见冯韵文把睡成一摊泥的纪飞扬抱起来,胡子颤得更厉害。

"少爷,这不行啊!老爷说了,你在外面怎么玩他不管,但是不能往家里带啊!"

冯韵文抱着纪飞扬径直往楼上走去:"张伯你尽管跟老头子说去,就告诉他,说他儿子给他找了个儿媳妇。"

张伯下句话没说出口,呆呆得愣在原地。

"儿……儿媳妇?"下一秒,他突然一拍大腿,老皱的脸上晕出笑容,"这可是好消息!我得赶紧告诉老爷去!"

冯韵文走过自己房门口的时候迟疑了一下,最后还是把纪飞扬抱去了客房,脱了鞋子掖好被子,自己拉了个椅子坐在一旁。

纪飞扬睡得并不安稳,乱翻身、踢被子,嘴里还时不时叫着某个人的名字。

冯韵文沉默着,闭上眼睛揉了揉紧皱的眉心,终于还是叹口气苦笑着:"不会喝酒还乱喝,喝完了又乱说话,纪飞扬你找打是不是,再叫一句那人的名字我真打你了!"

纪飞扬很配合地又呢喃了一句:"绍均……"

冯韵文看了看天花板,站起身出门。

门刚一关上,纪飞扬在睡梦中迷迷糊糊说了句:"韵文,谢谢你。"

第二天早上，冯家十分热闹。

冯老爷子冯奇今天起了个大早，在花园里练了会儿太极拳之后，又回到了客厅。

看着一桌的早餐，他咳嗽一声，问管家张伯："老张啊，你说他们怎么还不下来？"

张伯笑道："老爷是您起早了，年轻人指不定睡到日上三竿呢。"

"嗯，也有道理。你确定你没看错，他带女孩子回来了？还说是我儿媳妇？"

"当然了，我眼睛虽说不太灵光了，也总不至于连人家是男是女都分不清。"

"嘿，你这意思好像是说，那臭小子还能带个男人回来！"

"老爷您放心，要是那样，我一定拿扫帚打出门去！"

这时候保姆匆匆跑过来："老爷，少爷起了！"

"唔！"冯奇一激动，"那丫头呢！见着人没？好不好看？"

"我说老爷，少爷带回来的姑娘，你管人家好不好看做什么？"保姆也是个怪脾气的，敢直接跟冯奇顶嘴，"我没见着呢，好像没在少爷房里。"

"什么！不在他房里？"

保姆点点头，说道："昨天是阿玲值日的，说少爷带回来的那位小姐睡在客房。"

冯奇想了想又笑开了："正人君子啊！不愧是我儿子！"

管家和保姆们"喊"声一片。

当冯韵文和纪飞扬下楼的时候，就看客厅里冯奇正吹胡子瞪眼地看着一帮胆大包天的佣人。

管家最先看到冯韵文："少爷早！"

然后众人齐声问候:"少爷早!"

"少爷您坐!"

"少爷请擦手!"

"少爷这是今天的报纸!"

"少爷我给您泡茶!"

"少爷今天要喝牛奶还是橙汁?"

"少爷还是把蛋糕切成小块吗?"

"少爷……"

"少爷……"

"少爷……"

"少爷,你家可真热闹。"最后这一句,是纪飞扬低声在他耳边说的。

冯韵文习以为常地接受着佣人们的伺候,正如冯奇不以为意地接受着佣人们的忽视,这是冯家每天都要上演的场景。

除了冯奇,整个冯家,无人不爱冯韵文。

当然,冯奇一边吃着干醋,一边还是暗自得意生了个这么人见人爱花见花开的死小子。

冯韵文牵着纪飞扬的手走到餐桌旁:"飞扬,这是我爸爸。"

纪飞扬恭恭敬敬行了个礼:"伯父您好,我叫纪飞扬。"

冯奇知道冯韵文素来在外头疯惯的,这还是他头一回带女孩子到家里来,当下眉开眼笑的,一个硕大的红包塞进纪飞扬手里。

"好好好,好孩子,别站着了,坐下一起吃早饭。"

纪飞扬被那红包的分量吓得不轻,正想着要怎么还回去,被冯韵文制止了:"爸爸一点心意,你就拿着。"

冯奇差点要老泪纵横,这浑小子都多少年没叫过自己爸爸了!好,给他面子,也不叫他臭小子了!

"儿子啊,来来来,给你媳妇盛碗粥。"

"嗯,谢谢爸爸。"

纪飞扬流着那莫须有的汗水,左看看右看看,嗯,父慈子孝,看来外界传言是不可轻信的。

早饭之后冯奇去公司,冯韵文送纪飞扬去飞扬城。

纪飞扬有些好奇:"韵文,我好像没有听你说起过你妈妈。"

冯韵文一顿,却是转移了话题:"飞扬,以后不准喝酒了。"

纪飞扬点点头:"嗯。"

"有什么不开心的可以直接跟我说。"

"嗯。"

"哪怕是跟程绍均有关。"

"……嗯。"

纪飞扬想到一事,问他:"我听说最近程氏在收购众信的股权,这对你们是不是会有很大影响?"

这丫头还是忍不住说出口了,冯韵文笑笑:"这事儿你别管,程绍均那儿你就当什么都不知道。记住没?"

听冯韵文这么说,点点头答应了。

"哦,对了,这个……"纪飞扬拿出刚才冯奇给的红包,里面是各种卡、冯韵文的所有私宅地址……还有一枚钥匙。

冯韵文看了看那钥匙,笑道:"家里的。"

"你爸爸给我这个做什么?"

"当然是把你当儿媳妇了。"冯韵文想,老头子这事儿做得倒是很上路。

纪飞扬想将钥匙还给冯韵文:"韵文,是不是太早了?"

冯韵文不接:"收着吧,迟早是要给你。"

"韵文,我……"

"别说话,走之前亲一个!"说着,他把头蹭过去。

纪飞扬在他脸上轻轻一吻:"满意了?"

冯韵文点点头:"我决定今天不洗脸了!"

因为起晚了,纪飞扬到公司的时候已经快到打卡时间,一路跑到大门口,看了看时间,还差一分钟。

打卡的地方在十六楼,坐电梯的人很多,纪飞扬想着挤一挤或许还来得及,便冲上去抢电梯。跟自己一起冲过来的是一个身材高挑的外国女人,纪飞扬被她一撞就撞开了。她揉揉肩膀,抬头一看,这人长得还有些眼熟,仔细一想,是上次在高尔夫球场,坐在冯韵文车上的那个!她竟然是程氏的员工!

那外国女人狠狠看了纪飞扬一眼,显然是将她看做了横刀夺爱的人。

纪飞扬无视她,自顾自上电梯,但是前脚好不容易跨进去,立马被人从后面拉出去。

纪飞扬狂怒,哪个家伙那么没素质!

一转头,看到程绍均站在后面,拉着纪飞扬直接进了他的专用电梯。

"程总早。"

程绍均悠闲地看了眼手表:"你似乎应该谢谢我。"

"谢谢。"

"谢我什么?"

纪飞扬面无表情道:"谢谢程总大方,将私人电梯借给我用,让我可以不用迟到被扣工资。"

程绍均摇头:"不,你该谢我昨天给人事部打了电话,从今天起你直接跟唐导去片场就好了,不用先来公司一趟打卡。"

"你不早说!"

"这是你对上司说话的态度?"

纪飞扬别过脸,不理他。

片刻之后,程绍均幽幽问道:"你昨晚是在冯韵文家?"

"这好像跟你没有关系吧。"

程绍均的语气极冷:"我需要我的员工私生活干净。"

纪飞扬气急,声音也大了起来:"我住在我男朋友家怎么了?"

"纪飞扬!"程绍均被她的挑衅气得不由得扬起手。

纪飞扬斜着头冷冷看着他:"打啊!"

就在这个时候,十六楼到了,电梯门一打开,不少程氏的员工看到了电梯里这极为诡异的一幕。

程绍均缓缓放下手:"你好自为之。"

纪飞扬在公司报到之后就前往片场。

张玥的角色最后定下由颜冉代替,据说是经徐未然授意,编剧连夜改动了剧本,将侍女变成了和女主角亦是主仆亦是朋友的双面细作。

纪飞扬和往常一样,一到片场就先和唐一隽打声招呼,然后趁着还有几分钟时间,晃去了化妆间。

这时候化妆间的人已经不少,有"玉女掌门人"之称的董心蕊换上了一袭暗红色的纱衣,妆还没上好就已经十分惊艳。女二号正是纪飞扬年少时候的好友杜以欣,眼下已经着装完毕,正坐在中间的一个化妆台边上和她的助理说着话。

纪飞扬想起她们曾一起去徐未然的公司面试平面模特,一起在摄影师的灯光下摆造型,一起去买学校后门口一块五一斤的小西瓜,一起坐在寝室里的阳台上喂蚊子说心事……而在她不告而别离开S城之后,她们就再也没有见过。

这些年来,熟悉的名字在耳边一遍遍闪过,电视里的她好像变了很多,又仿佛还是记忆中的那个人。一别四年,片场相见,无数个照面与错身,纪飞扬没有和杜以欣打过招呼,她想着或许杜以欣也没有认出自己。

纪飞扬和颜冉说完话后离开了化妆间,在不远处的一个公共座椅上坐下休息,杜以欣拿着两大杯冰沙走过来。

她在纪飞扬身边坐下,递过一杯冰沙,说道:"最喜欢柠檬味的,我没记错吧?"

纪飞扬先是一愣,随即伸手接过,说了声:"好久不见。"

一时间,她们都没有叫对方的名字,相隔这么些年,当初亲昵的称呼现在竟都有些生疏了。

纪飞扬喝了口冰沙:"这些年你过得还好吧?"

杜以欣笑笑,一脸的风华却掩饰不住眼底的疲惫:"这样的生活,你说呢?"

"谁都不容易。"

杜以欣问她:"你来 A 城是为了程绍均?"

纪飞扬也是笑笑:"你说呢?"

"我看不像是。"杜以欣抬眉。

纪飞扬长叹一口气:"我们这伙人,多年之后,竟然又都在一个地方碰头了。"

"总共也就几个大城市,娱乐圈又小,兜兜转转还不是这样,我们在这里碰到,也属正常。"杜以欣抬起头,看着不远处的池塘边纷纷落下的枯叶,"飞扬,我总是羡慕你的,曾经是这样,现在也是。"

纪飞扬不以为然地笑笑:"哦?我这种劳碌命,有什么好羡慕的?"

杜以欣看着纪飞扬,道:"前阵子程氏的楼盘开发,'城池'交易广告里,喊得最响亮那句广告语,你肯定知道的。"

程氏刚刚开过一个复式别墅的展示交易会,新开发的名为"城池"的楼盘引来无数购房者,完全不亚于前阵子众信如火如荼的二手房交易。这样一来,原本靠着近些年的房地产巨额利润赚得如火如荼的众信,几乎就是面临从未有过的剧烈竞争。

这些纪飞扬早有耳闻,而杜以欣说的广告语,她也知道。

"'爱一个人,送一座城',呵呵,也多亏程绍均能想得出。"杜以欣的目光看向别处,"难怪那些富豪啊、官绅啊,都要纷纷趋之若鹜了。所以,飞扬,我羡慕你。"

"啊?"纪飞扬没听明白,"这里头哪有什么因果关系?"

杜以欣重新回过头看着她:"你看看那些被买下的楼盘,谁不是用来偷偷摸摸地金屋藏娇?这是爱吗?飞扬,没有人能像程绍均那样,四年的时间,实现当年的承诺。"她指向东面,"你看,他爱得那么光明正大,把你的名字放在这座城市的最顶端,这么远的距离都能看到,试问谁还能有这样的胆量和气魄?"

纪飞扬的心尖上仿佛起了轻微的颤音,那些莫名其妙地提醒着她。

纪飞扬,你究竟是真的不在乎,还是因为这些年来的经历让你潜意识中不愿意再去相信?

她转过头无奈地笑笑,低声说道:"欣欣,你是来当说客的吗?说真的我差点就要被你说动了。"

"这是我想了很久,一直没机会告诉你的话。"杜以欣抿了抿唇,酝酿许久才启口,"飞扬,对不起,我喜欢过程绍均。"

纪飞扬呆了呆,随即轻轻一笑:"谁无年少,何错之有?"

杜以欣还要说什么的时候,唐一隽在不远处叫道:"飞扬你过来一下!"

"来了!"纪飞扬跟杜以欣摆摆手,"我先过去了,晚些时候找你一起吃饭,你敢跟我耍大牌试试!"

杜以欣立在原地,看着她慢慢走远,脸上的笑容渐渐化作一种难以名状的表情。

飞扬,你要是知道我对你做过什么,还会这样原谅我吗?

而那边，纪飞扬已经忙碌起来。

在片场的一个月，纪飞扬已经用自己的勤劳充分赢得了唐一隽的赏识，一改最初的印象，他们现在是配合极为默契的导演和助理。

快要完工的时候，唐一隽对纪飞扬道："晚上剧组一起吃晚饭，你不准缺席。"

想到某位少爷，纪飞扬有些为难："啊……导演……"

唐一隽低声道："给个面子，我生日。"

纪飞扬听罢忙点头："一定去！"

工作结束之后，纪飞扬先给冯韵文打了个电话："少爷，今天导演过生日，我就不陪您老人家吃晚饭啦！"

其实这个时候冯韵文的小Kitty刚到片场，停在树荫底下，纪飞扬没看见，而冯韵文从车窗里一看就看到了在不远处拿着手机左晃右晃的纪飞扬。

"不跟我吃晚饭，开心成那样，看来我做人真的很失败啊！"

纪飞扬笑得更开心了："少爷您别这么说呀！小的每天最大的幸福就是陪您吃晚饭。"

"唔，笑，再笑得开心些。"

纪飞扬踢着脚下的小石子，想着冯韵文嬉皮笑脸的样子，问道："你在干吗呢？"

冯韵文说："在家里跟老头子下棋呢。"

想到活宝似的冯奇，纪飞扬道："帮我跟伯父问好。"

"嗯。"

"那我先挂电话了哦，回家了再打给你。"

冯韵文却是不肯，耍赖道："你还没说，亲爱的我爱你，我最爱的人就是你。"

纪飞扬笑骂："神经啊你！"

冯韵文赖着她:"不说就不准挂电话。"

纪飞扬想着反正旁边也没人,恶心他一下也好,于是握着手机,万分柔情地说道:"亲爱的韵文少爷,我爱你,这辈子我最爱的人就是你,除了你我不会再看别的男人一眼,除了你我找不到第二个能让我爱到死心塌地的人。你现在乖乖陪伯父下棋,我一定在十二点之前回家,好不好?"

冯韵文眼看着纪飞扬身后的人顿时变得眉飞色舞起来,说起话来越发轻快:"嗯,亲爱的,啵一个!"

"啵!"

纪飞扬挂上电话,听到唐一隽的笑声从后面传来:"飞扬啊,我终于也看到你像个女人的一面了,看来你和冯少的感情特别好啊!"

竟然被听到了!

纪飞扬的脸顿时涨得通红,一回过头,却看到唐一隽旁边还站着个程绍均。

瞬间脚软。

程绍均对唐一隽道:"坐我的车去吧。"

唐一隽笑道:"好啊,飞扬也一起吧。"

纪飞扬实在不知道要找什么理由拒绝。

上了车才知道后悔。

这一路上,程绍均几乎是以飙车的速度一路飙过去的,坐在副驾驶的唐一隽神清气爽地享受着过山车的乐趣,坐在后座的纪飞扬痛苦得差点把隔夜饭吐出来。

地点还是这伙人常来的龙庭山庄,纪飞扬有前车之鉴,这回学乖了,不管别人怎么说,滴酒不沾,美其名曰"我男朋友会生气的"。

此话引得旁边的某人连灌几口酒。

唐一隽也不知是刻意还是无意,笑着说道:"程总,我看你和飞扬似乎挺熟的样子。"

程绍均竟说了句让纪飞扬差点呛到的话:"嗯,她是我以前的学生。"

唐一隽拿酒杯给纪飞扬,语重心长:"这么说更是要敬你老师一杯了,教出这样的学生不容易啊!"

众人附和:"不容易啊不容易!"

纪飞扬咳嗽两声:"导演我真不能喝。"

程绍均冷着脸:"是啊,她男朋友会很生气。"

眼看着气氛不对,董心蕊、杜以欣和颜冉忙站起来暖场。

一时间杯酒言欢,筹光交错。

悄然不知,暗流已经开始涌动。

十一

YU TA GE ZHE
YI PIAN HAI
我总是相信你的

因为前一晚的缺席,第二天纪飞扬被冯韵文死缠烂打着陪他去买衣服。

纪飞扬一开始不太愿意,她对时下流行的男装款式也完全没有什么概念,这么一去非得被这位挑剔的少爷笑话。但冯韵文磨起人来总是让人无力招架的,纪飞扬无奈答应:"好好好,我服了你了,我去跟导演请假。"

唐一隽向来都是很好说话的,直接批准她放一天的假。

于是整个上午,纪飞扬都在以下这几种声音中度过:

"飞扬,你说这件衬衫好不好看?"

"我就说我穿什么都好看吧。"

"嘿,老头子还说这个颜色不适合我,他那是羡慕嫉妒恨啊!"

"飞扬,人说真正帅的男人穿粉色好看,你看看,是不是特别英俊潇洒风流倜傥?"

说实话,纪飞扬很有把他暴打一顿的冲动!

而狂购中的韵文少爷丝毫没有感觉到这一点,甚至在路过一家内衣店的时候……

"飞扬,你内衣什么颜色的?"

"我觉得那件蕾丝花边的特好看,你穿的话……"

"你干吗打我?"

"喂,你还打!"

"……"

"不买!不买就不买嘛!"

好不容易陪他买完衣服,两人坐在购物广场的露天餐厅吃酸辣米粉。

冯韵文其实是不爱吃辣的,看着他难得露出一脸痛苦的样子,纪飞扬心中十分好笑。

正在纪飞扬往冯韵文碗里偷偷放辣椒酱的时候,手机响了。

唐一隽打来的电话,语声十分急迫:"飞扬,你来一趟,片场出事了!"

纪飞扬都来不及问发生了什么事情,唐一隽就挂了电话。她只好放下吃了一半的米粉,匆匆赶去片场。

人山人海,外加刀山火海!

整个片场人群散乱,很多人围在外面,将本就不大的门口堵得水泄不通。里面还弥漫着黑色浓烟,才走进去几步,呛人的烟味就传过来,纪飞扬忍不住连连咳嗽。

她捂着嘴往前走,拿出工作证通过保卫人员的拦阻,发现里面更是一片混乱。消防员已经把火扑灭,但灼烫的余温还在。

好不容易找到个认识的工作人员,纪飞扬一把抓住他:"怎么回事?"

那个工作人员见到救星一般:"啊呀,飞扬姐你可算回来了!心蕊姐被炸药炸伤了!"

"炸伤!"纪飞扬大惊,"什么程度?人呢?"

"这场戏是心蕊姐要在山下救人,本来那些炸药的药量和时间都是控制好的,但是刚才不知道出了什么事情,炸药提前爆炸,而且药量似乎也变多了。心蕊姐一身是血,可吓死我们了,现在已经去了医院,不知道情况怎么样。"

"那还有没有别人受伤?"

"当时是颜姐和王章在旁边搭戏,颜姐像是没什么大碍,王章抱着心蕊姐出来的时候受了点伤,不过总体没什么大碍。导演现在陪着他们一起去医院了,说是等飞扬姐你回来后照顾一下场地。"

"好,你叫些人去协助警察疏散一下人员,嘱咐剧组不要靠近爆炸地点,大家先回家去,在家等通知。"

"好!"

半个小时后人群疏散得差不多了,纪飞扬给唐一隽打了个电话过去问情况。

"心蕊身上大面积烧伤,情况很不稳定,小章倒问题不大,但是拍摄肯定得停下来了,你让大家做好心理准备,接下来的压力会很大。"

听得出来唐一隽现在的情绪很低落,纪飞扬在电话这一头点头:"好,我会跟剧组说的,公司那边我也先去找总经理说明一下,导演你别太有心理负担,事故原因正在调查中。"

"嗯。"

发生了这么大的事情,程绍均肯定已经知道,但是现在公司还没有下达任何有明确指向性质的指令,纪飞扬只好自己去找程绍均。

二十分钟后纪飞扬回到飞扬城,七十七楼除了程绍均,还有一个眉清目秀的年轻人。

程绍均将水杯放到桌上,没有看走进来的纪飞扬,向坐在对面的人说道:"严凉,帮我找到埋炸药的人。"

听到这个名字的时候,纪飞扬一惊,再度转过头去看那个年轻人——不,确切地说,他已经快三十了,正是严家极少露面,但是掌握着大半实权的长子严凉。

而更让纪飞扬震惊的是,刚才程绍均的意思是,这次的爆炸是人为的?!

严凉看着程绍均,把手里的玻璃茶碗放回到桌子上:"别查了绍均,是我做的。"

"你?"

程绍均看着他,两人对视的目光中渐渐透出冰冷的寒意,纪飞扬走也不是,劝也不是,只能在旁边干着急。

"我跟董心蕊有些私人恩怨。"严凉说。

程绍均抿了抿唇,克制住怒意,他看了严凉许久,最后竟然说:"好,那么这件事情就到此为止。"

纪飞扬差点就要叫出来。

到此为止?为了一个私人恩怨,《沉醉千年》能不能拍下去都是个问题。就这样算了?

程绍均什么时候变得这么好说话?这个严凉和他到底有多铁?

严凉听程绍均这么说,只是点了点头,面无表情,连声谢谢也没有。他径自从纪飞扬身边走过进了电梯,完全将她视作空气一般。

纪飞扬看着电梯的楼层数一点点往下,只愣在那儿,程绍均叫了她好几遍她才反应过来。

纪飞扬难以置信地看着程绍均:"这么严重的事情,你为什么就这样让他走了?"

"私人恩怨?他以为我会相信?不过是大家心知肚明的借口而已。"

"那你这么做又是为什么?"纪飞扬不解地看着他。

"昨天晚上他才见了曹烨,今天片场就出事,飞扬,你说事情会有这么巧?"程绍均沉声。

"曹曹曹……曹烨?"纪飞扬瞠目结舌,"不,他不会这么做的。"

程绍均冷笑:"你以为你很了解他?纪飞扬,别傻了,没有一个男人会是只真正的绵羊,关键时候,都要咬人的。"

"但是他没有必要在这个时候……"

程绍均打断她的话:"如果加上一个冯韵文呢?"

一句话,有如醍醐灌顶。这么说来,昨晚的意外通融,今天的刻意纠缠……就是为了让她今天早上不能出现在片场?

看着纪飞扬沉默,程绍均道:"他们两个这一招的确是妙,同时缓解了程氏对众信的压制和盛日对天华的竞争,还是借了严凉的手,让我知晓一切始末,却没办法采取方式解决。"

A城的内部斗争不管多么厉害,涉及庄、谢、程、严四家内部的恩怨,却总是能在不动声色中取到一个平衡点,化干戈为玉帛。

纪飞扬有些惶然不知所措。

这时候梁小盈匆匆跑进来:"不好了,老板!早上爆炸的事情现在已经传得满城风雨了,网上开始有越来越多网民谩骂盛日,更有甚者说是盛日故意要害董心蕊!还有,我怀疑是有人在故意散播谣言,关于董心蕊生命垂危的言论说得跟真的一样!我们要不要马上召开记者会澄清一下?"

程绍均刚要说话,这时候又有人从电梯里冲出来,竟是许久未见的程姜宁。

"哥,盛日门口突然聚集了一群董心蕊的粉丝,密密麻麻估计有好几千人!她……她也太得人心了吧,这才几分钟,怎么就聚集了那么多人，门口都要堵死了！"

程绍均微一皱眉："明显是有人肆意煽动的，羡宁你安排一下，一个小时后在底楼开记者会。"

"小盈，你去把我之前写的那份草案整理下发给几个经理，众信一定会趁机反击，股市这几天会有动荡，让他们提前做好准备。"

他拨了电话给警卫处："通知警卫人员，不要让任何人群冲进大厦，给公安局的王局长也打声招呼，让他调些人手过来。"

安排好这一切，程绍均舒了口气："飞扬……"

纪飞扬就等他开口："我要做些什么？"

程绍均看着她："你就在这里好好待着，哪儿也别去。"

偌大的办公室里就剩下纪飞扬一人，可以想象外面一定已经闹得沸反盈天。

从这个地方看下去，正好可以看到整个A城最繁华的地段，高楼林立、人流如织。

纪飞扬将窗帘拉到最大，明晃晃的阳光照进来，都能看到空气中游弋着细微的尘埃，看着落地窗外湛蓝湛蓝的天空，无力感重重涌来。

程绍均在记者会开始前接到了冯韵文的电话，他从梁小盈手中拿过电话。

"冯少怎么有兴致给我打电话？哦不，现在应该叫你冯董了。"

冯韵文冷笑："程绍均，你其实一早就知道冯氏的股权情况，现在还跟我装模作样？"

"你这么肯定？"

"不然你能把冯氏逼到绝路？"

冯韵文的话确实没有夸张，"城池"一开发上市，冯氏的房产在市场压力下无法运营，找不到技术力量的同时又没有能够主导市场的产品或项目,一时间连资金周转都产生困难。不然的话他也不会找到曹烨,用这种不太光彩的方式进行反击。

程绍均说道:"你难道就不想知道,我是怎么了解到你们冯氏内部消息的?"

冯韵文语带讽刺地说道:"程总那么大的能耐,自然有的是办法。"

其实,早在程绍均刻意让纪飞扬知道了程氏对众信的动作之时,他就已经料到纪飞扬一定会去找冯韵文问些情况,而以冯韵文的性子,即便对外掩饰得滴水不漏,对纪飞扬肯定不会有什么隐瞒。

程绍均原以为,出了这样的事,冯韵文首先怀疑的一定是纪飞扬,但是眼下冯韵文竟然决口不提。

但是程绍均有让冯韵文自乱阵脚的办法,幽幽说道:"飞扬对待自己的工作一向是很认真的,现在她知道冯总这么大手笔毁了她心心念念努力付出的电视剧,你猜她会是什么心情?依我看,她眼下自然是不太想看见你的。"

冯韵文沉默半晌:"程绍均,折腾这么久无非就是想让我退步,说吧,你想怎么样?"

程绍均笑道:"够爽快,那我也就直说了。把你安排的那些肆意闹事的人统统拉走,只要一会儿的记者会顺利,我想飞扬的心情也会好一点。"

冯韵文没有多想,一口答应:"好。"

冯韵文果然说到做到。闹事的人群疏散之后,唐一隽及时从医院赶来,带来了董心蕊生命无忧但是需要静养的消息,由于盛日的认错态度诚恳,网友和粉丝们的怒气得到了很大程度上的缓解。

然而,紧随而来的将是商业上的压力,这么大的负面事件,势必会对程氏的各方面都造成极为不利的影响。

程绍均早就料到自己在对众信和天华施压的时候,他们极有可能会联合起来对付自己,也做了相应的准备。但是没想到他们联合起来之后竟然避退了与程氏的正面冲击,反而趁其不备攻其后方,以最恰当的力量作用于最准确的方位,达到最强大的效果。

这样的方法,曹烨肯定想不出来,不得不说,冯韵文不出手则矣,一出手,冯氏必定会成为程氏最大的敌人。

程绍均一路想着,回到办公室的时候,纪飞扬正时不时看看手机,看起来很焦虑的样子。

纪飞扬的余光瞥见程绍均进来,忙站起身问:"怎么样了?"

程绍均道:"没事了。"

那些乱七八糟的事情,如何能入了她的耳?思来想去,也只有说一句简简单单的"没事了"。

"可是……"纪飞扬话未出口,看着忙碌、疲惫、欲言又止的程绍均,这是她从未见过的模样。

"你……你先坐下,我去给你倒杯咖啡。"

纪飞扬从他身边经过的时候,他将她一把固定在自己怀里。

"飞扬……"

"嗯?"纪飞扬没有挣扎,低低应了一声。

"离开冯韵文好不好?"

纪飞扬怔了怔,没想到他这么直接就把话说了出来。

"程总……"

"别这么叫我!"

纪飞扬缓缓说道:"绍均,我跟他,相处得挺好,也已经……见过他的爸爸了。"

程绍均沉着声:"哦?谈婚论嫁了?"

纪飞扬沉默。

程绍均叹了口气:"飞扬,或许我父亲是严苛了一点,但是……"

纪飞扬心道:何止是严苛,简直就是冯奇的反义词!

"你不用说了。"

程绍均低低问道:"飞扬,你说实话,是不是上回的事情你知道了?"

纪飞扬反问他:"什么事?"

程绍均想了想,觉得也没什么好隐瞒的,便直说道:"就是你第一次来这里和羡宁谈生意的时候,我父亲叫人在你身上装窃听器。"

"是他!"纪飞扬一句脏话差点就要骂出口。

难道他以为她来A城是为了程绍均?即便如此,用得着窃听器吗!

"我在S城那几年把他气得不轻,所以听说你来了A城,他就有些过度担忧。我那时候正在回来的路上,就让陈戈跟着你见机行事了。"

纪飞扬听他语气,似乎还不知道四年前他父亲背着他做过些什么,她憋了又憋,终于忍不住要说:"你知不知道四年前……"

程绍均没让她说下去,目光诚恳地看着她:"飞扬,别再提从前了好不好?我保证,我一定会说服他的。"

"太晚了绍均,太晚了,"纪飞扬将他的手掰开,"更何况,你我之间的问题,从来都不是他。"

"飞扬……"

"想想张嘉茜,你现在这样,又将她置于何地?"

程绍均看着她,突然有一种强烈的无所适从感,好像……好像那个只属于他的纪飞扬,真的不存在了。

正当纪飞扬和程绍均说起张嘉茜的时候,张嘉茜风风火火地进来了,身后还跟着眉头紧皱的梁小盈。

梁小盈急匆匆说道:"老板,冯氏不知道从哪里得到的消息,他们竟然知道了我们下一步的方案,以同种方式率先入驻市场!"

坏消息一波又一波，纪飞扬咬咬唇，很担忧地看向程绍均。

程绍均脸色如常，但是眸中已经透出瘆人的寒意。

张嘉茜冷哼一声，死死盯着纪飞扬："我真是想不明白，你这种人为什么还有脸留在这里！"

程绍均沉声："嘉茜！"

"绍均你让我说完！"张嘉茜怒气冲冲地走至纪飞扬面前，指着她道，"你敢说，关于程氏的任何动向，你未曾透露一丝半点给冯韵文！"

纪飞扬刚要回答没有，想到上回似乎隐隐约约跟冯韵文提醒过，程氏要打众信的主意，那句"没有"就老老实实地被咽了下去。

如此一来，张嘉茜更是有理由，拔高了声音道："绍均你看！她这分明就是默认了！"

"我默认什么？"纪飞扬气道，"你想说这次是我把程氏的内幕告诉给冯韵文的？张嘉茜，麻烦你胡乱猜测也要稍微用点脑子，我在程氏这一个多月，根本就没有接触过任何商业性文件，基本上所有时间都是往片场跑。倒是你，作为盛日的一个经纪人，你管得也太宽了点！"

张嘉茜被她那句"你管得也太宽了点"堵得说不出话来，虽说她是程绍均的女朋友，但也并不代表她就可以插手程氏的所有事情。

程绍均眼下的淡漠，更是她羞愤难当的主要原因所在。

她决定豁出去了，能陷害纪飞扬一次，就能陷害纪飞扬第二次！

"纪飞扬，你想要证据是吗，我拿给你！"

接下来，事情的发展完全脱离了纪飞扬的能力控制范围。

张嘉茜拿出来的是这些日子以来程氏保安部门的摄像资料，画面中纪飞扬确实曾无意看过程绍均桌子上的资料——当然，她的"无意"在张嘉茜声情并茂的刻意解说下就成了"有意"。

张嘉茜指着摄像资料说道："尤其是这一次，你在看完东西之后马上打了个电话，要是我没猜错，这电话就是打给冯韵文的吧？"

纪飞扬仔细回想,她记得那次她确实是给冯韵文打了个电话,但根本不是张嘉茜说的那样。

张嘉茜冷声说道:"真是有一就有二,我记得你一开始离开雁城就是因为泄露内部资料的事情?纪飞扬,你做这种事情做上瘾了啊!"

纪飞扬百口莫辩。张嘉茜正要再说话,程绍均却突然开口说道:"嘉茜,你和梁小盈先出去。"

"绍均……"张嘉茜难以置信地看着他。

"我说了,先出去。"

张嘉茜迟疑了一会儿,终于还是和梁小盈一起走了出去。

房间里只剩下纪飞扬和程绍均。

纪飞扬无力地看着程绍均,找不出一个合理的解释:"绍均,我不可能当着你们的面去看那些资料,而且……"

程绍均看过来的眼神极为温柔,纪飞扬一紧张,连接下去要说什么都忘记了。

程绍均看着他,轻声说道:"飞扬,我总是相信你的,不管什么事,只要你说,我就相信。"

我总是相信你的。

纪飞扬记得这句话,是很多年前程绍均给她的特权。

那时,程绍均很认真地对她说,任何事你都不准对我说谎,因为,我总是相信你的。

只因为纪飞扬是纪飞扬,她无论说什么,程绍均都信。

所以当四年前,纪飞扬说出那个连鬼都不相信的弥天大谎时,程绍均信了。

就如同那个拿着鞋码去买鞋的郑人(出自《郑人买履》),很多时候,都是因为某些习以为常的事物将人欺骗,以至于连最为简单的真实,都忽略过去了。

眼下纪飞扬听到程绍均再次说出这句话，心中忍不住感动，他还是保留着她的特权，没有取消、没有转让，只属于她一个人。

这种独一无二的认同与归属，让纪飞扬再次迷惑了。

"你真的，相信我吗？"

"我信，只要你说，我都信。"

纪飞扬道："绍均，我没有做过任何对不起程氏的事情。"

程绍均看着她认真的模样，忍不住笑了："好，我知道了。"

这一天，纪飞扬没有和冯韵文一起去吃晚饭，回到家中洗了个澡吃了点东西就准备睡了。

她在枕头底下摸到一个硬邦邦的东西，拿起一看，是徐未然上回给她的《安徒生童话》。

"此中有真意。"他当时是这么说的，而她也确实从中得到了启发，于是才有了"在水一方的童话"。

她随意拿在手里翻着，里面竟然掉出一张纸。

纪飞扬拿起一看，不是纸，而是照片。

照片上的女孩子，一身素裹，长发乌黑，对着镜头无知无畏地笑，笑得此刻纪飞扬的心莫名地疼起来。

正是多年前的自己！

年轻的时候大梦一场，那么深深地沉沦，陷入其中不可自拔、无从解脱，而现在年龄渐长，如何可以不清醒？

纪飞扬，你还爱他吗？

纪飞扬，你想和他在一起吗？

一起吃饭、一起逛街、一起说话、一起抱着枕头晒太阳。

纪飞扬，你为什么不回答？

为什么不回答？

她不停地自己追加疑问，将自己逼到一个死胡同里。

蓦地，想起前阵子确实有人重金寻找一本童话书，当时只觉得好笑，现下想起，她忙去翻开那一天的报纸。

只言片语，却占了很大的版面，只透露书的名字是《安徒生童话》，十万元人民币的悬赏金额，联系人是梁小姐。

纪飞扬突然就笑了，笑得十分开心，眼泪都掉下来了。

她拿起手机按着报纸上的电话打过去，果不其然，手机屏幕上跳出梁小盈的名字。

对方睡得迷迷糊糊。

纪飞扬轻轻说道："告诉程绍均，他欠我十万。"

然后，她挂上电话，抱起枕头，看着窗外寂寂的夜空。

两分钟后，程绍均的电话来了。

纪飞扬按了接听键，不出声。

程绍均也不出声。

过了很久，很久。

"宝贝飞儿……"

"嗯。"

"是我的宝贝飞儿吗？"

"嗯。"

"我们好久没见了啊。"

纪飞扬挂上电话，泣不成声。

十二

YU TA GE ZHE
YU PIAN HAI
阴谋与反阴谋

纪飞扬拉了杜以欣和颜冉,在一家新开的火锅店吃饭。

杜以欣化了淡妆,用帽子遮着脸,这一顿火锅吃得纪飞扬是胆战心惊,把包间的窗帘遮得严严实实。

纪飞扬一边咬着凤爪一边问颜冉:"哎,我说冉冉啊,你跟徐未然最近怎么样了?"

颜冉对她一眨眼睛:"我叫他往东他不敢往西,我叫他站着他就不敢坐着!"

"冉冉你行啊!"

"可不是,多学两招!"

杜以欣也忍不住笑起来:"想不到徐未然也有被吃得死死的一天,我记得以前他的名言可是'万花丛中过,片叶不沾身'啊!"

杜以欣和颜冉性格上有点相似,加上有纪飞扬在其中,几天下来也已经成为好朋友。

门帘一掀开,徐未然走了进来:"好香!"他看向颜冉,"有好吃的也不叫我!"

颜冉道:"你那么忙,什么殷小六呀、谢娴呀、方静如呀,听说昨天还跟程家老二去了滑雪场,这么冷的天竟然没冻死你?"

徐未然一脸苦楚:"殷小六那事儿你清楚,明明是她帮别人缠着我不放;谢娴那丫头我就当是自家亲妹妹一样的;还有方静如是谁?我不认识!要说程一菲,那更是冤枉了!我招惹谁也不敢招惹她啊⋯⋯"

徐未然话没说完,颜冉已经忍不住笑起来。

纪飞扬知道程绍均有两个姐姐,大姐程一熙早就嫁去了国外,眼下听徐未然提起程一菲,便问道:"程一菲是不是和程绍均关系不好?"

"你听谁说的?"徐未然在颜冉旁边坐下,"程家那两位老人家都是硬脾气的,对儿子爱答不理,这从小要是没程一菲,绍均八成得自闭症。"

"那为什么程氏的员工条例里会有那么奇怪的规定?"

徐未然看着她:"还不是因为四年前程一菲挂了你几个电话,结果绍均就自个儿跑去做傻事,弄得那几年程家是姐弟不合,你说说你是不是罪过大了?"

"行了未然,别吓唬她!"颜冉忙打断徐未然。

一桌人吵吵嚷嚷闹到半夜才回去,临走的时候徐未然对纪飞扬道:"上回雁城的事情,你不会真以为是绍均在背后主使的吧?"

徐未然说的是之前"在水一方"策划泄露的事情,纪飞扬问道:"怎么了?"

徐未然道:"这事他事先一点都不知道,是张嘉茜在背后搞鬼。"

纪飞扬听他这么一说,有些内疚了,她确实为这事在心里骂过程绍均好几回。

徐未然继续道:"你也别把张嘉茜那女人放在眼里,绍均对她不过是能用则用。"

吃饱喝足之后踏着月色回家,到了小区门口,心情好也不是很好的纪飞扬看到了心情恶劣到极点的冯韵文。

只见那位少爷被三个保安拦在大门口,进也不让进,走也不让走。

"我说你们到底想怎么样啊!"

"等警察来!你这种鬼鬼祟祟的人一看就不是什么好人!"

"行!等警察来!"冯韵文呼了口气,"我去车上拿一下手机总可以吧?"

"天知道那是不是你的车!哪个大男人会开粉色的小车了?"

纪飞扬赶在冯韵文动手殴打警卫人员之前跑了过去:"误会误会,这是我的朋友!"

几个保安有点傻眼:"啊?真是你男朋友啊!"

冯韵文往纪飞扬身边一站,那眼神仿佛就在说:怎么着?不像啊?看我们要多般配就有多般配。

纪飞扬把少爷拎回家之后,看着他可怜巴巴的样子:"吃晚饭没?"

"你这话说得,人神共愤啊,我五点来找你,被楼下那群保安折腾到现在。"

"你傻啊,不知道给我打电话。"

"你关机了啊!"

纪飞扬掏出手机一看,手机没电了。

"那你等等哦,我去给你煮碗面吃。"纪飞扬说着走去厨房,"韵文,你在沙发上坐着看会儿电视吧,我很快就好。"

冯韵文却跟着她一起进了厨房:"飞扬,片场的事情你都知道了?"

"嗯。"纪飞扬什么反应都没有,照常开了电磁炉,放上锅子,"你喜欢吃细面还是粗面?"

冯韵文拉住她的手："飞扬，你就没有什么话要对我说？"

"要我说什么？"她随手抓了一包面，"就细面吧，上回你还说龙庭山庄外面那家米线很好吃，要不要放辣？算了，一会儿烧好了你想放什么就放什么。"

"飞扬……"

"冰箱里好像还有几片烤肉，我去看看。"

纪飞扬才一转身，就被冯韵文一把抱住："飞扬对不起，我也是没办法，那些炸药的药量我是让人事先控制好的，绝对没打算害人，但是后来……"

"你不用解释了，"纪飞扬看着他，"韵文你没有做错什么，是程绍均先打了众信的主意，你也是被逼无奈。"

纪飞扬如此说着，却让冯韵文越发不安，他宁愿纪飞扬现在就把他骂一顿打一顿，也好过现在这样安静。

冯韵文揽着她的肩膀："飞扬，别给我下定心丸了，你是不是有什么不好的消息要告诉我？"

纪飞扬抬头看他，思量许久，低声道："对不起韵文，我忘不了他。"

短短的一句话，承载了这些日子以来太多难以言说的感情。

似乎自她踏入A城的第一天起，程绍均布下的天罗地网就已经开始慢慢收紧，她根本不知道自己该怎样逃离。

你这一生会否有过一个时刻，以为自己终于逃离了当初的枷锁，恍然醒悟时却发现，自己竟然还是停留在原地越陷越深。

她低着头："对不起韵文，你很好，真的很好，对不起……"

话音未尽，已经哽咽。

冯韵文揉揉她的脑袋，强行笑道："我好什么呀？我这么好你还不要？"

"韵文，我太早认识他了。"

因为太早了,深深地将他的所有刻入了骨髓,所以已经没有多余的感情去与他人言爱。

"飞扬,我也就是输在时间上而已,不过我要是早些年遇到你,也不一定看得上你。"冯韵文叹了口气,"算了,也别安慰我了,反正像你这样的女孩子多了去了,少爷我要多少有多少!"

他松开手,抬手去擦了擦纪飞扬的眼泪,又捏捏她的脸:"不就是失恋嘛,我这个被甩的都没哭,你哭什么?再不停下来,我要以为你是舍不得我。"

纪飞扬想拿开他的手指,却被反握住了手,下一刻,冯韵文的脸就出现在眼前,吓了纪飞扬一跳。

纪飞扬本能地要去推,手伸到一半却被冯韵文抓住了。

"就一个吻,飞扬,我这么这么喜欢你,告别的时候给个吻都不可以吗?"

低低的声音,带着难以名状的压抑和悲伤,让纪飞扬心里蓦地一痛。

但是这样放任?岂非对谁都不负责?

再要拒绝,却已经来不及。纪飞扬感觉到冯韵文的吻一点点加深。

电磁炉发出滋滋声,纪飞扬一急,狠狠地踩了冯韵文一脚。

冯韵文吃痛放开手:"嘶——我就亲你这一回,认真点不行啊!"

"认真?你的面就煳了!"纪飞扬关了电源,掀开锅子,一股热腾腾的气流冒上来,"唉,好像是有点煳了。"

冯韵文说:"没关系。"

"我们还是出去吃吧,就你那娇生惯养的胃,一会儿又得疼。"

"我不要,我就要吃面!"冯韵文说着就要自己动手去盛。

纪飞扬生怕他把碗砸了:"你小心点,我来,不会拿铲子的人一边去。"

很快,饿坏了的少爷把一碗半煳的面吞下肚子,打了个饱嗝,舒舒服服躺在沙发上:"手艺真不怎么样。"

"那你还吃那么干净!"

"我那是给饿的啊!"

两人有一搭没一搭地说着话,最后冯韵文问:"你打算回到他身边?"

纪飞扬摇摇头:"我不知道。"

"那你就这么把我给扔了?"

纪飞扬道:"韵文,我不可能明明心里想着他还跟你在一起,这样对你太不公平。"

这一刻,冯韵文脑海中想到的是曹烨说的那句话"但愿你不会成为第二个我"。

也是那时候,他才知道曹烨其实是真的喜欢过纪飞扬的。他们的关系可以非常亲密,但只限于朋友,因为纪飞扬心中为某人留下的底线,不可能再有第二个能够跨越。

冯韵文离开纪飞扬家后,决定去找曹烨喝两杯。

送走冯韵文后,纪飞扬睡不着,于是拿了条小凳子往阳台上一坐,又开始数月亮。

数着数着接到唐一隽的电话,说后天剧组的拍摄正常进行。

纪飞扬很惊讶:"董心蕊还在医院里躺着,即便她的戏可以放到后面拍,但这样赶真的没问题吗?"

唐一隽道:"是心蕊自己提出的,说是不这样的话她会很过意不去,她的粉丝们自然也不好说什么。"

"董心蕊也是个聪明人,自己没什么损失,换回程总一个人情。"

唐一隽轻笑:"飞扬你变聪明了。"

"我本来就不笨好不好!"

"好好好,那明晚一起来吃个饭吧,开工在即,你也准备一下。"

"知道了,谢谢唐导。"

第二天晚上，一群人出去吃晚饭之前，纪飞扬和颜冉有过一次短暂的聊天。

"飞扬你被骗了，一个出色的阴谋家同时也是一个出色的反阴谋家，你认为上次雁城的事情与程绍均无关，殊不知没有他暗中放行，张嘉茜怎么可能把事情做得那么顺利？你认为这次程氏的资料泄露，程绍均不怀疑你是出于信任，可若是他连自己公司的动向都不知道，怎么能把总裁的位置坐那么牢固！"

"冉冉，你这是……什么意思？"

"就在他说了相信你的那天，程氏的员工艾琳被开除了。"

"艾琳？我想起来了，是那个和冯韵文有过交往的外国人！你的意思是，是她泄露的资料？"

"这么明显的事情，也就只有你这个傻瓜看不出来！纪飞扬你给我听好了，不准把自己给输了！"

颜冉作为旁观者，在她看来，纪飞扬这回充当的只是程绍均和冯韵文商业竞争中的一个牺牲品。

纪飞扬没有意识到，程绍均对她的信任，根本就建立在他的一手设计之上，而冯韵文对她的信任，才真实得不含一丝杂质。

不一会儿人都来了，两人的谈话结束，纪飞扬有些心神不宁。

见张嘉茜不在，众人都很会看眼色，推推搡搡之后纪飞扬被安排坐在程绍均旁边。

菜单毫无疑问地放到了程绍均面前。

"程总，请点菜。"

程绍均却把菜单推给了纪飞扬："你点吧。"

纪飞扬忽视掉一桌人看过来的各种目光，翻了翻菜单，找了几个最为家常的："滑蛋牛肉、红烧鲤鱼、蜜汁火方、香菇菜心、辣子鸡丁、麻婆豆腐……"

程绍均转过头看着她,心里涌动着一股莫名的冲动,她记得,她都记得的。

每一道,都是他喜欢的菜。

纪飞扬认真地翻着菜谱,想到程绍均爱吃虾,但是这上面似乎没写。

"服务员,有油焖小虾吗?"

服务员忙点头:"不好意思,没有这道菜。"

"你就让厨师帮忙做一下吧。"

程绍均道:"没有就算了,点别的吧。"基于心情好,吃什么都开心。

服务员想着这桌人一看就是有大来头的,便道:"一会儿我和领班说一下,尽量满足。"

"铁锅蛋、松鼠桂鱼、馋嘴蛙,点心先要可乐鸡翅和玉米烙,玉米烙少放糖,多放点沙拉酱,还有玉米羹和……罗宋汤!"

点完后纪飞扬抬起头:"我就点这些了,你们看看还想吃什么吧。"

纪飞扬刚放下菜单,一手刚放至桌下,就被程绍均的手覆上。

两人坐得近,所以手放在下面也不会有人看见,但是纪飞扬想着毕竟还有这么多人在,马上脸色涨红,垂下头去。

唐一隽道:"飞扬你怎么了,不舒服?"

"没……没什么。"

颜冉心知肚明,打趣她:"怎么脸那么红,中暑了?"

中暑?这种天气你中一个给我看看!

纪飞扬想挣开程绍均的手,但是他怎么都不肯放,又不好用力甩,只得作罢。等到油焖小虾出来的时候,程绍均终于放开了手。

纪飞扬心想,总算是轻松了。

不料程绍均对她说:"帮我剥虾。"

"啊……啊?"

程绍均看着她:"不肯?"

纪飞扬摇摇头,哪敢说不肯:"哦。"

第一只去了壳的虾放入程绍均碗里的时候,喧哗的包厢突然安静了下来,纪飞扬伸手去拿第二只虾的时候手都在颤。

程绍均咬了一口,笑道:"你们都怎么了?看着我做什么?"

"冉冉你也帮我剥虾。"徐未然大发矫情。

颜冉白了他一眼:"你不是不爱吃虾吗?"

耳边闹哄哄一片,纪飞扬什么都听不进去,只是机械式地剥着虾,然后把虾仁一只只放进程绍均碗里。

好不容易熬到宴席散了,众人纷纷各自回家,程绍均又执起纪飞扬的手:"今晚别回家了,嗯?"

他喝了点酒,俊脸微微发红,纪飞扬被他看得有些不知所措:"太、太远了,你喝了酒开车不方便,我找人送你回去吧。"

"这么点酒还能把人喝醉了?"程绍均说着拉起纪飞扬,"附近小区有套公寓,走过去也就五分钟,你也不乐意?"

纪飞扬想了想,说道:"那我送你过去吧。"

到了程绍均的房子外面,纪飞扬说要走,程绍均却抱着她。

"都已经将你带回来了,还怎么可能放你走?"

程绍均突然俯身将她推到墙上,抵上她的唇,一手紧紧搂着她的腰肢,一手拿出钥匙去开门。

室内一片漆黑,程绍均没有开灯,纪飞扬根本辨不清方向,只觉得身体一轻,然后就被抱着坐到了一个柜子上,脚还碰不到地。

"绍均,你放我下去!"

程绍均没有回应她,这个高度,两人几乎平行,他一侧头就能咬到她的耳朵。

黑沉沉的夜,靠得这么近才能依稀看清楚他的脸,那些隐藏的情愫才越发鲜明起来。

十三

使君有妇，罗敷有夫

小时候，纪飞扬幻想过，想有一座只属于自己的城堡。等夕阳漫延过遥远的地平线，逐渐形成一幅色泽明丽、间或涣散的画面。时光浸润着城堡中的每一寸土地，她一个人居住，一个人长大。

不知何处的风灌入胸腔，鼓胀着喘不过气，她像是要沉入海底，拼命挣扎，却吸入更多苦涩的海水，藻类植物在身体上缠绕，无休无止。

有人在耳边说："飞扬、飞扬，你总是对的，有我在你想做什么都可以！"

然后，她就感觉到被人宠爱着的幸福，开心得手舞足蹈，像是个不知天高地厚的小恶魔。

一种深入骨髓的惶惑与不安悄悄潜入，植根于心底。

"绍均！"

终于所有潮水退去，她睁开眼睛，发现自己是躺在陌生的床上，遮阳的窗帘拉着，一拉开，阳光骤然照进来，险些晃花她的眼。

走出房间，程绍均不在，她将自己收拾妥当，出了门。

纪飞扬一个人游荡在大街上，去药店买了避孕药，咽下去一颗。有点想哭，但是眼睛干涩。

对于眼下所发生的一切，纪飞扬觉得糟糕透了，曾经自己尝试去强行忘记，可尝试了那么多年还是失败了；说服自己再相信他一次吧，接踵而至的，却是更为刻骨的失望。

身后似乎有人在叫她。

纪飞扬疑惑地转过头去，看到那个名叫艾琳的外国女人。

"你好。"

"我……"艾琳想了想，"你是阿文的女朋友吗？"

"现在不是了。"

"他把你甩了？"艾琳一脸惊讶，"我还以为他真的很爱你！天！这么说来你和我一样。"

纪飞扬不欲解释，她这么想也好。

艾琳有些同情地看着纪飞扬："虽然这样，你也不要太伤心了，其实阿文人很好。"

这回倒是纪飞扬惊讶了："一点都不怪他？"

艾琳认真说道："一开始我的确很生气，但是后来想想，这是他的自由。"

"可是你还帮着他盗取程氏的商业机密。"

艾琳一愣："你连这个都知道！"

她悲伤地看着纪飞扬："中国我是不想待了，纪小姐，再见。"

纪飞扬不敢这副样子跑去片场，发了条短信给唐一隽说自己去旅游了，过几天回来，然后就关了手机。

在自家屋子里昏天暗地睡了两天，纪飞扬终于决定出门走走。她走进了一家商场,漫不经心地逛着,忽然被人叫住了。

回头看去,竟然是张嘉茜,而一旁倚在玻璃柜上看着自己的不是程绍均又是谁?

纪飞扬当场就想拔腿跑,但是拼命忍住了,控制着自己的语调说道:"程总好,张小姐好。"

张嘉茜笑得一脸春风得意,十分亲昵地上来挽住纪飞扬的胳膊:"飞扬啊,绍均正帮我选戒指呢,那么多,看得我头昏眼花的,你过来帮我看看哪个比较适合。"

"抱歉,张小姐,我对戒指没什么研究。"

"女孩子对戒指怎么能没有研究?你来看看嘛,反正迟早也是要戴的。"

纪飞扬随意看了一眼:"我觉得都差不多。"

"差不多?这怎么能差不多呢!飞扬,你是不是还在介意上回那件事?"

纪飞扬忍住翻白眼的冲动:"我还有事,先走了。"

张嘉茜笑道:"这个时候了还能有什么事?"

纪飞扬突然感觉到有人从后面搂住了她,爽朗的笑声就在耳边响起——"当然是去看戒指。"冯韵文用恰到好处的声音,看似在对纪飞扬轻声细语,实则让张嘉茜和程绍均都听到了,"这些这么难看,我们换别的店好不好?"

纪飞扬默默点头。

张嘉茜冷声道:"冯少这是什么意思?"

冯韵文搂住纪飞扬:"什么意思?我倒想问张小姐是什么意思。"

张嘉茜正要反驳,被程绍均制止住了:"嘉茜,不喜欢就去别家吧,订婚在即,结婚的时候一定给你最好的。"

订婚?他们要订婚了!

纪飞扬脑子里乱轰轰的，冯韵文已经搂着她的腰转过身去，低声在她耳边道："别怕，还有我呢。"

"我的戒指呢？"纪飞扬摊手问冯韵文。

冯韵文双手插在口袋里，很闲散的样子："我还是决定不给你了，省得你这辈子都忘不了我。"

纪飞扬说的不过是玩笑话，她自然不会知道冯韵文此刻的手指间，正把玩着一枚小巧的戒指。

一个星期没见冯韵文了，纪飞扬觉得他气色不太好，问了句："你是不是生病了？"

冯韵文道："我四肢安康，哪那么容易生病？脸色不好这是想你想的！"

纪飞扬笑："刚才谢谢你。"

"虽然我很不想成为第二个曹烨，"冯韵文这么说着，笑了笑，"但是，也只能这样。看吧，你又多了个哥们，说吧，刚才是不是被欺负了？"

纪飞扬哼哼两声："没事。"

"装！还装！别告诉我你眼睛里头水灵水灵的是汗水！"

纪飞扬沉默着。

冯韵文思忖道："张嘉茜抽风很正常，怎么程绍均也跟着一起了？你们最近不是缓和些了吗？"

岂止是缓和啊……

"韵文，我是不是特别笨啊？"

冯韵文看了她一眼，马马虎虎道："也还行。"

纪飞扬低声道："我觉得我最近好像没有以前聪明了。"

冯韵文吸了口气："那是因为，纪飞扬小姐，你真的把自己陷进去了。"

/ 181 /

其实，冯少爷发现，他最近也变得没有以前聪明了。

"韵文……"纪飞扬欲言又止。

"说。"

"他们要是真结婚的话……"

冯韵文笑："早结早离！"

纪飞扬笑着看他："说实话，他长得没你好看，脾气又那么差劲，也不及你善良，比起你的口硬心软他根本就是个不折不扣的恶人，逗人开心的话更是不到你的十分之一，不如你这么正人君子，就连他的爸爸也比你爸爸坏那么多……但是……"

纪飞扬深吸了口气，就像歌词中写的："在所有人事已非的景色里，我最喜欢他。"

冯韵文点头："我知道。"

"冯韵文先生，同时遇到你们的话，我一定一定会先爱上你的！"

冯韵文得意地笑笑："那当然啊，这么明显的事情！"

但是纪飞扬偏偏就是那么个认死理的人，小时候吃菜的时候，她看中一盆菜就会不停地吃那一盆，完全忽略旁边的。

真正爱一个人的时候，旁人对你千倍万倍的好，都及不上那人对你的一分好。爱一个人一次并不可怕，可怕就可怕在，你爱过他一次，以为已经不爱了，却发现自己在不经意中又爱上他了，还是带上以往的那些感情，加倍折磨。

眼下的她，已经完全失去了可以正常思考的头脑。

纪飞扬看着冯韵文的脸，突然不知所措，有点想要安慰他一下，又觉得自己更需要被安慰。

纪飞扬回到家，发现提早半个月来了例假，肚子痛得死去活来。好不容易睡着了又痛醒，迷迷糊糊挨到傍晚，感觉到天色慢慢暗下去，路灯又一下子亮起来。

厨房里好像有什么奇怪的声音,她听着有些担心,可又不想起身去看,苍白着脸,一会儿咬唇一会儿咬牙,实在疼得受不了,哭着大骂:"程绍均,我恨死你了!"

房门突然被打开,然后她刚刚骂过的人就端着只碗出现在门口。

"醒了?"

纪飞扬傻眼了:"你……你怎么在这儿?"

程绍均走过来:"你之前把自己关在这里那么多天,难道不是希望我过来?"

"你想多了。"

"把这喝了。"程绍均把碗递给她。

纪飞扬接过碗,温度刚刚好,喝了一口,是姜糖水,几口下去,肚子没那么疼了,她低着头说了句谢谢。

程绍均放下碗,竟然脱了鞋子就要往床上躺。

纪飞扬立马坐起来:"你干吗!"

"别说话。"他一手搂着她躺下,一手放在她腹部,轻轻地揉。

疼痛减缓了许多,纪飞扬几乎又要睡过去。

许久,程绍均轻声问她:"好点没有?"

"嗯。"

程绍均换了只手,继续轻揉:"好像疼得很厉害,以前不是没这毛病吗?"

是啊,以前是没有,每次来大姨妈还不消停,偷吃冷饮、麻辣烫,被程绍均抱起来打。但是自从那次进了医院之后,每个月就要有那么两三天,让她痛得恨不得死过去,这好像就是对她的惩罚,提醒着她,生命中曾失去过什么。

程绍均大致也猜到了,纪飞扬推他:"好了,我没事了,你回去吧。"

程绍均抚摸着她的脸庞,将凌乱的发丝整理到后面。

"还说没事,脸色这么难看。"

"我自找的。"

"那么我呢?"程绍均注视着他,"我也是自找的。"

纪飞扬气得肚子又开始疼了:"好像给女朋友买戒指的人不是我吧?急着要订婚要结婚的人也不是我吧?你如果缺个暖床的工具大可以去找你的张嘉茜!"

"暖床?"程绍均突然笑道,"那你的技术也差太远了。"

纪飞扬一拳打在床板上,把自己疼得龇牙咧嘴,大叫:"程绍均你什么意思!高兴了就对我好点儿,不高兴了干脆就当没我这人,我到底是怎么招惹你了?有病吧你!爱和谁结婚和谁结去,别老在我眼前晃!"

"我要听的不是这个。"

纪飞扬一把推开他:"我有冯韵文你有张嘉茜,我没什么要跟你说的!"

"你要跟我划清界限?但是纪飞扬,我听说你和冯韵文已经分手了。"他低下头,脸几乎要贴上她,"来,说说看,你们为什么分手?"

纪飞扬看着他,许久,震天大吼:"滚!"

随着纪飞扬的这个"滚"字,无数诸如毯子啊枕头啊矿泉水啊镜子等东西一起向程绍均砸过去,下手狠辣,毫不留情。

程绍均上去一把抓住纪飞扬的手,把她紧紧箍在怀里:"别动了!"

纪飞扬手不能动就用脚踹,用牙齿咬,到最后程绍均实在招架不住:"你到底要干什么!"

纪飞扬看着他,冷声道:"滚出去!我讨厌你,不要见到你,想让你永远在我面前消失!"

程绍均目视她几秒钟,终于站起身走出门去。

纪飞扬坐在床上看着他转过身关上门,突然想起他们最初的相遇,他穿着白色衬衣和米色长裤，干净透明，落落无尘。

"你穿白裙子好看。"

"你穿白衬衫也好看！"

但那时候阳光从窗外照进来，她小小的个子，一抬头，就撞到了他的目光和和煦的阳光，心中说不清楚地欢喜。

那些过去的岁月，仿佛是隔着一块沾满了灰尘的玻璃，想要透过玻璃去看以前的世界，却只看见满目的灰尘。

第二日醒来的时候天气很好，纪飞扬起了个大早，快要到片场的时候遇上了张玥。

张玥还是那副孩子样，见到纪飞扬就高高兴兴地跑上去挽住她的手："飞扬姐！"

"玥玥又来看临西？"

沈临西说到做到，也不知用了什么办法，竟然逼得盛日愿意公开他和张玥的恋情。一时间又激起千层浪，他的粉丝们非但没有因此颓丧，更感动于他的坦诚和真心。

张玥这下子开心了，基本上每天都要拎着吃的东西往片场跑，一来二去，大家也都熟识。

不太巧的是，这一天张嘉茜也在，看到纪飞扬和张玥大老远手牵着手走过来。

待她们走近，便听张嘉茜对助手说："小余，现在闲杂人等都可以放行了吗？"

"不是啊，这是临西的女朋友，不也是嘉茜姐你的……妹妹吗？"

"我哪有这么厚脸皮的妹妹！"张嘉茜这一吼，众人纷纷都转过头来看着她们。

张玥一下子红了眼睛，原地站了几秒，转过身就跑。

"玥玥!"沈临西正要去追,被纪飞扬一把拉住。

"你好好工作,我去找她!"

沈临西点点头。

张嘉茜和沈临西的恋情,这世界上没几个人知道,因为当时沈临西的事业刚刚起步,张嘉茜说什么也不让他将这件事情公布于众。所以众人只当是张嘉茜今天心情不好,和自家妹妹吵架了。

纪飞扬是极少知道他们过往的,追着张玥一路跑到小河边。

两人在一张木头长凳上坐下来。

张玥眼睛红红的,强忍着没哭,低声说道:"飞扬姐,要是姐姐和临西中只能要一个的话,我会选姐姐的。"

纪飞扬道:"没有人逼你做这个选择,你姐姐过阵子也就想明白了,会让你们在一起的。"

张玥看着她,问:"你讨厌我姐姐吗?"

"怎么这么问?"

"姐姐说你要抢走姐夫,我不相信,她总是针对你,其实她自己也是害怕,飞扬姐你别怪她好吗?我姐姐她不坏的。"

纪飞扬心想这真是个善良的孩子。

张玥揉了揉眼睛,继续说道:"我刚上高中的时候,爸爸妈妈一起失业了,姐姐那时候还在上大学,就要一边念书一边打工,双休日都很少能回家,真的很辛苦。如果没有姐姐的话,我根本连大学都上不了……"

张玥说着说着哭起来:"其实一直以来我都是在姐姐的庇护下长大的,她很疼我,只让我一心学习,家里的事情不要过问。我很想帮她,但是不知道怎么帮,她从来不让我知道她有多辛苦。我以前见过临西几次,那时候他眼里只有姐姐。姐姐总跟我说他有多好,我以为他们会永远在一起的,谁知道后来……"

纪飞扬摸了摸她的头:"这世界上很难有永恒不变的东西。"

张玥道:"本来以为自己上了大学之后就可以帮姐姐,没想到她已经不再需要我帮她。她和临西刚分开的时候我很难过,但是后来我想,姐姐不要了,是不是我就可以去争取了……我缠着他,跟他说话,讲学校里各种各样好玩的事情……但是,好像我错了。"

纪飞扬道:"他们已经结束了,只要临西想和你在一起,谁也不能阻止。"

"但是姐姐会不高兴……"张玥喃喃说着,神情有些萎靡。

纪飞扬搂着她的肩膀说道:"玥玥,你姐姐和临西已经结束了,更何况还有程绍均,这一切都是她自己选择的。"

张玥抬起头:"那你呢?"

纪飞扬问:"临西告诉你了?"

张玥点头:"你会怪我姐姐吗?"

"不会,"纪飞扬道,"本来就不是我的,又何必强求?"

回到家后,纪飞扬突然好想念远在 S 城的爸爸妈妈,这些年她对他们又是害怕又是内疚。想到张嘉茜和张玥,又是思绪万千。

她拿起手机,拨了那个在心中重复过无数遍,但是手机上却连存都没有存过的号码。

S 城家里的号码。

听到"嘟嘟"声响起的时候,心里又是慌张又是期盼。

"喂?"

她一听即知是妈妈的声音,哽咽着叫了一声:"妈。"

母亲愣了几秒,声音都有些变了:"飞扬?是飞扬啊!怎么哭了?谁欺负你了?在外面过得好不好?"

纪飞扬控制着语调说:"妈妈,我不想再留在 A 城了……我想辞职回 S 城了,你说好不好?"

纪妈妈道:"好好好!你爸爸昨天还跟我念叨着,说你怎么这么长时间都不知道回来。老头子,女儿来电话了!快过来听!"

然后那边好久都没有人说话,却是传来了窸窸窣窣的声音。纪飞扬知道,肯定是父亲不知道要对自己说什么,所以跟母亲闹别扭,不肯接电话,而母亲就一定要他跟自己说几句,两个人正把电话推来推去。

纪飞扬说道:"妈妈,爸爸忙就算了,你让他注意身体,他心脏本就不好,要多休息,不能太累了。"

电话调了扩音,纪妈妈听了正要拿起话筒,却被纪爸爸一把抢了过去,咳嗽两声:"飞扬啊……"

"嗯,爸爸。"

"回家吧。"

"嗯!等到过年的时候,我把手里的工作做完就跟老板辞职!"

这个电话打了很久,挂上电话,纪飞扬觉得自己是真的累了,在这座城市,一个人辗转,一个人生活,偶有朋友相陪,过不多久又是独自前行。如何不累?

这一刻,她无比怀念 S 城,S 城的人群、S 城的高楼、S 城彻夜不息的灯火……以至于在睡梦中,她都不记得自己是在对谁用细软的方言轻声呢喃。

"宝贝飞儿,双休日带你去爬山好不好?"

"好啊呀!"

"这里的方言,这么好听。"

"你猜啊……"

十四

看，时光都老了

　　阳光透过窗棂，微微有些刺眼，程绍均半眯着眼睛看了看时间，刚准备起床，突然发现房间里站着个人。

　　"嘉茜，你怎么在这儿？"

　　张嘉茜正站在程绍均的衣柜前将衬衫一件件挂好，闻言转过头对他温柔一笑，道："帮你整理房间啊。"

　　程绍均微微一皱眉，心想，家里的佣人真是应该换了。

　　张嘉茜道："是伯母给了我你房间的钥匙，她说反正我们也快订婚了，让我有时间就多过来看看。"

　　程绍均微一错愕，低声道："也不急在一时。"

　　张嘉茜愣了愣，笑容变得有些牵强，隔了几秒钟，将程绍均的房门钥匙放在他床头。"对不起，我不应该没经过你同意就进来。"说完，她便要转身出门。

　　"嘉茜！"程绍均拉住她的手，犹豫了一下，还是将钥匙放回她手里，"既然妈妈这么说了，你就拿着吧。"

张嘉茜笑着点了点头："好，那我先去楼下等你。"

程绍均一边起身一边说道："不用等我了，你自己先去公司吧。我今天会和羡宁去片场看看，晚上接你吃饭。"

张嘉茜说："好。"

趁着程绍均去卫生间的间隙，张嘉茜将背在身后的手缓缓放下，一张微微有些泛黄的照片重新被放回桌子上。看着照片上两个笑得十分开心的少年，张嘉茜的眉宇间出现一层悒郁。

天气渐渐转冷，自从上次把程绍均从家里赶出去之后，纪飞扬很长一段时间都没见过他。倒是时不时会在片场遇到张嘉茜，两人照面之时，还是一如既往地不合拍，但也没出过什么事情。

这一天纪飞扬来到片场，正看到张嘉茜在旁边责骂一个小演员，刚要出声说句话，便听颜冉在一旁不冷不热地说了句："片场的事情，怎么总有些不相干的人硬是要扯进来？"

张嘉茜脸色一沉，冷哼道："你算什么东西，也敢来教训我了！"

颜冉和张嘉茜不合已久，张嘉茜有意无意地处处打压颜冉，而颜冉本身就是个不干处人下风的，再加上背后有徐未然撑着，更是天不怕地不怕。

片场的气氛陷入僵局，杜以欣是少数几个跟纪飞扬和张嘉茜都要好的，但一时间也不知道怎么劝阻。

纪飞扬走到颜冉身边，站在她和张嘉茜的中间："好了，还是不要浪费时间了，听唐导说一下，下场戏怎么拍吧。"唐一隽此刻正在车子里专心致志研究着剧本，没注意到这边的局势已经越演越烈。

张嘉茜本就是看不惯纪飞扬，眼下更是大为光火，想着这几日程绍均时而魂不守舍的模样，甚至将沈临西和张玥的事情也迁怒于她。张嘉茜忍不住扬手，一个铜质的高脚杯道具"砰"的一声砸在地上。

"我管教我手下的艺人,关你什么事儿?"

唐一隽听到动静,走过来看情形就把事情猜到七七八八。他看了看手表,皱着眉头呵斥:"还有完没完?要吵架到外面去,别影响我工作!"

张嘉茜住了嘴,但未料原本正在将一个巨大的宫灯挑高到房梁上的置景工被这一吼吓得一抖,手中的长竿跟着歪了,整个宫灯一下子失去了支撑,下一刻便要往下掉。而宫灯的下方,正是张嘉茜和纪飞扬所站的地方!

颜冉大叫一声:"小心!"

离她们最近的杜以欣脸色一慌,一把就将张嘉茜拉了出去。

"飞扬!"

几乎就在宫灯坠落至头顶的一瞬间,沈临西的手拉住了纪飞扬,往后猛力一拉。

纪飞扬意识到发生了什么事请,但已经来不及做出反应,只感觉到额头上一个重力砸下来,瞬间眼前就一片漆黑,肩膀上的疼痛只持续了几分之一秒,继而就没了知觉。

"飞扬!"

"飞扬!"

沈临西站得近,刚才那一拉将纪飞扬拉离了宫灯垂直掉下的方位,但纪飞扬的头部一侧以及大半个肩膀还是遭到了撞击。

颜冉上来抓住纪飞扬的手,看她紧闭着双眼无知无觉,吓得颜冉不知所措:"飞扬!飞扬你醒醒!"

沈临西道:"冉冉,你给冯少打个电话。"

颜冉道:"我还是打给程总吧。"

颜冉刚拿起电话,程绍均已经从门口进来了。他看到慌成一片的众人,还有倒在沈临西和颜冉怀中的纪飞扬,一颗心顿时就被揪了起来。

程绍均甚至来不及多问发生了什么，径自上去抱起了纪飞扬，二话不说就往外走。

唐一隽和沈临西都跟着出去了，留下的工作人员和演员也都大气不敢喘，上回一起吃晚饭之后，程绍均和纪飞扬之间隐隐约约有些不同寻常，眼下张嘉茜又在场，只好都保持沉默。

颜冉在走之前冷冷看了一眼站在张嘉茜身边的杜以欣，一字未说，但杜以欣觉得那目光几乎能将她冻伤，禁不住往后退了一步。

"幸好位置偏了一点，不然后果就不堪设想了。"病房里，医生一边给纪飞扬调整输液管一边说，"肩部虽然流了很多血，但只是外伤，头上的撞击比较严重，产生了大面积淤血，醒过来要是没什么问题就不要紧，不过需要一段较长的时间来修养……"

期间，冯韵文和沈临西、张玥等人都来看过，但是都被程绍均拦在门外不让进来，除了医生，病房里只有昏睡中的纪飞扬和坐在病床边垂首锁眉的程绍均。

程绍均抚了抚纪飞扬的额头，触及她头上的纱布，又把手放了下去："怎么一见面就把自己弄成这样？"

程绍均心中什么想法，连他自己都不甚清楚。他很想回到过去，让纪飞扬做一个在他手心里乖乖听话无忧无虑的女孩子，但是纪飞扬偏偏已经不可能再变成那样的人。

于是，他想办法折磨她，想看看她的弱点、她的底线、她要如何才会向自己讨饶。但看到飞扬的消沉，他却丝毫没有报复成功的喜悦，反而心中万分矛盾。

眼下，看着纪飞扬这样毫无保护能力地躺在这儿，他怀疑自己是不是一开始就错了。

如果他没有一个让她信任的怀抱,她如何敢再次将自己交给他?

"飞扬,你在害怕吗?"程绍均轻轻说着,将头靠在纪飞扬的枕头边,"这几天我想了很多,那时候我们只知道谁爱谁、谁恨谁,却不去想想谁该包容谁、谁该体谅谁。没有什么绝对的完整和彻底的对错,这世界上或许不存在什么永恒不变,但是飞扬,如果我愿意随着你一起改变呢?我们还能重新开始吗?"

纪飞扬听不见,脸上的表情淡淡,仔细看去像是有那么一丝笑容,看得程绍均心都疼了。

傍晚的时候纪飞扬醒过来,头昏脑涨,发现自己躺在医院洁白的大床上,旁边是歪着头睡着了的程绍均。她微微皱着眉,像是有些担忧又有些不知道该怎么办才好,于是就这样安安静静地睡着。

几年前,也是这样雪白雪白的房间里,她痛得眼泪都流不出,心里想着,我的世界从此没有你,我会学着习惯没有你的日子。

每个人都在追寻,一路有得有失,纪飞扬不记得谁说过的,其实到最后为的也不过是一宿三餐,实在没必要把自己弄得一身狼狈,尊严尽失。

于是放手,于是遗忘,你是你,我是我。

一晃这些年,转眼物非人非。

暮色沉沉,烘托得整个房间都温暖起来,纪飞扬很想伸手去摸摸程绍均的头发。

手才一伸,程绍均就醒了,半睁着眼看,看到纪飞扬惊慌失措收回手的样子,忙一把抓过她的手。

"醒了?"

纪飞扬点点头:"嗯。"

"饿不饿?"

"饿。"

"想吃什么？"

"小木屋的炒饭。"

纪飞扬有些睡糊涂了，脱口而出。但小木屋炒饭是 S 大后门口的小摊子食物，这里怎么会有？

程绍均却是低低一笑，捏了捏她的手："乖乖等着，一会儿就来。"

看着程绍均出门，纪飞扬笑了，想起很久以前两个人商量着中饭吃什么。纪飞扬一定要吃小木屋的腊肠烧饭，四块钱一大碗的那种，又好吃又便宜，程绍均不肯，断定了小摊子上的东西不卫生。纪飞扬每每都要气呼呼地说："我就是吃着不卫生的食物长大的，你要嫌弃就连我一起嫌弃好了！"然后，程绍均无奈，两个人一起坐在油腻腻的木桌上顶着大太阳吃炒饭。

再后来，不知道是从什么时候开始，程绍均学会做那种炒饭了，味道几乎是一模一样的。

二十分钟后程绍均回来，纪飞扬回过头："我闻到香味了。"

"医生说油腻的东西不能多吃，所以我油放少了。"程绍均说着帮纪飞扬靠坐起来，打开盖子，拿着饭勺喂她，"张嘴。"

纪飞扬吃了一口："还是这个味道。"

"哦，你还记得？"

纪飞扬闭嘴不说话，只静静吃着饭。

无声地吃完饭，程绍均收拾完东西，突然说道："我跟嘉茜说过了，临西和玥玥，年底结婚。"

纪飞扬一愣，点点头笑了："这样最好了，临西对玥玥那么好，他们一定会幸福的。"

程绍均静静地看着他，忽然低下头，轻声说道："飞扬，你怎么忘了，以前有个人，对你更好。"

纪飞扬心口一堵，看着他的目光，差点就要透不过气来。

一个星期后,纪飞扬要出院,但是程绍均早就跟医生打好招呼,任她怎么说,就是不放她走。

"纪小姐,程总交代了,在您没有完全康复之前,是不能出院的,所以您还是再住一段时间吧。"

"我又不是犯人,为什么把我关在这里!"

纪飞扬的话毫不夸张,这个星期,只有程绍均在的时候还会带她出去走走,其他时候她要出去总被医生护士以各种理由拒绝。

医生说:"要不等程总来了您亲自跟他说说吧。"

纪飞扬想了想,为难他们也没有用,干脆就躺着等程绍均。

中午吃饭的时候程绍均准时到了,两人交涉了半天。

程绍均说:"出院也可以,但是你得住我那儿去。"

纪飞扬说:"凭什么呀!"

"不愿意就继续待在医院里。"

纪飞扬无奈:"好。"下床的时候,故意踩了他一脚。

程绍均一笑而过。

纪飞扬搬到了之前去过的那套公寓。

到了晚饭时间,程绍均亲自做菜。

"飞扬,帮我拿一下那个盘子。"他围着天蓝色的围裙,上面竟然还有史努比的卡通图案。

纪飞扬把盘子递给他。

"鸡翅还是甜一点对不对?"程绍均背对着身问她。

"嗯。"

"厨房里头烟味重,你到客厅等着,很快就好了。"

纪飞扬没走出去,靠在门边看着他的背影,心中有种难以言说的冲动。

程绍均盛好了鸡翅,转过身正要端出去的时候看到纪飞扬还没出去,很是自然地单手环住了她的腰:"怎么,很感动?"

纪飞扬脸上没什么表情,像是在思考问题,轻声说道:"你当我还是当时那个什么都不懂的小丫头,你勾勾手指头我就屁颠屁颠什么都由得你了?"

程绍均用额头抵着她:"那你说说看,要我怎么样?"

纪飞扬不说话。他每次都是这样,说软话、假意讨好、眼神温柔,等到自己真的入了他的网,他又马上变作一副事不关己的样子。天知道他心里究竟在盘算着什么,她胆子再大,心眼再粗,都不可能被他一而再再而三地骗。

她推了推他的手:"我什么都不要。"

程绍均反而得寸进尺,低声说:"可是我要。"

纪飞扬心知跟他在这个问题上怎么绕都是要吃亏的,忙转移话题,认真道:"绍均,问题不是在我,而在于你。"

"怎么说?"

"我不明白你对我忽冷忽热到底是为了什么。你和张嘉茜马上就要订婚了,麻烦你不要再这个样子,我真的没做什么特别对不起你的事情,你就当是放我一条生路好不好?"

"放你一条生路?我什么时候不让你活了?"

纪飞扬深吸口气道:"你现在,对我造成了很大的困扰。"

程绍均笑道:"这么说你很在意我?"

纪飞扬看着她,心中所有的谎言都已经散尽,只剩下深深的无奈:"在意,怎么能够不在意?我以为你会和我在一起一辈子的,后来虽然分开,努力遗忘,但是怎么可能忘得了?一直以来我只爱你,最爱最爱的就是你,这辈子都不可能再拿出那么多的力气去爱别人了。"

看着程绍均错愕、惊讶,又带些欣喜。

纪飞扬继续道:"但是一切都回不去了,我们都忘不了过去的事情,只要在一起,就会想起那些最最不开心的过往。绍均,这样的我们,怎么可能再回到过去?我现在也不知道你是怎么想的、要做些什么,但是看在我毕竟还对你有那么点感情的份上,别再欺负我了好不好?我真的真的,已经很累了。"

"你要我放手?怎么放手?纪飞扬,你说我欺负你,你难道不也是在欺负我?这些年,又是曹烨又是冯韵文的,你可有关心一下,我身边有过谁?"

纪飞扬忍不住都要嗤之以鼻了,那个登堂入室的张嘉茜难不成瞬间成了空气?

程绍均看纪飞扬的表情,知道她在想什么,问道:"你在因为张嘉茜吃醋?"

纪飞扬吐了口气,沉住气:"你们什么关系尽人皆知,你们之间有什么纠缠不清的我也不想知道。"

程绍均眯起眼睛:"你为什么不问我跟她究竟算是什么关系?"

纪飞扬只是别过头不理他,但是程绍均忽然轻轻抬起纪飞扬的下巴,沉声道:"如果没有她,这些年我爸妈早就已经硬塞给我一个结婚对象了,哪还能这么自由?"

纪飞扬纠正:"谁都行,除了我。"

程绍均叹了口气:"飞扬,他们对你是有误解。我爸爸不过就是个生意人,算计算计,权衡利弊,他会觉得,如果你能搞定张嘉茜,凭什么就不能进我们程家门?"

纪飞扬闻言一怔:"你在说什么?"

程绍均看着她:"飞扬,你真的从来没有想过,把我从张嘉茜手里抢回去?"

"没有,"纪飞扬摇摇头,"从来没有。"

十五

我一直在这里

程绍均正在开会的时候,梁小盈走进来在他耳边说:"老板,杜以欣在休息室等你,像是有什么要紧事。"

程绍均本想说让她等着,但是一想,还是暂停了会议。

休息室里,杜以欣倚靠在沙发上,她今天穿得很朴素,只化了淡淡的妆,看起来十分憔悴的样子。

自从上次纪飞扬在片场被砸伤,她心中就没有一天是平静的。张嘉茜是她多年以来工作上的好伙伴,自己的事业道路几乎有一半是拿捏在张嘉茜的手里,所以当张嘉茜和纪飞扬同时面临危险的时候,她几乎是想都没想就先推开了张嘉茜。

但是杜以欣发誓,如果能够再给她一个机会,或者能够让她多想那么几秒钟的话,她一定会选择纪飞扬的。

没有这个如果,这是她第二次背叛自己的好友。

第一次,是在四年前。

程绍均推门进来的时候，看到杜以欣正低着头坐在沙发里，他开门见山地问："找我有什么事？"

这个褪去了妆容的大明星此刻神情疲惫，程绍均回忆起四年前最后一次见到她的时候，那种张扬的自信。

她曾在他面前脱光了衣服，纤巧的指尖钩住他的腰，媚着声问他："我哪点不如纪飞扬？"

此刻程绍均忍不住想，这女人，老得真快。

杜以欣看到程绍均是害怕的，她不知道说出那件事之后，自己今天还能不能活着走出这里。但是这一次，她觉得自己应该是选对了立场，只要是站在纪飞扬的角度为她考虑，或许对于以前的那些事情，程绍均的怒气会消减许多。

"程总，我想来告诉你一些，你不知道的事情。"杜以欣抬起头看着他，"还有，为我当年说错的话，赎罪。"

程绍均眯起眼睛看着她："你当年说错的话？"

杜以欣被他的目光吓得低下了头，轻声道："就是……我最后一次找你的时候。"

就是四年前纪飞扬被曹烨带去医院，而杜以欣通过纪飞扬的父母得知了纪飞扬的情况。

那时候杜以欣对程绍均是何居心，程绍均其实是心知肚明的，所以当他找遍了所有能找的地方没找到纪飞扬，回到家发现杜以欣穿着睡衣出现在自己卧室里的时候，并没有感到十分惊讶，只冷着声问她纪飞扬在什么地方。

杜以欣当时使出百般手段，却还是不能让程绍均对她产生丝毫兴趣，气急败坏之下说道："你心里就知道想着她，却不知道那个女人为了别的男人，连你和她的孩子都不要了！"

若是平时，程绍均对这种话绝对是不屑一顾的，但是在纪飞扬不告而别的这个时候,他震惊地看着纪飞扬平日里最好的朋友:"你说什么!说清楚!"

纪飞扬只让杜以欣别说孩子是意外失去的,而杜以欣却在这其中又加了一剂猛烈的火药,炸得程绍均再也无法平静。

杜以欣看着程绍均,撒了一个弥天大谎:"曹烨你认识吧?飞扬不知道什么时候和他好上的,之前就瞒着你去过他家好几次,前几天她发现自己怀孕了,确定下来是你的。曹烨说只要她打掉孩子,他们就结婚,现在他们两人双宿双飞去了,也就你这个傻瓜一直被蒙在鼓里!"

程绍均想想最近纪飞扬经常魂不守舍,还有那次宴会上对曹烨明显的亲近……心中像是有一团怒火在烧。

他死死盯着杜以欣:"你知道这种话要是乱说的话……"

"我发誓!"杜以欣打断他的话。

程绍均见她脸色认真,完全不像是说谎的样子,竟也不疑有他。

孩子……他们竟然有孩子了,她竟然把这个孩子……纪飞扬!你……你简直可恶!

年少气盛的人,爱得勇敢,恨得也直接,并不十分老练成熟的心智,在一度的杂乱事件之下,被自己混淆了视听。

后来,程绍均找到纪飞扬,一个是失去理智,一个是不想解释,一切都是这么理所当然,各奔东西。

现在,当杜以欣把那一层虚假的谎言说明白的时候,程绍均只觉得心中纷乱一片。

这四年纪飞扬经历了些什么?他又对纪飞扬做了些什么?

程绍均猛地站起身,推翻了面前的桌子,一把扼住杜以欣的喉咙。

"后来呢?后来她发生了什么?快说!"

杜以欣被他扼得眼泪都留下来了,拼命挣扎着往后退,惊恐万分,生怕这个怒气正盛的男人真的会一不小心把她掐死。

程绍均放轻了力道,她才能勉强说出话来:"后来……飞扬被、被学校开除,和家里人……吵架,去了……去了 B 城……"

程绍均放开了手:"她一个人去的?"

杜以欣咳嗽两声,缓了缓说道:"因为觉得对不起她,我一直在打听她的消息。她的父亲被她气到高血压住院,引发心脏病,她母亲又刚好退休,她被学校退学之后不敢回去见他们,在 B 城工作,然后每个月给他们寄去一千多块钱的工资。曹烨那时候在 B 城,帮了不少忙。后来她换了工作,赚了学费去念成人大学。"

程绍均忽然觉得一阵眩晕,想起纪飞扬眼底模糊的水汽,心痛不已。父亲心脏病?母亲退休?被学校退学?每个月一千多工资?这是纪飞扬吗?是被他当公主一样捧在手心里的纪飞扬吗!

杜以欣继续道:"再后来她去了雁城,难得回一趟 S 城,那时候她跟曹烨已经是好朋友,曹烨能帮的都帮着她,比前两年要好许多。再后来的事情,你都知道了。"杜以欣深吸口气,"我对不起她,对不起你们,后来再见到你们的时候我真的很害怕,但是看到飞扬现在这个样子,不管你打算怎么对我,我都要把这些事情说清楚。"

程绍均看了看杜以欣,又看着窗外,心中百味陈杂,过了许久,轻声道:"你出去。"

杜以欣松了口气,知道她这一关算是过了,剩下的事情,随他们怎么样,与自己再没有什么关系了。

程绍均一个人站在窗口,突然有种异常虚脱的感觉,好像是噩梦醒后那种疲惫与惊惶。

他看着窗外一览无余的天空,飘浮的云朵、偶尔路过的飞机,他似乎听见了时光马不停蹄的轰隆声,听见他的小小人儿在说话。

"我打赌你一定会娶我的!"

"那你会骗我吗?"

……

"我赌你不幸福。"

程绍均苦笑,一手搭在窗台上,十分无力地想着:果然是被你说中了,在你说出这句话的时候我就知道,没有你在,我怎么能幸福?

但我不知道的是,这句话背后的你,竟然是那么委屈。

他猛地一拳头打在窗棂上,金属质地的材质被他生生打坏了一截,截断处将他的手划出了滴滴血珠。

但是程绍均丝毫感觉不到痛苦,他现在只想着一件事情:找到飞扬!找到她!不管原谅与否,他都要她知道,他错了!错得离谱!

银白色 A8 刚靠近小区门口,忽然又猛地打了个转弯,朝着高速公路的方向飙驰而去。

程绍均心中很慌,他要认错,毋庸置疑他爱她,但是他的自私狭隘和自以为是造成了这一切痛苦的根源。

他要解释他对张嘉茜绝对不存在爱情,表面上的放纵,都只是做给别人看的。

他要告诉她,只要她一个点头,他们立马就可以去注册结婚,什么父母之命都他妈的滚蛋!

还有很重要的一点是,他爱她,这些年他一直爱她,深爱,比所有的恨都要深很多很多的爱。

程绍均将油门踩到最快,在高速上吹了很久的风,才将自己混乱的心情稍稍平静下来。他把所有要说的话重复了好几遍,事无巨细,一一妥帖,就连最重要的会议上都没有过这般仔仔细细的准备。

终于开着车子回到家里,拿出备用钥匙开了纪飞扬房间的门,发现她已经睡了。

"宝贝,对不起,我错了。"

他在她床边蹲下，低声呢喃。

程绍均轻轻抚着纪飞扬额头的伤疤，心里像是吊着块什么东西似的难受。

"我差点就失去你，差一点。"

纪飞扬睡颜安好，偶尔蹙眉，都是记忆中的模样。

多久没有这样看着她睡觉了？程绍均这么想着，忍不住俯身在她额头落下细碎的吻。

很想抱她，但是又怕吵醒她，迟疑了一会儿，倒是纪飞扬自己醒过来了。

她刚睡醒，迷迷糊糊地看到程绍均在身边一时有些反应不过来，恍恍惚惚还以为是在梦里，又好像是回到了从前，揉了揉眼睛问："绍均，你怎么还不睡啊？"

程绍均搂住她，声音低缓，语气极尽温柔："宝贝，我好想你，这些年你去了哪里？"

"你今天怎么了？看言情小说还是电视剧了呀？"纪飞扬笑着回抱住他，把头埋在他怀里，一手轻轻按住他的胸口，"我一直在这里，哪儿也没去啊。"

一直在这里，在你的心里。

耳畔是程绍均有力的心跳，一声又一声，震动着她的耳膜。

程绍均将她紧紧搂在怀里，低下头亲亲她的脸颊："不想走了，抱着你睡好不好？"

纪飞扬点点头，多个大抱枕，当然好。

程绍均抱着她躺下，老老实实的，纪飞扬一会儿又睡过去了。

这般抱在怀中，方才觉得有些踏实了。纪飞扬软软的身体靠着他，双手还是一如从前般环着他的腰，蓬着头的脑袋靠在他的肩膀上，轻微的呼吸带出来一阵阵温热的风。程绍均真觉得心都要化开来了，不去多想什么,抱着她心满意足地睡去了。

心上人就在身旁,这一睡就睡到了天亮。

第二天早上醒来的时候,纪飞扬一睁开眼睛就看到程绍均看着她微笑,一时惊吓,忙要把他推开。

显然,昨晚的事情她全当是梦了。

程绍均抱住她:"怎么了宝贝儿,吓成这样?"

纪飞扬看着程绍均,没好气道:"你怎么在这里?"

"这是我的房子我怎么不能在这里?"程绍均故意逗她,"衣服没帮你穿反吧?宝贝儿你昨晚真热情。"

纪飞扬心跳都漏了一拍,抓起枕头就要往他身上砸过去,被程绍均躲过了,转而就压下身来抱住她:"别打别打!我开玩笑呢!"

纪飞扬推开他,问道:"你怎么在这儿?"

程绍均看着纪飞扬,低声道:"飞扬,我们说会儿话。"

"我没什么话好对你说的。"

程绍均低头看着她的眼睛,四目相对:"如果我要说的是,四年前的事情呢?"

纪飞扬手一颤,躲避着他的目光,轻声说:"有什么好说的,该知道的都知道了,该过去的都过去了。"

"我是来跟你认错的。"

"认错?"

"当年的事情,杜以欣告诉我了。她当时骗我说,你是为了曹烨才离开我的,我当时正在气头上,他这么说我就……相信了。对不起,飞扬,我不知道……"程绍均看着纪飞扬的眼睛,"都是我不好,我不该什么事都没查清楚就错怪你,你打我骂我怎么都好。"

程绍均仔仔细细地看着她,似乎是要努力从她脸上寻觅出些许当时的痛楚,但纪飞扬的脸上只剩下茫然与错愕。

"你不知道?"纪飞扬低着头,"你轻轻松松一句不知道,这些就都过去了吗?"

"我会弥补。"

"弥补?程绍均,你有什么资格来说这些?又有什么资格来揭我的伤疤?"纪飞扬忽然抬头,一句话,说得程绍均胸口又是一阵闷闷的疼。他记得自从纪飞扬离开之后,就会时不时地在想到她的时候有这样的感觉,而这一次,心中的人就在眼前,那种难以言说的疼痛却越加明显。

那些记忆与她而言,已经蒙上了厚厚的灰尘,她不愿意打开看,一点都不愿意。

"飞扬……"

纪飞扬打断他的话:"程绍均你扪心自问,一直以来你是真的爱我、信任我、包容我吗?如果你真的信任我,就不会在得知这件事之后厉声质问,如果你真的包容我,就应该问我原因而不是大发脾气。你心里想着你的家庭你的事业,但是你从来不知道考虑我的感受!"

"我没有不考虑你的感受!"

"是的没有!那你也只是千方百计地算计,要我认错要我忏悔!其实你心中隐隐不安,生怕或许是你错怪了我,但是你却从来不敢回头去看,因为你害怕到头来真正错的人是你自己!程绍均,你一直就是这么自我,现在比从前更甚!这些年过去,不是我们谁变了谁没变的问题,而是你敢不敢面对现实,要不要选择逃避的问题!"

程绍均被纪飞扬这一番话说得有些震颤。的确,纪飞扬句句在理,在四年前撂下狠话离开之后,他也曾怀疑这其中是否真有隐情,但是他没有去查,反而坚持了自己的想法。

自信,是他从小到大一直所保有的心态,所以那时候,便发展到了他宁愿怀疑纪飞扬、怀疑他们的爱情,也不愿意去怀疑自己的判断力。

他看着纪飞扬低声喃喃道:"我满心期盼着,终有一日你会回来,回到我的身边,再不离开。"

动情的话,停驻在纪飞扬心尖,久久没有散去。

"除非,时光倒流。"

除非时光倒流,找到四年前的纪飞扬,保护她、信任她、守着她,对她说,我这辈子都不负你。

程绍均眉头蹙起:"飞扬,你究竟想怎么样?"

纪飞扬笑:"我想怎么样?我能怎么样?绍均,我给过你机会,就前阵子你和众信刚闹完的时候,我明明知道冯韵文对我的信任更甚于你,却还是放弃他选择你——要不是这样,那天我怎么会跟你回家,让你以为自己的计划终于得逞?"

"你……那是你自己设计的!"程绍均极为惊讶地看着她,不可置信,这是当初那个毫无心机的纪飞扬?这么说那天她帮他剥虾、喝得微微脸红、愿意跟他回家、半推半就……都是假的?

纪飞扬苦笑:"我是不是胆子很大,早已料到有被你欺骗之后弃之敝屣的可能,却还是那么做了。事实证明我真的又输了,你真的只是想一尝报复的喜悦,最后也终于如愿以偿,说我一点都不在意那肯定是假的。但是这样的机会——不会再有第二次了!"

"飞扬……"程绍均抓着她的手,想要为自己辩解些什么,却又不知从何说起,素来清晰的头脑,这一刻却混乱不堪了。

纪飞扬轻松地笑笑:"反正我现在病也好得差不多了,可以搬回家去住了,明天开始就不再给你添堵了。"

她边说边起床穿衣。

程绍均靠着床头,找不出任何可以用来反驳的话语,只拿了桌上的烟,闷着声,一根接一根抽。

白色围墙的小花园里,藤蔓植物已经开始老去枯黄,坐在藤椅上的冯韵文咳嗽了两声,将茶杯放到桌子上的时候,手竟然有些颤抖。

　　老管家愁容满面地站在一旁,给他盖上一条厚厚的羊绒毯:"少爷,您进去歇会儿吧,今天风大,别给吹感冒了。"

　　冯韵文比之前瘦了许多,清减的笑容,不复往日的神采飞扬,眉宇间也带着些许暗灰色,他淡淡说道:"哪那么就容易感冒了?"

　　张伯欲言又止:"少爷,老爷一个人在饭桌上坐着呢,这几天他在您面前笑呵呵的,但是您不在的时候,他根本就吃不下东西。"

　　冯韵文看着远处单薄的日光,点了点头,微微笑道:"好,我们回屋去吧。"

　　张伯扶着冯韵文走进客厅,一屋子佣人原本都是死气沉沉地站在两边,看到冯韵文进来立马打起精神,少爷长少爷短的。

　　冯奇原本正盯着餐桌上的食物发呆,这会儿站起来亲自去扶冯韵文:"你说你大清早的跑花园里去做什么?今天好点没?"

　　冯韵文点点头:"已经好多了,爸爸别担心。"

　　冯奇叹了口气,轻轻拍了拍他的肩膀:"坐下吃点东西。"

　　冯韵文说好。然而他才刚坐下,突然一手捂着胃部,眉头紧皱。已然入冬的天气,冯韵文的额头却还是疼得渗出汗水。

　　"医生!医生!"冯奇大喊几声,不一会儿便有家庭医生跑过来。

　　对冯韵文一番检查之后,医生对冯奇说道:"老爷,一定得送医院。"

　　冯韵文正要摇头,被冯奇制止了:"不准犟!现在就去医院!"

　　下午纪飞扬回到片场,工作人员们长时间不见,一时间嘘寒问暖好不热闹。休息的时候听唐一隽说了一下拍摄进度,很快,都已经接近尾端了。

　　张玥这几天偶尔也来片场跑跑,她和沈临西的婚事都已经成定局了。

/ 207 /

张嘉茜得知纪飞扬这段时间以来一直是住在程绍均那里,而且程绍均这阵子都不回父母家,心中格外愤怒。

两人在咖啡馆一句不合,张嘉茜将整杯咖啡都倒在纪飞扬身上,还甩手一个巴掌打在她脸上,纪飞扬当场愣住。

当时她们身边没有剧组其他人在场,纪飞扬蒙住之后,张嘉茜就直接扬长而去,留下一群旁观的客人,用各种怀疑与猜测的目光看着她。

这时候却有一个气质极佳、温婉大方的女子走过来,递上一块干净的手帕:"先擦擦吧,要不要陪你去洗手间清理一下?"

纪飞扬愣愣地接过她的手帕:"不用了,谢谢。"

而那人看着纪飞扬,突然明白过来似的:"你就是……飞扬吧?"

纪飞扬诧异地抬起头,再看了一遍眼前这个美丽女子,确定自己没见过她,问道:"你认识我?"

"算不上认识,但是我见过你的照片。"她笑着伸出手,"久闻大名,你好,我叫谢宛。"

这下子纪飞扬更加惊讶了,谢宛?谢家大小姐谢宛,程绍均的初恋谢宛!

谢宛笑道:"这么惊讶?那么你也是知道我的?我现在是庄太太,和绍均只是朋友。刚我还在想呢,张嘉茜和谁发那么大脾气,走近一看才想起来以前在绍均的手机屏幕上看到过你。"

"手……手机屏幕?"

"是啊,不过是几年前的事情了,你和那时候变化真挺大的,要是没有张嘉茜,我一时半会儿肯定也记不起来。"

谢宛看着她一身狼藉,提议道:"一会儿庄泽要来接我,不如先送你回家吧?"

纪飞扬看着谢宛一脸真诚的样子,也就答应了。

过不多久庄泽开车过来了,在这之前,庄泽和谢宛几乎就是传说中的人物，但是眼下，纪飞扬看着这对仪表不凡、感情和睦的夫妇，忽然觉得他们其实也是很平凡很幸福的一对爱人，看着对方的目光，都有一种外人无法介入的亲密。

纪飞扬不自觉地，有些……羡慕。

到家之后，纪飞扬洗了个澡就躺到床上，看着白白的天花板和墙壁，眼皮似有千斤重，却怎么也睡不着。

就好像是身上被什么很重很重的东西压着，用双手双脚支撑，不让它掉下来，以为过一阵子就会好。然而，这重力许久都没有减轻，反而有越来越重的趋势，累得恨不得一闭眼就好几天，但潜意识中觉得，一睡着，自己就会被压死。所以就这么清醒着，累死累活地清醒着。

十六

离开的勇气

"过了二十多年没爹的日子,突然冒出来个人说是你父亲,这人还有钱有势儿女成群,飞扬,是你你会怎么办?"

这一天拍摄结束后,颜冉和纪飞扬坐在摄影场地附近的一家小烧烤店里,吃着吃着颜冉突然冒出来这么一句话。

纪飞扬咬着烤肉,全没在意,笑着说道:"骗光他的所有家产,然后一走了之!"

今天结束得早,可以和颜冉两个人吃吃烧烤唠唠嗑,纪飞扬为了程绍均而沉重的心情稍有点放松,说话也不经大脑考虑了。

颜冉思忖良久,道:"他没那么蠢,而且他那些女儿个个不是好惹的。原本想着要不就不理不睬吧,但是这么轻易就放过,也太便宜他了!"

纪飞扬半只鸡翅膀咬在嘴里:"冉冉,你别告诉我……你突然蹦了个亲爹出来。"

颜冉点点头,一脸的烦闷。

纪飞扬知道颜冉的母亲是未婚生女，而颜冉来 A 城，也是因为她母亲去世前说她父亲是 A 城的人。兜兜转转这么些年，那个没良心的父亲从未现身，到了颜冉快结婚这节骨眼儿上，倒是突然冒出来了。

纪飞扬想了想，问道："你那亲生父亲是知道了你要跟徐未然结婚，所以才露面的吧？"

"聪明！"颜冉喝了口水，"他其实早就知道我在 A 城，也和徐未然有来往，但是一直不出来认我，一是觉得这么个当模特当演员的女儿太给他丢人了，二是断定徐未然跟我只是玩玩，徐家不可能会让我进门。"

纪飞扬看着颜冉，她说出这番话的时候脸上表情淡淡的，但纪飞扬知道她心里一定不好受。

"冉冉，这么说你老爹在 A 城也是有头有脸的人物咯！"她撑着下巴，忽然间想起来，"是颜家！"

颜冉吐了口气："一猜一个准。"

"这姓氏本来就少，哪用得着猜？也难怪是颜家人，冉冉美人儿，据说你们颜家是专出美女的！"

颜冉道："什么叫'你们颜家'？我跟他们没关系！"

纪飞扬虽然是半开玩笑地这么一说，而事实上她的话也在理，颜冉的父亲颜耀华早年也是个风流人物，但娶妻很晚，三十好几才结的婚。据说他一心想生个儿子，无奈怎么着都膝下无子，倒是三个女儿没一个省事的。这会儿，又有了第四个。

"冉冉，这种父亲不要也罢，知道你要跟徐未然结婚才想着要跟徐家攀亲戚呢。"

"是啊，所以我在想怎么打发。"颜冉道，"我就怕他会去烦徐家，未然的父母本来就不拿我当自己人的，若是知道了我是颜家的女儿，或许能接受一点，不然未然夹在中间也挺难的。"

"不管怎样，徐家和颜家的态度都会因为你的选择而发生改变，你

/ 211 /

现在接受了你父亲固然有好处,但这也意味着今后你要费很大的心力去处理两家的关系。"

纪飞扬心中清楚,其实按照颜冉的个性,她会愿意和颜耀华进行这场利用与反利用,而颜冉也确实是这个想法。

"不管怎么样,徐未然我是嫁定了,反正以后会面对各种各样的麻烦,加上这一个不算多,我就不信我还真处理不好了。"

纪飞扬笑着拍了把颜冉的肩膀:"好啊!婚期定在什么时候?"

颜冉道:"也就年后吧,年前沈大明星不是要和张玥结婚吗?哦,对了飞扬,我跟你说件事儿。"颜冉脸上露出了难得的红晕,凑到纪飞扬耳边说了一句话。

"啊!"纪飞扬闻言惊讶地看着她,"几个月了?"

"才一个月不到呢,要不是前天体检,现在都不知道。"

纪飞扬支支吾吾半天才说出了句恭喜。

颜冉道:"反正到结婚的时候也就两个多月,我能等。"

纪飞扬看着她一脸笃定的表情,由衷祝福,但心中也有隐约的苦涩泛起来。颜冉和徐未然,张玥和沈临西,还有不久前见到的谢宛和庄泽……结婚,这于她而言,似乎是极为遥远的事情。

纪飞扬叹了口气,想想还是算了吧,羡慕也羡慕不来的。

颜冉一脸真诚道:"飞扬,如果实在是累了,放弃说不定就是一种最好的选择。我看冯韵文那家伙别的事情吊儿郎当的,对你倒是真的不错……"

"冉冉!"纪飞扬打断她,"我心里还有记挂,不能耽误他。"

"你这话说得!飞扬,你似乎很不清楚自己是一个女人,女人!"

纪飞扬苦笑着摇头:"女人又这么样?借口说是为了将来为了父母为了家庭要嫁个好人家?冉冉,如果对方不是徐未然,你肯嫁?"

颜冉一愣,随即缓缓说道:"现在不会,但是到了三十五岁就会。"

纪飞扬道:"那就等我到三十五岁再说吧。"

在这之前,若是还忘不了那个人,就放纵自己的心去念着他吧。

"过年我会回 S 城,本来都不打算回来了,看在你要结婚的份上,过来喝个喜酒吧。"

颜冉大为惊讶:"不回来?"

"是啊,好不容易爸爸妈妈肯原谅我了,赶紧回去的好,起码住在自己家里一个月都能省下那么多房租,A 城的房价是越来越贵了!"纪飞扬无所谓地笑笑,"放心吧,你结婚我肯定来的!"

在外漂泊的人,哪有什么定所,颜冉想一想也就明白,纪飞扬确实应该回家了。

两人吃着烧烤喝着啤酒,一直聊到了凌晨,天南海北,什么话都讲,什么牛都吹,就好像今晚过后,再没机会说话似的。

和颜冉告别,回到家里后纪飞扬忍不住哭了。空荡荡的房间里似乎还有回声,又是在半夜,她不敢哭得响,只自己捂着被子闷闷地哭,远的近的回忆,纷纷叠加而来,压得她几乎要喘不过气。

纪飞扬哭着睡着了。

纪飞扬哭着醒来了。

也许她一直是在半梦半醒间流眼泪,没有睡着更遑论醒来。

恍惚听到有人在说:"我的小小人儿,你要乖乖听话,不准乱跑……"

一个女人,有能力且心甘情愿为你做事,重要的是这个女人爱慕虚荣心怀叵测,所以你也不用担心自己对她会有什么感情牵扯。

这是程绍均对张嘉茜的看法。

他以为不管这层包装多具欺骗性,最后只要他想撕下来,就一定能尽数扔掉。

但是他错了,眼下为了应付父母的催婚,他几乎焦头烂额。

其实张嘉茜在纪飞扬未出现的时候真能算是个贤妻良母式人物,但是自从纪飞扬回来后,程绍均觉得她一天比一天沉不住气。

纪飞扬无意争夺,张嘉茜却有意与她作对。

看到剧本被改动,颜冉在这一场戏的时候要爬到楼顶上往下跳,纪飞扬拿着剧本去问唐一隽:"为什么突然要做这种改动?从楼顶上跳下来太危险了!"

唐一隽道:"这样一来冲突更强烈点,放心吧,这个动作基本是没有危险性的,下面那么厚的垫子。"

平日里当然是没什么问题,但纪飞扬一想到现在颜冉有孕在身,哪能这么不注意,一时间却不知道要不要把这件事情告诉唐一隽。

正犹豫着,听到张嘉茜在一旁冷嘲热讽道:"这不还没结婚吗?已经变得这么娇贵了,徐少夫人?"

张嘉茜和颜冉的关系照理说是可以很和睦的,但因为纪飞扬,颜冉私下里也没少给张嘉茜脸色看,所以两人一直很对立。颜冉拍完这部也不打算再接戏,有种破罐子破摔的意味。

纪飞扬道:"颜冉这几天身体不太好,还是按照原来的剧本拍摄吧。"

"颜冉身体不好,怎么我这个经纪人不知道?"张嘉茜走近,似笑非笑地看着纪飞扬。

纪飞扬强忍着,今天正巧有几家媒体来探班,说话不能过头,不然有什么风吹草动都能引起大波澜。

但是颜冉不这么认为,她走到纪飞扬前面,看着张嘉茜道:"别自以为你有程绍均在背后撑腰就什么都不怕,小心哪一天翻了船都不知道!"

"颜冉你敢再说一遍试试!"

"再说一遍怎么了?张嘉茜你少往自己脸上贴金,你什么样的出身,当初靠着什么方式上位,以为别人都不知道?"

张嘉茜被她说到痛处,怒从中来,狠狠推了颜冉一把,大声道:"你以为你是谁!骗得徐未然和你结婚,天知道肚子里怀了谁的野种!"

颜冉一个站不稳,身体向后仰去,眼看着就要摔倒,纪飞扬大惊失色,忙上去将她扶住。纪飞扬自己重心不稳,左手手掌在地上摩擦了一下,带出丝丝血花。

"飞扬,你没事吧?"

"我能有什么事,你要不要紧?"

颜冉摇摇头,低声道:"麻烦了。"

果然,她话音刚落,便有一群记者围上来,跟苍蝇闻着了腥味似的,将三人团团围住。

"颜小姐,她说的是真的吗?你跟徐少婚期已近?"

"颜小姐你真的怀孕了?孩子是徐少的吗?"

纪飞扬护着颜冉:"各位,你们误会了,没有的事!"

"纪小姐,那你能给我们解释一下吗?"

"或者张小姐来说吧,你刚才的话是真的吗?"

纪飞扬被人推来搡去的,大为光火,忍不住大喊一声:"都给我闭嘴!"

这一喊,出现了几秒钟的安静。

趁着这几秒钟,片场保安和工作人员已经把记者们堵住。纪飞扬挤开他们,说道:"想知道真相是不是,好,我告诉你们!"

然后她转过头,走向张嘉茜。

在张嘉茜还没有明白过来她要干什么的时候,纪飞扬扬起手,一个响亮的巴掌落在张嘉茜脸上。

所有人都震惊了。

但是紧随而来的是疯狂的拍照声,闪光灯闪得纪飞扬几乎有些头晕,

/ 215 /

她回过头:"看到没?这就是我的答案。作为冉冉的好朋友,这一巴掌就当是我送给她的结婚礼物,祝她和徐未然新婚快乐。"

纪飞扬说罢,拉着颜冉转身而去。

几天后,面对蜂拥而来的责难,纪飞扬身心疲惫。

张嘉茜也为她的胡乱说话付出了代价,因为在张玥和沈临西结婚的那天,纪飞扬看见张嘉茜的脸色并不怎么好,见到徐未然就绕道而走。

那一天整个 A 城都非常轰动,媒体铺天盖地都是人气小天王沈临西结婚的消息,而新娘子是一个大学都没有毕业的小女孩,穿着白色的婚纱,脸上还透着些稚气。

纪飞扬远远看去,张玥生怕摔着,每走一步都小心翼翼,小脸严肃认真,差点没让她笑出来。很可惜,在最后一步的时候,她还是不小心踩到了裙子的下摆,一个趔趄,整个人都扑在沈临西身上。沈临西不知道在她耳边说了句什么,周围的人都哈哈大笑起来,纪飞扬没听清楚,但是被现场气氛所感染,也不由得笑了。

神父徐徐念着祷告,新人并肩站立,认真地听着古老而庄重的祝福。纪飞扬骤然觉得眼眶湿润,心里想着,他们在一起了,他们终于可以在一起了,但是那一层莫名的悲伤又是从何而来?

They lived happily ever after.

幸福的永远是他们,不是我们。

……不,不是这样的,你们会幸福,玥玥、临西,你们一定会非常非常幸福的。

纪飞扬抑制住哭泣的冲动,捂着脸,默默离开。

年关已至,因为拍摄已经进入尾声,为了能尽早结束进程,剧组过年不放假,继续拍戏。

纪飞扬和唐一隽私下先打了声招呼，第二天就拿着封辞职信去七十七楼找程绍均。

正要敲门，听到办公室里有什么声音，放在门上的手就放下来了，但是因为刚才的一个推力，门开了道小缝隙，正好可以让纪飞扬看到程绍均的办公桌。

办公桌上，程绍均正坐在上面，而张嘉茜跨坐在他的腿上，双手搂着他的脖子，行迹十分之暧昧。

纪飞扬正在走与不走之前徘徊的时候，程绍均和张嘉茜的对话已经隐隐约约传出来。

张嘉茜道："绍均，确定下来了是等玥玥和临西结婚之后，我们就订婚吗？"

程绍均不置可否地笑笑："不然你就不肯让他们结婚了？"

"哪会啊！我当然是希望自己的妹妹能幸福啦！难道你觉得我是在以此作要挟？"

程绍均转移话题："临西一定会对玥玥很好的。"

他的目光转向别处，眼中蕴含着一丝不明的神色。

"绍均，今晚……你去我那儿好不好？"

程绍均侧对着她，不可察觉地皱了下眉："嗯？"

"我们很久没有单独在一起了，好不好？好不好嘛！"

程绍均刚要拒绝，想到母亲大人今天早上声泪俱下的抱怨，还是忍住了。

那就先不动声色好了。

纪飞扬看到程绍均似是碰了碰张嘉茜的耳朵，声音很低，但纪飞扬还是听见了——"好"。

剩下的话，纪飞扬没有再听下去，她把辞职信往地上一放，匆匆离开了七十七楼。

心可以死去一次又一次吗?

这回纪飞扬连冷笑都吝啬。

走的时候撞到梁小盈,两人皆是吓了一跳。

"飞扬,好久没看到你了!"

"小盈,呃……我还有点事,先走了。"

"喂……喂!"梁小盈有些莫名其妙地捡起地上被撞翻的纸张,喃喃自语,"什么事嘛,急急忙忙成这样。"

办公室里,程绍均和张嘉茜对外面发生的事情还毫无察觉。

"好……"程绍均说着,抬起头来,"但是嘉茜,我要连夜赶一个计划案,应该没有太多时间陪你,还要麻烦你给我煮咖啡了。"

张嘉茜笑道:"这怎么能说麻烦?"

这时候传来了敲门声,张嘉茜忙从程绍均身上下来,看到梁小盈走进来。

"老板,你要的策划书都在这儿了。"梁小盈把东西递给程绍均,"还有这个,这是刚才放在你门口的,我一起拿进来了。"

程绍均拿起信封一看,"辞职信"三个字,生生刺痛了他的眼睛,顿时觉得血液上涌,脑袋发晕。

"怎么了,绍均?"

"今天晚上……你别来了。我父母不是总说你想快点结婚嘛,要不这样,你直接让他们给你选个好人家,嫁妆什么的,我会搞定。"

张嘉茜几乎是花容失色:"绍均,你知道你在说什么吗!"

程绍均没听见她的话,拿着信封,径自往外走去。

辞职信一交,纪飞扬就回家收拾东西,除了几件衣物,别的东西真的没几样,想想独自在外这些年,撇去衣食住行,自己还剩下什么?怕是什么都没有了。唯独几个朋友,临走前本想给他们发条短信过去,但是想了许久不知道写什么好,终究是这么不声不响地走了。

纪飞扬拖着行李箱走下楼,A城今年的冬天特别冷,凛冽的风吹得眼睛又干又涩的。

打车去机场的路上,隐约看到窗外有一辆非常熟悉的车子开过,她愣了几秒,再次转过头去看的时候,那辆车子已经开走了。

有多久没见到那辆粉色的小Kitty了?有多久没有见到冯韵文了?纪飞扬想,或许冯韵文也不太想看见她了,分明是自己对不起人家,还指望着分手之后可以做朋友,不是太自欺欺人了吗?这样不见面也好,反正就要走了,以后天各一方,多年之后,双方都不过是跟别人饭桌上吹吹牛的"想当年"。

在机场大厅等了半小时,听到广播声音,纪飞扬拉着行李箱上飞机,骤然间有种不知身在何方的感觉,整个人空空的,不知道是被抽离了什么。

相距一千多公里的路程,两个小时不到,人已经在S城。

湿冷的空气,阴郁的天空,是S城冬天的样子,多少年都没有变过。倒是出租车的起步费已经涨到十六块,还有两旁变化巨大的高楼,无不让纪飞扬心生感慨,呆呆地望着窗外出神。

司机用本地口音很浓的普通话问她:"你还是第一次来S城吧?"在外生活几年,她是真的不太像S城的姑娘了。

纪飞扬笑,本想用方言回他,但想了想还是回答说:"对啊,这城市真漂亮。"

司机的自豪感油然而生了,开始滔滔不绝地跟她说起S城的旅游景点,还有这些年的变化,比如房价、油费、工资……

到家的时候,纪飞扬没有给父母打电话,直接搬着行李箱上楼,想要给他们一个惊喜。

门铃按下没多久门就被打开了,母亲站在面前,见到纪飞扬的一瞬间，眼眶都红了。

"妈妈，我回来了。"

"回……回来就好。"一出声就哽咽了，母亲说着擦了把眼泪，一边帮她拿过行李箱，一边喃喃，"你们也真是的，也不一起回来，害我还以为你出了什么事情。"

纪飞扬正对母亲的话不明所以的时候，换了鞋子走至客厅就愣住了。

玻璃茶几边，父亲正在泡茶，而他身边还坐着一个人，那个人……纪飞扬使劲眨了眨眼睛，确定自己没有看错，是程绍均。

纪飞扬指着他："你……你……"

你了半天，程绍均笑着站起来，拉过她的手在沙发上坐下。

"怎么这么没礼貌？伯父看了你半天了也不知道叫一声。"

纪飞扬忙叫了声爸爸。

她发现父亲的头上都已经长出白发，不由得心中难过，想要说些什么，却感觉到程绍均握着她的手一紧。

程绍均道："伯父伯母，对不起，这些年飞扬都没怎么回来看望你们，是我不好。"

纪母笑道："你这傻孩子老跟我们这么客气，早知道飞扬一直有你在照顾，我们也就不急了。"

这都什么和什么啊！

程绍均竟然会出现在她家里，跟自己父母还挺熟络，这太诡异、太诡异了！

看着父母满脸笑意，纪飞扬不好当面给程绍均难堪，趁着跟母亲一起到厨房烧晚饭的时候旁敲侧击。

"妈妈，外面那个……什么时候来的？"

"外面那个？哦，你说绍均啊！就比你早了一个多小时，说是你有些事情抽不开身，所以要晚一会儿回来。"

"他来做什么的?"

纪妈妈笑:"我说你这孩子!男朋友陪你一起回来过年不好吗?我看得出来,他对你啊是真上心的,你爸对他印象也好。"

纪飞扬欲哭无泪。

便听妈妈叹了口气,又说道:"飞扬啊,你也老大不小的了,这次可得把握住机会,别像以前……哎,说起那浑小子我就气!"

"妈……"

"好了好了,不说那事儿了。"纪妈妈看着自己女儿,也是一脸的心疼,"以后再也不提了,好好过将来的日子。"

纪飞扬很是郁闷,她妈妈是不知道,其实现在在他们家客厅里一本正经坐着的程绍均,就是四年前那个令人发指的"浑小子"。

因为程绍均在的缘故,一顿晚饭吃得纪飞扬索然无味,到了晚上睡觉的时候,问题发生了。程绍均显然并不打算要走的样子,而善良的、被蒙在鼓里的纪爸爸和纪妈妈认为,小伙子都到家里来过年了,哪有赶他出门住外面的道理?而纪飞扬家又没有客房……所以……

最终,在纪飞扬充满怨恨的眼神中,程绍均舒舒服服地躺到了她的沙发上。

纪飞扬翻箱倒柜找出一床被子:"程绍均,你这样有意思吗?"

程绍均道:"什么意思?"

纪飞扬把被子摔到沙发上,质问道:"你来我家干什么?"

程绍均坐在沙发一边,气定神闲地看着纪飞扬,道:"来拿回我以前的权利。"

"你有什么权利?"

"你说的啊,等毕业后就会带我回家,告诉你的爸爸妈妈,你这辈子都会跟我在一起。"

纪飞扬觉得像是听到了天大的笑话,道:"时效早就过了!八百年前就过了!你还能再无赖点吗?!"

程绍均像是没看到她的怒意,反而道:"大老远过来挺累了,明天再说吧,我睡沙发是不是?"

果然这人是可以更无耻的,纪飞扬心想。见他伸手去拿被子,她一把抢了过去:"你去睡客厅!"

"客厅很冷啊……"

"那就睡大街去!"纪飞扬将被子甩到程绍均身上,开了门,示意他出去。

程绍均道:"来真的啊?飞扬,我觉得有必要跟你解释一下,我跟张嘉茜……"

"我不想听你的解释,"纪飞扬将程绍均推到门口,"出去。"

程绍均手里抱着一半被子,另一半盖在他的头上,模样十分滑稽。

隔壁房的纪妈妈打开房门探出身看着他们,诧异道:"你们大晚上不睡觉,玩躲猫猫呢?"

程绍均反应极快地站到纪飞扬身边,道:"飞扬想吃夜宵,我帮她找找有没有吃的。"

纪妈妈道:"你这孩子,晚饭不好好吃,这会儿饿了吧?我给你下面去……"

纪飞扬道:"不用了妈妈,我叫外卖。"

"现在这个时候哪还有外卖?"

"有的有的!"纪飞扬拉着程绍均回房里,关上门,"妈妈你赶紧睡吧!"

关了房门,程绍均笑了,道:"你不是要把我赶出去吗?"

"程绍均,你是不是就吃准我在爸妈面前不敢拿你怎么样?"纪飞扬冷着脸道。

程绍均丝毫没因为她的冷脸而影响心情,反而往沙发上一躺,避开了她的问题:"还是先安安心心过完年吧。"

程绍均死乞白赖地在纪飞扬家一住就是一星期,哄得两位老人家整天都是乐呵呵的,纪飞扬束手无策。

大年三十早上两人去超市买东西,纪飞扬终于可以发泄一下这么多天以来的怨气。

程绍均拉着堆满了各种食物的手推车,在推推搡搡的人群中走得十分艰难,纪飞扬脚步轻快地走在前面,不一会儿又把满手的东西扔上车。

"喂,你走快点行不行!"纪飞扬在前面喊。

程绍均默默走过拥挤的人群。

好不容易逛完超市,程绍均提着几乎有他半人高的东西,跟在纪飞扬后面走出门,刚要叫车,被纪飞扬拦住了:"难得来一趟,带你去城隍庙转转。"

程绍均看着她,沉默几秒钟后说:"好。"

拎着大包小包的东西横穿两条马路,城隍庙也是人头攒动,程绍均拿着那么多东西,被人群撞来撞去,脸上的表情越来越难看。

纪飞扬停下来看着落在后面的程绍均,一身休闲西装早已被人拉扯得不像样子,偏偏还要顾及着手里的东西,走得步步艰难,她也不知道自己到底想要干什么。

等到程绍均走近,纪飞扬看到他拎着袋子的手指都被勒出了紫红色的痕迹,整只手露在外面,被风吹得通红通红的。

纪飞扬走上去,闷声道:"我帮你拿点吧。"

"不用,"程绍均脸色稍许好转,"你快点挑完东西我们就回去了,你爸妈还等着做饭呢。"

纪飞扬看了看周围,在旁边一家装修得十分漂亮的店里买了些佛珠手链。

两人打车回家,半晌无话。

到了家里,两位老人说要一起做饭,让他们在客厅里看电视。纪飞扬盘腿坐在沙发上,程绍均坐在她旁边,频道换来换去,就是没有一个满意的。纪飞扬看他手指还是通红的,去厨房拿了辣椒和白酒混在一起搅拌均匀,走到程绍均边上坐下:"伸手。"

程绍均伸出手,没说话,但已经憋着笑。

纪飞扬在他手上狠狠刮了一下,程绍均疼得咧嘴。

程绍均说:"飞扬,过完年跟我回去吧。"

"我本来就准备回去参加冉冉和徐未然婚礼的。"

"不,我的意思是,跟我回去。"程绍均拉住她的手,"是为了我,而不是其他的任何人。"

"你凭什么?"

"飞扬,我们从头来过。"

"从头来过?"纪飞扬笑,"什么叫从头来过?程绍均,你以为我会相信你几次?"

"飞扬……"程绍均俯下身看着她的脸,彼此的气息近在咫尺,"能再次遇见你,已经是我生命中最值得庆贺的奇迹。"

纪飞扬不想和他讨论这个问题,不想再回忆起那种肝肠寸断的感觉,也不想再追溯那种独自彷徨的恐惧。

十七

YU TA GE ZHE
YI PIAN HAI
世界上最最柔软的时光

　　回到 A 城，一切未变，《沉醉千年》正式杀青，剧组在一起过年，程绍均和纪飞扬一起出现在饭店的时候，现场着实轰动。

　　唐一隽喝了点酒，竟是带头起哄，笑道："飞扬啊，我们全剧组过年可都没回家，就你一个人搞特殊化！现在引得大家都不满意了，这顿饭你得请！"

　　程绍均先她一步开口，笑呵呵地上去敬酒："我请，我请。"

　　纪飞扬偷偷瞄了一眼张嘉茜，见她脸色平静。

　　席间，纪飞扬想起自己从 S 城带了些佛珠，忙拿出来："人手一串人手一串！新年大吉大利！"

　　轮到张嘉茜的时候纪飞扬还有些犹豫，张嘉茜却笑着接过，还说了声谢谢。纪飞扬想到张玥和沈临西正在国外度蜜月，顺手又多给了两串给张嘉茜："帮我带给临西和玥玥吧。"

　　张嘉茜没什么表情，嘴上说："好。"

一顿饭吃到半夜,出门的时候程绍均让纪飞扬先到楼下等他,他和张嘉茜有话要说。纪飞扬直接跟着大部队下了楼。

剧组的人相互道别,等到人群散去,只剩下纪飞扬一个人站在风里。这时候黑漆漆的路边走过来一人,瘦骨嶙峋的样子,穿了件黑色风衣,他低着头一路走过来,把纪飞扬吓了一跳,差点要以为是什么变态杀人狂之类的。

直到那人走近了抬头,纪飞扬才认出是冯韵文,惊讶得一手突然捂住嘴:"韵文,你……你怎么瘦了这么多!"

冯韵文只是笑了笑,声音有些沙哑:"怎么,是不是变难看了?"

纪飞扬仔细看去,他精神很不好的样子,脸色憔悴,眼窝深陷,下巴上长着些微没有剃干净的胡楂,眼神中更是没有了往日那种神采。

那个趾高气扬、老子天下第一的冯韵文哪儿去了?

纪飞扬看着他,问道:"是不是发生什么事了?"

冯韵文伸手,一脸赖皮的样子:"我刚才听到他们说人手都有礼物,我的呢?没有我可要生气的!"

纪飞扬正好还剩下最后一串佛珠戴在自己手上,忙摘下来递给他,低声说:"新年快乐。"

冯韵文接过佛珠,一手把玩着,特别高兴的样子:"这还是你第一次送我礼物。"

"韵文……"

"飞扬你知不知道,我真的不该来见你,让你看到我这样子,都破坏完美形象了。"冯韵文顿了顿,有些颓丧地看着她,"但是怎么办,我一见不到你就非常担心你,总怕你会过得不好、不开心,总想着要来看看你。"

黑漆漆的夜色,路灯昏暗的光线下,纪飞扬看到他分明是在笑,却有一种说不出的苦楚。这一刻她突然觉得,是否冯韵文的所有快乐都是伪装，其实他才是最心事重重的一个人？但是这种想法很快又被她自己否决了，那种无畏不羁，哪是可以装出来的？

那么眼下的颓废又是怎么回事？她真的很想再次问问冯韵文，究竟发生了什么事，但心知他不会说，话也就堵在喉咙里了。

"飞扬，好好照顾自己。"冯韵文这般说着。

纪飞扬觉出一种极为不好的预感，有些生气了："冯韵文，你给我把话说清楚！"

冯韵文看着她，忽然深吸了口气："你这女人怎么这么麻烦，非要我说出来，我的意思就是，以后再也不想见到你了！你究竟有什么好？本少爷要什么有什么，凭什么为你把自己弄成这副鬼样子？所以纪飞扬你听好了，以后不准出现在我的视线之内！不准打我电话！不准让我知道有关你的一切消息！不准……"

"冯韵文，"纪飞扬打断他的话，指着一旁的马路，"要发疯到远点的地方！"

冯韵文笑："得，不说了，再见！不，是再也不见！"说完摆摆手，转身走进了前方不远处的小弄堂。

纪飞扬看着他的身影消失，那种奇怪的感觉还是没有消失，傻愣愣站在原地，就连程绍均走过来都没有发现。

程绍均在她眼前摆摆手："怎么了，傻成这样？"

纪飞扬忽然甩开他的手，冲着冯韵文离开的方向大喊："你等等！"

然后，她向着那个方向飞快地奔过去，一路跑一路跑，寒冷的风灌入口中，停下来的时候忍不住剧烈咳嗽起来。

纪飞扬双手撑着膝盖，看了看前方，根本看不到半点冯韵文的影子，只有午夜的风在弄堂间低低回旋。

程绍均追上来，一把拉住她："怎么回事你？看到什么了？"

纪飞扬喘着气，直起身道："没什么，回去吧。"

程绍均拿起纪飞扬的手,放进衣服的大口袋里,再用自己的手捂着:"冷不冷?"

"不冷。"

程绍均看她耳朵冻得红红的,伸手帮她揉揉:"明天给你戴个耳套,你以前一到冬天耳朵上就容易长冻疮。"

纪飞扬说:"又不是小孩子了,要耳套做什么?"

程绍均道:"谁说只有小孩子才能戴的?"

两人说着话,走在深夜无人的街道上,似乎那些久远的时光又回来了,天地间再无他人,彼此相看,不知厌倦。

这一段漫长的相爱与错过,再相遇与再相爱,由时光见证,他们在其中成长与成熟,未曾忘怀曾经的人事,跨过累累伤痕,最终还是抵达了那个曾不敢张望的远方。

纪飞扬踢着脚下的石子:"绍均,你说,世界上最最柔软的时光是什么?"

程绍均思忖良久,低声说道:"就是我们在一起,不管是年少轻狂还是一夜白头,最后总在一起。"

"你会后悔吗?"

"现在后悔还来得及?"

"找打!"

程绍均忽然回过身抱住她,抱得很紧很紧。

后悔?当然不后悔。他花了这么久这么久才重新将她找回来,如何还能放手?这漫长的时间教会他成长与等待,教会他如何去爱,他相信从今以后自己心中再没有什么关卡。

只是有些问题,还有待解决。

这些,他不会告诉纪飞扬。

人与人之间的相处，说难很难，说容易又很容易，当纪飞扬愿意放下一切跟程绍均重新来过之后，两人之间原本剑拔弩张的气氛瞬间消失。很多时候，纪飞扬甚至会糊里糊涂忘记了时间，误以为自己还是当年那个被他宠在手心里的小姑娘。

程绍均推掉了所有的应酬，每天都陪在她身边。似乎相爱的人之间真的有"相看两不厌"之说，他们天天看着对方，却从来不觉得腻。

有一次程绍均抱着她说："飞扬，我真的想把这四年补偿给你。"

纪飞扬摸摸他的脸："不用补偿什么，没有这四年的分开，我们怎么会倍加珍惜现在？"

时光抚平了那些鲜血淋漓的噩梦，给了他们一个真实而又如梦境般的现在，他们接受过现实最残酷的考验，又在彷徨与坚定中左右徘徊，而终于走到了现在这一步。

元宵节晚上，两人自己在家煮了汤圆，吃完汤圆又手牵手去公园里看花灯，幸福得像是已经在一起生活了几辈子，还要再在一起几辈子。

转眼到了正月十六，颜冉和徐未然结婚的这一天，纪飞扬还在苦恼到底要不要送一份对他们而言肯定是极为寒碜的结婚礼物的时候，程绍均直接把一份合同包在礼盒里："喏，送这个好了。"

纪飞扬问他："这个是什么啊？"

"未然一直想要的一份合同，我前几天让人帮他搞定了。"

纪飞扬汗颜，想着还好自己没有拿出那份礼物。

不知道颜冉和徐未然是不是故意的，他们竟然分别让纪飞扬和程绍均去做伴娘和伴郎，纪飞扬穿上那套奢华得有些吓人的伴娘礼服，对程绍均说道："他们肯定是故意的！"

一抬头，看到程绍均穿着一身笔挺的黑色西装，简直好看得天理难容，剩下的话，都忘了说。

程绍均牵起她的手，温柔笑道："口水都要流下来了。"

婚礼的场地是在市郊的一座城堡，在车上的时候纪飞扬就很纳闷，A城的市郊别墅是挺多，但是什么时候冒出来一座城堡了？

颜冉今天很反常地没有什么话，只安安静静看着窗外，颜家那些人虚情假意的面孔在婚车后渐行渐远，虽然一个小时之后的婚礼上还会再见，但现在这一路上，颜冉体会着难得的安静。

她穿着迪奥的工巧匠们历时三个月而特别定制的婚纱，最高档的白色珠罗纱饰以钻石、水晶和精美刺绣，这样的婚纱，即便在A城最奢华的婚纱店里，都不可能找得到。

而到了那传说中的城堡，纪飞扬才深深感叹，这场婚礼的昂贵奢华和排场远远超出了她的想象。那真的是一座西欧中世纪风格的城堡，徐未然半年前就开始动工，只是封锁了一切的媒体消息，花费数不胜数的人力物力，在结婚前夕刚刚完工。

城堡建在山下一处较为平坦的地方，背靠着大山，出了中间的主要通道，两边还各有两扇门，客人从中间进入。

纪飞扬和颜冉走下婚车的时候，所有人的目光都向他们看过来。纪飞扬感觉到了，一向镇定自如的颜冉，在这个时候都有些紧张。

徐未然从城堡上下来，白色的西装，衬得整个人都格外英俊。他面带微笑，向颜冉伸出手，低声道："亲爱的，你终于嫁给我了。"

颜冉低下头，看着他洁白的袖口上那一点复古的花纹，眼泪忽然就忍不住掉了下来。

旁边的纪飞扬见她一哭，自己也忍不住就哭了出来，一手捂着嘴，一手把颜冉的手放到徐未然手里。本想说什么你一定要好好照顾她之类的，但似乎又都是多余的，她终于亲眼看到颜冉幸福地嫁人了，感动得眼泪一个劲地掉。

徐未然牵着颜冉的手走了，纪飞扬一个人在那儿抹眼泪，她目睹了好朋友们的两次婚礼，忽然觉得心中又是甜蜜又是悲伤。

原本要陪着徐未然的程绍均看纪飞扬傻愣愣地站在那里，哭得跟个泪人似的，上去拉住她。

"怎么了，傻丫头？"

纪飞扬就是一个劲哭，她这人就有个毛病，你不管她她自己哭着哭着也就没事了，但是你一来安慰她她就能哭得更凶，何况这个人还是最能惹她掉眼泪的程绍均。

在贵宾席坐着的程闻和程夫人看到儿子和那个伴娘在众目睽睽之下拉拉扯扯的，早就气得脸色都变了。程夫人问身旁的张嘉茜："绍均和什么人在一起呢？"

张嘉茜一脸的委屈，小声道："那就是纪飞扬啊。"

程闻哼了一声："像什么样子！嘉茜，你去把他叫过来！"

张嘉茜有些忸怩："这……他要是不肯的话……"

"那就告诉他从此别进程家大门了！"

"你也别太生气了，这种事情当什么真？他和嘉茜订婚的日子都安排好了。"程夫人拍拍嘉茜的手，"去吧，你们小两口也好好说话。"

张嘉茜点了点头，往程绍均和纪飞扬那里走去。

看到程绍均在给纪飞扬擦眼泪，张嘉茜走上前道："绍均，伯父伯母让你过去一趟，伯母的身体不太舒服。"

程绍均还在犹豫，纪飞扬闷声道："你先过去吧，我到旁边花园里休息会儿。"

程绍均说："好，那你别乱走，在那儿等我。"

他走后，纪飞扬独自去旁边的花园坐着，擦干眼泪，平复了一下心情，看着人来人往的花园，一时间也不去想任何事情。

这时候一个打扮绅士的小男孩跑了过来，十一二岁的样子，却出落得十分帅气。

"你是飞扬姐姐！"

纪飞扬诧异道:"你怎么会认识我的?"

小帅哥道:"我叫谢然,是韵文哥哥的好哥们!你不是她女朋友吗?"

纪飞扬乍听到冯韵文的名字,一愣,低头说道:"以前是,但现在不是了。"

说起冯韵文,那家伙那么爱凑热闹,这么大的婚礼竟然还不来。不过一想也对,颜冉和徐未然结婚,她和程绍均是一定会来的,而冯韵文都说了不想见到自己。

谢然纳闷道:"为什么以前是现在就不是了?韵文哥哥那么好一人,你嫁给他真的不吃亏。"

纪飞扬忍不住笑出来:"你这小孩子才多大啊?怎么这么爱管闲事!"

谢然更是一脸老气横秋的样子,皱眉道:"如果你是因为上次推你到游泳池里的事情,我向你道歉!不是韵文哥哥让我去推你的,是小北还有殷家一个小哥哥说你欺负韵文哥哥了,所以我才帮他的!"

纪飞扬记得有这么一回事,原来把自己折腾得那么狼狈的事情不是冯韵文指使的,这么说倒是误会他了。

不过……纪飞扬看着谢然:"你胆子挺大啊!"

谢然道:"你跟我去见韵文哥哥吧!"

这时候一个长得和谢然有七分像的人走过来:"然然,那边的糕点都送上来了,你再不去可吃不到好吃的了!"

"去!我去!斯南哥哥你等等我!"谢然说着忙跑过去,拉上谢斯南的手,走了几步又回过头对纪飞扬说,"你记得一定要去看韵文哥哥啊!他生病了!"

纪飞扬一惊,正要再问什么,谢然已经走远了。

深夜，程绍均送纪飞扬回去之后，被程闻一个电话叫回了家。

程家客厅里，程闻站在中间，将一杯水狠狠地砸在地上，玻璃杯瞬间粉碎。旁边的张嘉茜第一次见到程闻这么生气，刚想上去劝两句，被程夫人拦住，低声道："别担心，气过了也就没事的。"

然而，程闻的气显然没有那么容易就过去，若是程绍均和别的女孩子走得近了，他才不会去管。但偏偏是纪飞扬，那个曾让他们父子关系差点就要彻底破裂的纪飞扬！

当初程绍均要造飞扬城的时候程闻就不同意，但这些年来程氏基本上都是程绍均说了算，程闻也是拿他没办法，只当他是用来怀念的，不料飞扬城刚造好没多久，纪飞扬竟然就出现了！

"绍均，你别忘了三年前答应过我什么！"

程绍均站在一侧的阴影里，低着头，双手插在口袋，竟显出几分浪荡的样子，他沉声道："爸爸，我是答应过你会好好打理公司，这一点我没有失信。"

程闻哼了一声："那么那个纪飞扬是怎么回事？别忘了，以前因为那个女人你颓丧到什么程度！那种人，我绝对不会让她出现在程家！"

程绍均道："如果你要一再延续四年前的观念，那么我只好说，对不起爸爸，不用她来，我离开就是。"

程闻气得发抖："你说什么！"

程夫人听他这么一说，也惊慌失措地站出来："绍均，你别乱说话！又惹你爸爸生气了！"

程绍均叹了口气，看着父母："对不起，如果你们一定要这么逼我的话，从此以后这个家我不回了。"

楼梯上传来脚步声，程绍均听出来是二姐程一菲，顿时觉得有些头大，这个二姐，他是最最没办法的。

便听程夫人马上向二女儿求救，急道："一菲啊，你快来劝劝绍均，这孩子说的算是什么话!"

程绍均也看着程一菲,看她要说出什么话来。

而程一菲只是扶着程夫人,说道:"妈妈,绍均也长大了,有些事情让他自己做主就好,强行让他和不喜欢的人在一起,绍均这辈子都不会快乐的。"

张嘉茜闻言,脸色瞬间就白了几分,"不喜欢"三个字,在她听起来尤为刺耳。

程闻气得一拍桌子:"怎么连你也不像话!"

程夫人拉着女儿的手:"当年的事,你是不是现在还在怪妈妈?"她无可奈何地擦了擦眼泪,"我不管了!你们的事情我都不管了!嘉茜来,你扶我上楼。"

张嘉茜扶着程夫人上楼之后,客厅里只剩程闻面对着一双儿女。他料到自己的话程绍均肯定是听不进了,原以为有二女儿帮衬一下,没想到程一菲竟然也站在程绍均那一边。

"爸爸,时间不早了,你也早点去休息吧,过几天考虑好了,再给我答复。"程绍均面无表情地看着程闻,完了对程一菲说了声再见,转过身走出大厅。

程绍均的车子刚要开出大门的时候,程一菲追上来,在副驾驶的玻璃窗上拍了拍。

程绍均开了门:"二姐还有事?"

程一菲上了车:"好久没跟你聚聚了,出去兜兜风吧。"

程绍均笑了笑:"好。"

他把车开到了小时候姐弟三人常去的海边,那时候他还没有出国,正和谢宛谈恋爱,大姐程一熙也没有出嫁,经常和程一菲一起打趣程绍均和他的小女朋友。

程一菲在海滩上坐下,也不顾潮湿的沙子打湿裤子,迎着冬季寒冷的海风，说道："真怀念以前的日子，大家都还小，我和姐姐经常都睡一个枕头，还有谢家颜家的几个丫头，那会儿都一起玩的……"

程绍均道："我还记得小时候未然总是对严家很好奇，说要找到他们老窝，有一回被严凉整得可惨，我们也是那会儿认识的严凉。"

程一菲叹了口气："未然这小子，现在他竟然都结婚了，还娶的颜家美女，真是给丫占便宜了！"

"他也是差不多该结婚了。"程绍均突然想到一事，"姐，你今年都二十八了吧？"

"死小子！"程一菲说着推了他一把。

程绍均笑，程一菲也笑，但是笑容中掩饰不了深藏其中的落寞："多少年了？好像自从宛宛跟庄泽订婚、你去了国外之后，我们就再也没有好好在一起说过话了。"

庄泽比他们要大上许多，他们小时候还在一起玩玩闹闹的时候，庄泽已经经常在军区跑动，一度成为他们这一辈中被当作神一样去崇拜的人。直到某一天，庄谢两家达成婚姻，程绍均伤心之下远走美国……多年过去，曾经的玩伴都已经长大，各自有了为之忙碌的人和事，再也找不回年少时候的轻松快乐。

程绍均看着程一菲道："二姐，刚才在家里为什么要帮我？"

程一菲低头，用石头划着沙子，不说话。

"我就不信这些年，你没有喜欢过什么人。"

一语中的，程一菲划着沙子的手停滞了。

"这事儿连爸爸都不知道的。"

程绍均看刚才父母的表现，大致已经猜出来："是妈妈不允许？"

程一菲点头："那时候你正好在国外，所以什么都不知道，其实真正知道的也没几个人。他只是一个小学老师，没什么特别优秀的，就是很老实、会照顾人。我根本不敢告诉爸爸，就偷偷跟妈妈说了，结果妈妈也很反对,她说爸爸知道的话一定让那人很不好过。"

"所以你们没有在一起?"

"嗯。"程一菲继续开始划沙子,"其实嫁什么样的人又有什么关系?即便人家是个四肢残废,我程一菲还能把自己饿死了?但别的事情能胡闹,这种事情不能,真要把爸爸惹急了,谁都没安生日子过。我的确为此难过了很久,到后来见着什么都觉得烦,以前纪飞扬的事情,真的对不起,我不知道那女孩子对你是那么重要……"

"别说了姐姐,我知道。"程绍均很理解地看着程一菲,"那么现在呢?爸爸现在也管不了我们了。我算是明白了,其实我们父子间,就是比谁更狠心,一狠心就赢了。"

程一菲垂着睫毛,轻声说道:"绍均,你比我幸运,你现在想做什么,爸爸是阻止不了了,但是……他已经结婚多年,现在膝下有子,生活安定。"

程绍均静默良久,看着前方深沉的海水,不知道该说什么才好。

倒是程一菲轻松笑道:"所以啊绍均,好好珍惜那个女孩子吧。"

很多时候,不是时间不等人,而是有的人根本耐不住时间的煎熬。

十八

若时光跑至苍山洱海

颜冉和徐未然那场盛大的婚礼过后,颜冉和徐未然在 A 城消失了很长一段时间,没有人知道他们去哪里玩了。而面对四个好朋友同时出去度蜜月的纪飞扬,觉得生活一下子变得空空荡荡。

程闻逼程绍均和张嘉茜订婚,这点纪飞扬也有所耳闻,甚至隐隐感觉到在程闻的打压下,自己的生活确实出现了不少的麻烦。比如说前天逛街的时候被人偷拍,第二天网上就有报道说她是破坏程绍均和张嘉茜感情的第三者;比如说小区的保安被换掉了,新来的每次都要惹得纪飞扬十分不愉快;又比如说程绍均不在家的时候,半夜经常会听到楼下人家在放鞭炮……

纪飞扬知道这是程闻故意在给她施压,想让她主动离开程绍均,但是如果这点小事情都能吓到她的话,她也就不是纪飞扬了。而与此同时,程一菲给她寄来了一个厚厚的信封,打开一看,里面竟然全是她和程绍均以前的照片。纪飞扬想一想就明白了程一菲的意思。

虽然纪飞扬相信程绍均，但很多事情能发生第一次就能发生第二次，或许程绍均最终会选择他的父母，那么他也绝对有办法在不娶她的情况下把她困在身边。而这是纪飞扬非常不愿意的。

于是乎第二天，网络媒体和大大小小的报纸杂志都刊登了A城首富程绍均与少时恋人纪飞扬的照片。更有甚者将他们的过往肆意夸大胡编乱造，刻画成了一个富家少爷和一个平凡女孩相恋却不能相守的故事，引人唏嘘。

程一菲和纪飞扬都是很了解程绍均的人，知道他心中最在乎的其实也就是那一段过往的回忆。这样一来真的是捏住了他的软肋，尽管程绍均知道纪飞扬耍了小小的心机，也还是乐见其成。

这天，程绍均回来的时候，纪飞扬已经乖乖地做好饭在客厅里边看新闻边等他。

程绍均过去把她一把搂住："一天没见，可想死我了。"

纪飞扬捏捏他的鼻子："不诚实的孩子要长长鼻子。"

程绍均笑着去亲她："你看我鼻子长长没，嗯？"

"我看看……咦，好像真的变长了。"

两人在沙发上打闹，嘻嘻哈哈半晌，程绍均忽然道："要不明天我们去云南玩一圈？"

"啊？"纪飞扬惊讶，"这么突然？明天我要开始上班了。"

"上班？飞扬你似乎忘了我是你老板啊！"程绍均紧了紧手臂，"你以前不是说想去大理看苍山洱海？"

"真的去？你不是很忙吗？"

"忙归忙，当然也要陪你，现在这个时候去正好可以看雪景。"程绍均说着一把将她抱起，"走咯，收拾行李去！"

纪飞扬被程绍均抱在空中，忍不住大叫一声，紧紧搂住他的脖子。她真的一直想去云南玩，但是时间和精力从来都不允许。以前有时间有精力的时候，程绍均说忙不能陪他去，纪飞扬知道现在程绍均肯定更忙，这么说走就走地带她出去玩，大概是一种补偿了。

到达那个中国南方的城市，纪飞扬从车上下来的时候活蹦乱跳像个孩子。

"绍均，我小时候一直以为云南就是在云端以南，多好听的名字！"

程绍均牵着她的手："先去宾馆放东西，别乱跑。"

他们定的是一家私人的园林式宾馆，独门独院的古式建筑，前后都带花园，曲径通幽。纪飞扬一走入其中便连连惊叹："哇，这么大一屋子都是我们住吗？还有池塘！里面的水竟然没有结冰啊，还有小鱼！绍均你看！"

程绍均笑着抱住她，道："整个房子都是人工控温的，你这么喜欢的话干脆买下来好了，以后可以常来玩。"

纪飞扬摇摇头："这地方偶尔来一次觉得新鲜，住久了也没意思，再说我也没那么多时间。"

放完行李，纪飞扬就吵着要出去吃东西，程绍均和她步行，走了好长一段路，看到整条街一排都是小吃。

纪飞扬看到那么多吃的，拉着程绍均说："我要吃那个！"

程绍均眉头一皱："怎么这么些年坏习惯都不知道改？我跟你说过了那些东西不干净。"

纪飞扬嘟着嘴："俗话说'不干不净吃了没病'！"

程绍均拿她没脾气，好不容易哄回来的，不至于为了吃个东西斤斤计较的："行了，吃就吃吧。"

两人吃饱了肚子，又走到古城。

大理古城内的小吃更多，纪飞扬一圈逛下来意犹未尽，王记的豌豆粉、双桥园的米线饵丝、杨记乳扇、街边凉粉……完了还慕名去赵记买

/ 239 /

了话梅和风味卷粉。

两人回到租住的地方,沿着小径走向内院的时候,天空中下起了小雪,雪花一片片落到头顶。纪飞扬抬头看去,飞檐斗角之上,是一大块白茫茫的颜色,好看得宛如梦境。

程绍均看她站着出神,从背后抱住她,紧紧抱在怀里:"宝贝儿,开心吗?"

纪飞扬点点头,握住他放在腰间的手:"嗯!"

两人沉默着在雪里站了很久很久,终于程绍均摸了摸纪飞扬的脸颊:"小傻瓜,再不进屋要冻坏了!"

纪飞扬抬起头,对他笑了笑说:"走吧,脚都有些站麻了。"

回到房里,程绍均拿了块毛巾帮纪飞扬擦头发,柔软的毛巾包裹住大半个头,程绍均轻轻拭去融化的雪水,力道不轻不重,很是舒服。

纪飞扬打趣道:"你要是去当头部按摩师,大概也能赚不少钱。"

然后头上就被程绍均轻轻打了一下。

纪飞扬不满道:"我就是说说嘛!"

"好好好,客人,我错了。"程绍均忽地低下头在她耳边说,"当按摩师也行,不过这辈子就你一个客人,要赚钱倒是不容易的,我倒贴好了。"

纪飞扬转过身狠狠捏了他一把:"你什么时候变得这么油嘴滑舌了!"

"见着你就会了。"

纪飞扬待要再说什么,看到程绍均衣领子上也沾着雪花,湿了一片,忙要他脱下外衣:"里面衬衫要换了,真佩服你,你不觉得冷。"

程绍均干脆两手一摊:"你给我换。"

"得寸进尺!"纪飞扬嘴上这么说,还是怕他冻着,伸手就去解他领带。

程绍均一年四季都有穿衬衫打领带的习惯，无奈纪飞扬在时隔多年的"调教"之后又已经不记得领带的解法。

程绍均抱着她一脸的坏笑："飞儿，还记不记得我们的第一次？"

纪飞扬的脸颊顿时涨得通红："才不记得！"

纪飞扬转身要走，被程绍均捏住手腕，一个使劲往手边带。纪飞扬脚下不稳，斜斜地倒在他怀里，从这个角度看去，直挺挺的鼻梁、幽深的双眸、噙着笑意的薄唇，他启口低笑道："不记得也没关系，我们来回忆一下。"

他的表情和语气都没有什么变化，但是眸子深处，仿佛已经有红色的火焰燃起。

不待纪飞扬闪躲，程绍均采取最直接的方式，凑上前去毫不客气地吻住她。

双唇贴合，世界仿佛静止。

纪飞扬举起手臂圈绕住他的脖子，程绍均顺着她的手势贴得更近。柔软的唇轻轻吸吮着，无声地诱哄着每一根敏锐的神经。纪飞扬闭着眼睛，感觉到他任何一个轻微的动作都能触碰到她的神经，就连脚趾都忍不住微微蜷缩。

为什么每次都要这么被动地被他吃干抹净？纪飞扬想到这个问题，缓慢地伸出自己的舌头。挑逗？好像不会……勾引？好像不会……但是不会也可以现学的嘛……

纪飞扬有些生涩，但是柔唇相贴，舒适的感觉一瞬间吞噬了所有的疑惑，程绍均只觉得那种躁动再难克制。

"小乖，有长进。"程绍均低语，离开她的唇，将她拦腰抱起。

纪飞扬躺倒在软绵绵的大床上，一双眼睛还是迷蒙，看看天花板，分明天还没黑嘛，怎么那一排的灯都开着？还在眼前转啊转，转啊转……

恰到好处的重量压在身上，似火的眼神从上往下注视着她，她突然

/ 241 /

脑子里一片空白,有些不知道该怎么办好了。

程绍均握紧她的纤腰,看着她红着脸贴在自己胸口发愣的样子,听到自己十分明显的心跳声,他对她的渴望素来清晰可见。

"飞儿,你是我的,别再想离开我身边,永远也不。"

纪飞扬无处可逃,双手抓着被单,轻微颤抖。

身体严重透支,纪飞扬昏昏沉沉要睡,眯起了眼睛。

不知过了多久,迷迷糊糊感觉到一个冰凉凉的东西触碰到肌肤,纪飞扬骤然醒来,看到程绍均正盯着她的胸口。

她脸一红,双手抱胸转过头去,却发现脖子上挂了个东西。

纪飞扬拿起一看,是一枚银质的小印章,锁的形状,底部是两个细致的小字:飞扬。

纪飞扬转过身:"你送我的?"

程绍均一手撑着头,目光温柔地注视着她,另一手缓缓地抚上她的脸颊。

纪飞扬不自觉地贴近,靠着他的下巴:"干吗送我印章?我又用不到。"

四目相对,近在咫尺,程绍均轻声说道:"爱一个人,送一座城。"

纪飞扬一滞,抬头看着他:"呃?"

"这是飞扬城的印章,"程绍均微笑着亲亲她的额头,"飞扬城,送给你。"

"啊……啊?"纪飞扬傻傻看着他,一时间脑袋有些发热,她没听错吧?她没有理解错意思吧?

程绍均从她的脖子里看下去,顺沿挂绳往下,看着那枚印章。

"它的意思是,纪飞扬的飞扬城。那2000亩地方的所有指令文件下达,都需要通过这枚印章来签署,明白了?"

纪飞扬舌头打结："啊……这这这……我没做梦吧？"

整个飞扬城，那代表什么？一整个商业文化基地、国际汽车影城、在水一方嘉年华、美食娱乐街、A城最大的艺术展览中心、五星级酒店、商务度假区，以及各知名品牌代理……

程绍均揉揉她的脑袋："乖，你很快就知道自己没在做梦。"

纪飞扬彻底傻眼。

程绍均在看那枚印章的时候，眼神更多的是流连于她的胸部，全身的血液又开始躁动，下一刻就将纪飞扬压在身下。

"哎……等等等等！"纪飞扬立马叫停，"中场休息行不行？"

程绍均看着她，她一举一动都对他带有极大的诱惑："宝贝儿，休息时间已经过了。"

纪飞扬气急，一口咬在程绍均的下巴上。

大理古城在苍山洱海之间，苍山十九峰，洱海风与月。古城内的街道呈棋盘式分布，青砖石板的路面，纪飞扬尤为喜欢。

二人乘索道上山，直奔最富盛名的十九峰清碧溪。清碧溪由上中下三个不同的水潭组成，潭与潭之间的落差形成了飞流直下的瀑布，清澈的泉水下是碧玉般的碎石，不断飞流而下的山泉击起了阵阵水花。

正逢冬季，点苍山上白雪皑皑，阳光照在雪峰上，发出璀璨夺目的光芒。

纪飞扬穿着厚厚的大衣走在前面，脚下的雪被她踩得咔嚓咔嚓响。

"绍均，你猜我小时候听到这座山名的时候，第一反应是什么？"

程绍均跟在她身后，时不时搀扶一把，怕她摔着："什么？"

"无聊，猜都不肯猜一下，"纪飞扬继续往前走着，"我当时就想啊，点苍山这名字真好，地方肯定也好，老了应该在这儿买个房子隐居什么的，可惜现在是旅游景点了。"

程绍均道:"这里的地皮也不是一定就买不到。"

"我胡乱说说的,谁真要住这儿,冷死了!一会儿我们去天龙寺看看吧,我小时候看《天龙八部》,可喜欢大理段氏。"纪飞扬在前面走得愉快,随口问道,"哦,对了,你喜欢《天龙八部》里的哪个女孩子?王语嫣?木婉清?钟灵?阿紫?还是西夏公主?"

程绍均说:"没看过。"

"啊!"纪飞扬转过头看了她一眼,很是同情,"没童年,真可怜。"

程绍均微笑着看她:"那你喜欢谁?"

"阿朱!"纪飞扬转过身继续往前走,"反正你又没看过,说了也不知道,不过话说回来王夫人其实挺可怜的……"

程绍均冷不丁冒出来一句:"那个天山童姥挺有意思。"

纪飞扬笑骂:"骗人!你明明看过!"

程绍均道:"我只看过电影,巩俐演的那个,觉得她挺可怜的。"

纪飞扬说:"你就是觉得她好看吧?"

"还真被你说准了,人家比你好看那么多。"

然后,就被纪飞扬一个雪球打在肩膀上。

"要跟我打雪仗是不是?"程绍均顺势弯下腰,在地上捏起一个雪球。

纪飞扬吓得四下逃窜:"不玩,不玩!别打我,我错了呀!对不起!"

程绍均一个硕大的雪球早就扔过去,打在她屁股上。

"来!继续!"

纪飞扬哼了一声,回过去一个更大的,却是打偏了。

程绍均会打球,手法精准,每击必中,还次次都是打在纪飞扬屁股上,打也打不疼,就是惹得她哇哇大叫。

"程绍均我生气了!"被打中无数次的纪飞扬突然站着不动,直直地看着程绍均,"站着别动给我打!不然我就不理你了!"

程绍均当真就站着不动了。

纪飞扬拿了个小雪球走近，一直走到他身边，刚才还板着的小脸上突然露出一个狡猾的笑容，然后，出手极快地把小雪球塞进他领子里！

"小坏蛋你找打！"程绍均不顾雪落进脖子里，一手抓住纪飞扬，将她往自己怀里拽。纪飞扬被他一绊了一下，直直地就摔在程绍均身上，程绍均被她大力一撞也没站稳，然后两个人就一起摔倒在雪地里。

正是下坡的趋势，程绍均抱着纪飞扬在雪地里滚了好几圈才停下来，两人紧紧相拥着，身上头上都沾着厚重的白雪。

程绍均帮她理理头发："冷不冷？脸都冻红了。"

纪飞扬摇摇头："不冷。"

两人在雪地里接吻，躺在厚厚的大雪上，竟也不觉得寒冷。

到了下午的时候，他们顺延着山势走下去，纪飞扬说饿了要找地方吃饭。程绍均说："好，你刚才不是说要去天龙寺吗？"

纪飞扬笑道："那又不是客栈，哪有东西给你吃。"

结果是程绍均给寺院捐了大大一笔香火钱，住持亲自出来接待，陪他们吃了顿斋饭，还在寺中给他们求了支百年好合的签。

傍晚的时候他们去游洱海，不少渔船停靠在河岸，他们租了船，雇了个渔夫，一路飘飘摇摇地去了海上。这条水路正好可以把大理的主要景点一扫而光，船夫摇得慢，一边跟他们说着闲话。

到了晚上，月轮高挂天边，星光云彩、海中明月，不失为极好的景色。

纪飞扬玩得也有些累了，所以不怎么说话，程绍均本来也就话不多，纪飞扬不说话的时候他就更没什么话。于是，两人安安静静地坐在船头看月亮，纪飞扬靠在程绍均身上，船摇啊摇的，特别舒服，不多会儿竟然睡着了。

程绍均抱着纪飞扬，看她睡得安稳，手酸了也不去吵她，时而抬头看看月色，时而低头亲亲她的发鬓，心中是无限的满足，仿佛全世界都

/ 245 /

抱在手里了。

船只靠岸的时候撞了一下码头的石壁,纪飞扬被惊醒,睡眼蒙胧地抬起头,看到程绍均眼神温柔地看着她。

"睡醒了?"

"嗯。"当着船夫的面在他怀里睡了那么久,乍然醒过来她觉得有些害羞。

下船时,船夫看着他们笑道:"小夫妻见过不少,倒是没见过感情像你们这么好的,这年头能安安静静坐着看风景的年轻人,不容易啊。"

纪飞扬道:"我们还不是……"

手被程绍均轻轻一捏,纪飞扬很是听话地住了口。

程绍均笑着向船家道谢:"下回来玩,还坐你的船。"

船家一笑:"好嘞!"虽然船家心中知道,这对年轻人下次再要来玩都不知是猴年马月,要认出他来恐怕也不太容易,但见着他们这么般配又好说话,心里总是开心的。

回去的时候已经很晚,纪飞扬累得快要趴下,洗完澡马上又睡了。程绍均却突然接到家里的电话,程闻知道他这几天不在公司,带着小姑娘去外地旅游,气得要他赶紧回去。

程绍均想着他们出来也有一个星期了,也不愿在电话中和父亲起争执,答应明天就回去。

挂了电话回卧室,看到纪飞扬已经熟睡,蜷成一团抱着被子,噘着嘴的样子像是又梦到了什么让她生气的事情。

其实纪飞扬只是潜意识中觉得,平时身边被当作抱枕的物体今天怎么体积和质感都不一样,也没有人拍背盖被子,自己在梦里头不开心。程绍均躺上去把她抱到怀里之后,纪飞扬的嘴角就微微翘起来了。

程绍均叹气,真是宠不得!但是这么想着,一手还是哄孩子似的轻拍着纪飞扬的背,这就叫惯性啊……

十九

*YU TA GE ZHE
YI PIAN HAI*
不早，不晚

　　苍山洱海之行结束，回到 A 城的时候正赶上《沉醉千年》播出第一集。纪飞扬高高兴兴往沙发上一坐，抱着遥控器就看了起来。

　　颜冉在剧中的扮相十分之惊艳，唐一隽就曾预言，这姑娘会红。果不其然，网上片花刚刚出来的时候，颜冉的人气就已经堪比一线的董心蕊，甚至超过了杜以欣。

　　眼下，纪飞扬抱着遥控器，笑得眯起了眼睛："冉冉真好看！"

　　程绍均没说话，在一旁处理着前几天搁置下来的事物。

　　过了一会儿，纪飞扬说："冉冉真好看！"

　　程绍均还是没说话。

　　又过了会儿，纪飞扬大声说："冉冉真好看！"

　　程绍均忍不住抬起头笑道："你都重复很多遍了，真要把自己当复读机呢？"

　　"谁叫你不理我的！"

程绍均无奈，站起身，坐到沙发上抱着她："我也恨不得一天二十四小时跟你寸步不离的，但是宝贝儿，我要工作的。你想想啊，我的大半财产现在都在你手里，要是还不努力赚钱，以后怎么养你？"

纪飞扬很得意地看着他："没事儿，姐有钱！"

程绍均微笑不语。

纪飞扬现在的确有钱，真要算算的话，都是A城第一富婆了。

另一边，程闻和张嘉茜也在谋划着他们的事情。

一个星期后，各大媒体纷纷报道，A城最最年轻有为的程氏企业总裁将与下月8号和相恋多年的女友张嘉茜订婚。

这个消息放出的时候，程绍均刚好和严凉去国外处理一件事情，纪飞扬怔怔然看着电视屏幕，忽然觉得特别荒诞，想笑又笑不出。她当然知道这件事情和程绍均没关系，是程闻的主意，但是这也表明程闻已经展示出了他的立场，不顾一切阻止她嫁入程家。

这和四年前的情况是多么相似，相似到纪飞扬甚至有些怀疑，过去一段时间所发生的事情是不是真实的。

而在这个时候最先给纪飞扬打电话的，是曹烨，他最清楚纪飞扬当年遇到这种事情的心情，一看到新闻就马上找她。

"飞扬，已经证实了程绍均现在根本不在A城，这肯定不是他的意思，你别急。"

纪飞扬笑道："你哪点看出来我着急了？"

曹烨在电话里笑："是啊，你早就不是当年那个小女孩子了，遇到事情都能自己解决，是我多虑了。"

纪飞扬突然觉得有点伤感："你别这么说曹烨，那时候要是没有你的话……"

"不提旧事了，"曹烨突然叹了口气，转移了话题，"有件事情我答应了他绝不跟你说的，但是飞扬，我真看不下去。"

纪飞扬听他语气不太对劲,忙问:"怎么回事?"

曹烨说:"你去看看冯韵文,来得及的话,还能见上最后一面。"

纪飞扬脑子里"轰"的一声,手里的电话差点都要拿不稳,说话声音都变了:"你说这话什么意思?冯韵文他怎么了?"

想到上回见到冯韵文时他憔悴不堪的样子和杂七杂八的话语,纪飞扬的心突然就像被什么东西揪住了似的。

"别问那么多了,快点找到他吧。"曹烨沉着声,言尽于此,有的话,实在不忍心从自己口中说出,不然,会让纪飞扬心里永远有个解不开的结。

而事实是,这个结,自她和冯韵文第一次见面起就已经打上。

市中心医院,院长办公室。

院长亲自担任主治医师,拿着检验报告对冯奇说道:"胃癌在某些家族中的发病率确实很高,而且有隔代遗传的可能性。如果说您的父亲也患有胃癌,那么您儿子确实也有发病的可能……"

这时候冯奇突然接到张伯来电话,说冯韵文不见了,急得立马和院长说了声再见,亲自开车匆匆赶回家。

车子刚到自家门口的时候,一个身影从旁闪出来,险些就要被他撞到。

冯奇猛地踩了急刹车,抬头看清楚前面站着个惊慌失措的女孩子,正是纪飞扬。

冯奇下了车,和纪飞扬一起走回去,想起冯韵文交代过的,便佯装一副平常样子,问道:"你这丫头,今天怎么想到来了?"

纪飞扬见冯奇脸色平常,看到她似乎还挺高兴的,心中落下了半块石头,开门见山道:"冯伯伯,我找韵文,他在家吗?"

"早上说有事情出去了,这臭小子,总找不到人。"冯奇说着让张伯去泡茶,"丫头啊,你难得来一次,跟伯伯喝喝茶吧。"

纪飞扬不好拒绝,便跟他去了客厅。

不一会儿,张伯泡好茶送上来,冯奇对他道:"你叫人去找找韵文,他常去的地方都找一遍,就说飞扬在家里等他呢。"

张伯应了一声。

冯奇亲自给纪飞扬倒茶,叹息道:"韵文哪,从小就没了母亲,这些年我对他也真的是不够上心,这么大个人了还胡闹。"

纪飞扬安慰道:"冯伯伯你别这么说,外人不了解韵文才会那么说他,他很好,真的很好。"

冯奇笑笑:"是好,这孩子孝顺着呢,前几天还亲手给我做了根拐杖,用着是真的顺手,我年纪也大了,以后走路倒是改用拐杖了。"

纪飞扬听他说话语气有些奇怪,鼻音重重的:"冯伯伯你怎么了?"

"没事儿,人老了,感冒什么的经常就来。"说着,他吸了口气,喝口茶,"要不我给你说说他小时候的事情?"

纪飞扬点点头:"好啊。"

她知道人年纪大了就喜欢说以前的事情,也愿意倾听,主要还是觉得,像冯韵文这么个人,小时候一定顽皮。

而事实正好与之相反,冯奇说冯韵文小时候其实特别安静乖巧,那时候家中不如现在这么富裕,却也是一家三口生活得安定幸福。冯韵文的妈妈是个特别温柔善良的人,冯韵文喜欢放学之后就趴在窗台上等妈妈回来。

冯奇喝了口茶:"直到有一天,我和他妈妈带着他去海边玩,韵文踩着海水特别高兴,硬是要让我们下去陪他,我和他妈妈就下去了。却没想到海水突然涨潮,韵文的妈妈使劲把他推到我这边,我抱着韵文好不容易爬上岸,转过身的时候他妈妈已经不见了。"

纪飞扬惊呼一声:"伯母就是这样……去世的?"

冯奇点点头,眼圈微微有些泛红,两鬓的白发让纪飞扬看着都心疼,安慰道:"冯伯伯,事情都过去那么久了,韵文他……他也该想得开了。"

"是啊,他是想开了。那几年我拼命工作,就想要让自己没时间去想那些痛苦的事情。但是韵文不一样,他是怎么快活怎么来,整日在外头疯玩。开始的时候我打他骂他,后来才明白过来,这傻小子以为,他活得越开心,他妈妈在天堂也就越开心。"

纪飞扬忍不住哽咽,道:"他做得没错,伯母还在的话,也会希望他活得开心。"

冯奇点点头:"是啊,丫头你懂他,我那几年就总说他没良心,其实那孩子是自己心里苦。他要是早些年遇到你,日子或许要好过些。"

这时候张伯走进来,老皱的脸上满是忧虑:"老爷,还没找着。"

冯奇点点头:"好,知道了。"

纪飞扬擦了把眼泪:"放心吧冯伯伯,虽然我和韵文分手了,但我们还是朋友,我会多劝劝他的。"

站在一旁的张伯,突然哭出声来。

纪飞扬转过头道:"怎么了张伯?"

张伯摆摆手,带着极重的哭腔:"没事、没事,老爷我先走了。"说着便退了下去。

纪飞扬站起身道:"冯伯伯,时间不早了,那我也先走了,下回再来看您。"

冯奇点点头:"好……好。"

看着纪飞扬走出去,冯奇很长时间都看着门口,现在他终于明白,为什么自己的儿子会看上这个女孩子。跟很多人相比,纪飞扬真的没有什么特别出色的地方,但好就好在,从她身上,根本就找不出任何会让人觉得不舒坦的地方。

纪飞扬几乎是冲出冯家大门的,她一路快跑,出了这条长长的私家车道,奔至人来人往的路口。

停下来的那一刻,她撑着墙壁不停喘息,心中仿佛被什么东西重重压着,脑海中闪过的全是冯韵文的影子。刚才冯奇说话的语气、冯家佣人们个个涨红的眼眶,还有张伯骤然的失声痛哭……这些都代表着什么?她不敢多想。像冯韵文这么个人,他要是出了什么事,一定会满城风雨,但是现在什么消息都没有,说明他还是安全的。她要找到冯韵文!现在!立刻!马上!

脑海中有吉光片羽闪过,她记起来刚认识冯韵文的时候,他给过自己一个地址,当时他还说"以后要是找不到我的话也可以来这儿"。

但是那张写着地址的小字条呢?去哪儿了?应该还在以前租的房子里!纪飞扬拦了辆出租车,报了小区的名字,让司机以最快的速度开过去。到了之后纪飞扬冲下车:"司机你在这儿等我,我一会儿就下来!"

那套小公寓已经易主,纪飞扬没有钥匙,知道这扇门其实不是很牢固的,急切之下抄起门口的一根铁棍就向门上砸去!

工作日的关系,整幢楼几乎没什么人,大门被砸开后她直接冲进去,不管不顾地翻箱倒柜,最后终于在床底下找到那张小字条。

纪飞扬拿到字条之后奔去小区门口,喘得几乎已经说不出话来,将字条给司机,让他去那个地方。

出租车在一片海域边停了下来,司机对纪飞扬说道:"小姐,这是私人海域,进不去的。"

纪飞扬付了钱:"谢谢,我自己走进去就好了!"

她下了车,直冲大门,本以为会有保卫来拦,没想到保卫室连个人影都没有,纪飞扬一口气就跑到了海滩边。

傍晚时分,夕阳覆盖下的海水显出些苍茫,浪花不大,偶尔拍打着岸边的礁石。浅水处一艘帆船停靠在那里，白色的帆在风中轻轻飘动。

纪飞扬一点点走过去，看到海滩边确实坐着个人，穿着白色的羽绒服背对着他，一动不动地望着海面。

"韵文。"纪飞扬低低叫了一声。

冯韵文听到声音，背部有一瞬间的僵硬，然后他慢慢转过头，看到她的时候带些惊讶，随即笑道："飞扬，你来看我了啊。"

他裹着很厚的衣服，脸看上去比之前见到的时候更瘦，精神不是很差，但是面色苍白，声音也低低的。

纪飞扬在他身边坐下，沉默着不说话。

许久，她突然转过身将冯韵文一把抱住，再也忍不住大声哭喊："冯韵文你浑蛋，你骗我说再也不想见我，生病了也不告诉我！冯韵文，你要是敢出什么事，我这辈子都不会原谅你！"

冯韵文愣了几秒，随即回抱住她，脸上挂着最常见的那种微笑，语调却极是平淡："我偶尔才这么矫情一回的，你至于吗？"说着抬手去擦她的眼泪。

触手冰凉，纪飞扬一把抓住他瘦弱的手腕，上面正戴着她上回给他的佛珠，颗颗温润剔透，显然是保护得很好。

冯韵文收回手："就是觉得挺好看的，闲来没事就戴着。"

纪飞扬突然心痛不已。挺好看的？闲来没事才戴的？她当时在 S 城一买一大把的佛珠，回来几乎是见人就送，本不是什么值钱的东西，别人或许连"闲来没事就戴着"也不会。也就只有这个冯韵文，吃好穿好用好什么都讲究排场的冯大少爷，才会把它当个宝贝似的放在身边。

她忽然很怀念以前那个冯韵文，怀念他开着跑车对她吹口哨，怀念他嬉皮笑脸地对她耍赖，怀念他孩子气地要她给他揉胃……那个气她逗她的冯韵文，那个像牛皮糖一样黏人的冯韵文，那个不会让她难过到想哭的冯韵文。然而，人就在眼前，又哪儿来的怀念呢？

冯韵文忽然说:"飞扬,我有个愿望。"

"嗯?"

冯韵文指着大海,脸上还是那种骄傲到近乎不可一世的微笑:"你站起来面对大海,对着它喊,冯韵文我爱你,我这辈子最爱的人就是你!"

纪飞扬愣在原地,思考着要不要的时候,听到冯韵文自己忍不住在那儿笑了起来。

"你耍我呢!"

"就是耍你怎么着?你咬我啊?"

纪飞扬看着他,好像……那个比阳光还要耀眼的冯韵文又回来了。

过了会儿,冯韵文道:"飞扬,我真有个愿望。"

"又玩什么花样?"

"在这儿多陪我会儿成吗?"

纪飞扬点点头,拿出手机关机。

他们坐在海滩边,海风阵阵,说了很多很多漫无边际的话,这些话,任纪飞扬后来怎么回忆都没有想起来。

海风不大,但是极冷,几个小时过去,纪飞扬的脸冻得通红,而冯韵文的脸越发惨白。

冯韵文躺在纪飞扬的膝盖上,小睡半会儿之后醒过来,有些迷糊:"飞扬,我冷。"

纪飞扬说:"你在这儿等等,我去给你拿件衣服。"

冯韵文安静地看着她,微微笑着:"嗯。"

海滩边上就是一幢小别墅,纪飞扬去冯韵文的卧室拿了件最厚的大衣,又从床上抱走了被子。

回到海滩的时候,冯韵文不见了。纪飞扬心里一凉,大衣和被子都掉在地上,她四处望去,冰冷的大海,已然昏暗下来的天空,哪里还有冯韵文的影子。

"韵文！韵文你出来！"

纪飞扬在海滩边来回跑着，海风吹得她泪水直掉。

"冯韵文你给我出来！冯韵文！不准再耍我了，你出来啊！我数到三，你不出来的话我就再也不理你了！一！二！"

她没能数到三，因为她看到脚下的沙滩上，他们刚才坐着的地方，写着一行歪歪扭扭的字：

"下次我们再遇到的时候，不要太早，也不要太晚。"

纪飞扬蹲下身，轻轻抚过那行小字，再也忍不住失声大哭。

A城最西面的那片私人海域，最早一次出现在新闻上是十多年前，一个美丽的母亲为救自己的孩子而溺水身亡。后来那个孩子长成了一方的传奇人物，会吃、会玩、会气人……

但是没有人知道，他曾经细心照顾过一百多个无父无母的孩子。十多年后，他们中有人成了为人类造福的科学家，有人游走世界各地搜集奇闻异事，有人在不起眼的角落里开一家花店……

而现在，所有传奇的种子还没有开始茁壮成长，只有纪飞扬孤零零地站立在岸边的沙滩上。她向远处望去，只看见一片漆黑漆黑的海水，和天空合为一体，像是被浓雾锁住。

什么叫再遇到的时候？再遇到是什么时候？

冯韵文，你说啊，你告诉我，再遇到是什么时候呢……

曹烨坐在办公室里，拿着杯水，面无表情地看着对面的沙发，想起两个星期前的这个时候，冯韵文就坐在那个地方。

那天他走进来后的第一句话是："曹烨，以后记得好好照顾飞扬，在她嫁给程绍均之前。"

曹烨那个时候就知道了冯韵文的病情，本想缓解一下气氛，却发现自己连句轻松点的话都说不出来。

后来他跟冯韵文闲聊聊到程绍均，再有就带到纪飞扬。对这个女孩子曹烨是最清楚不过的了，这些年她是真的长大了，但心底里固执得很，再怎么好的人在她面前，最终抵不过最初认定的人、认定的感情。而程绍均较之四年前，只不过是外表看上去的成熟，很多时候他陷在自己的思维窠臼中，根本考虑不到别人。

而冯韵文呢？曹烨想，冯韵文虽然看似纨绔子弟，实则是个最清醒不过的人。他早就知道纪飞扬放不下程绍均，却偏要蹚次浑水，只为着自己喜欢。程绍均这人究竟有什么好的？他实在想不明白，除了这是纪飞扬第一个爱过的人，实在找不出第二点理由。

曹烨叹了口气，将杯子里的水一饮而尽，心道：这下你可真的是自由自在了。

秘书这时候走进来："老板，你让人留意的那位纪飞扬小姐，今天一早被抓警察局了。"

曹烨大惊，手中的杯子差点都要掉到地上，立马从沙发座椅上站起来："我现在就去一趟。"

审讯室里，纪飞扬目光呆滞地坐在椅子上，炽热的灯光从正前方照过来，极为刺眼。自从凌晨被带回警局，她就没有说过一句话，审讯的警察现在已经无计可施，一肚子火。

"这位小姐，你被告私闯民宅，乱翻他人物品，要是再不说话，我们就要按入室盗窃罪将你依法逮捕了！"

纪飞扬听到他的声音，但是脑子根本没办法运行，完全不知道他在说什么，身上一会儿冷一会儿热的，耳朵里好像灌满了海风。

昨天下午，警察局接到报案，有一户小区居民的大门被撞开，室内明显被人翻动过。他们出动警员去调查,凌晨三点的时候,终于在海滩边找到了几乎昏死过去的纪飞扬。

整整五个小时,对着一句话不说、完全将自己视为空气的纪飞扬,警察的耐性终于用完。三个警察中,一直沉默着的那个胖子突然猛地一拳打在审讯桌上,愤怒道:"你聋子是不是!"

纪飞扬被吓得抖了一下,但是神志依旧不清晰,脑海中充斥着海风和冯韵文的身影——

他拿着酒杯,眼神中带着玩味与轻佻:"你把自己撂这角落里做什么,到我们那桌玩骰子去?"

他似笑非笑地卷着衬衫袖子,俯下身,整个人都沉浸在灯影里:"纪小姐就不要扫兴了,报一下尺寸,嗯哼?"

他坐在跑车里,一脸的张扬与嚣张让人嫉妒:"喂,要不要我陪你玩一球?"

他偶尔冷静,认认真真对她说:"飞扬,你这样子嘲讽对我不公平。"

他试着让她了解他,有意无意地说:"我没有特意高调也不想故作低调,半点不造作半点不歪曲,就是这么个人。"

他第一次让她觉得感动,轻轻触碰她的脸颊:"那么,有了我,你就什么都不缺了。"

他为了她的一句玩笑话,将一辆粉红色的小车子看作宝贝:"你看……你一说好看,我到哪儿都是开着它。"

他给她讲提拉米苏的故事,带着些不安的情绪说:"好像……你会同意做我的女朋友。"

他会对她撒娇,一脸孩子气的无辜,让她舍不得对他不好:"疼!好疼!你手一拿开我就疼……"

他在寒冷的冬夜步行来找她:"怎么办,我一见不到你就非常操心你,总怕你会过得不好、不开心……"

她想起昨晚海边那个孤零零的身影,戴着她胡乱买的礼物,最终最终也舍不得摘下……

其实,还有很多她不知道的。

比如,他在飞扬城主楼的七十六楼等了她很久很久,最后还是不声不响地悄然离开。

比如,他看着她在睡梦中叫另一个人的名字,辗转一夜都没有睡得安稳。

比如,他偶尔单纯得像个孩子,因为她一个小小的飞吻而愉悦大半天……

纪飞扬越想头就越痛,涨得实在受不了,重重地将自己的头撞在桌子上,疼得泪水直流,却根本没有什么实质性的效果。

连夜的审讯过去,警察在下班之前,不甘心就这么轻易地把纪飞扬放过。高瘦的警员一把抓起她的头发:"找死也没用!知道这是什么地方吗?嗯?想死是吧?想死还不容易!"

纪飞扬吃痛,却还是一言不发。

警员恶狠狠道:"说话!说出一句完整的话来,我们就放了你!"

纪飞扬迷茫的眼神恢复了些许清醒,却只是冷冷地瞪了他一眼。

"啪!"一个巴掌狠狠地打在她脸上,嘴角渗出鲜血,半张脸立马变得又红又肿。

胖警员掐住她的脖子:"你到底说不说话!"

纪飞扬本就已经浑身乏力,无法做出任何的反抗,只觉得呼吸越来越困难,眼前忽地陷入一片漆黑,对外界的声音也渐渐听不见……悲伤、愤怒、痛苦、屈辱,她只觉得好累……

直到一声重物的撞击传来,她捕捉到一丝清醒的意识,看到门口走进来那个熟悉的身影,忽然觉得心下一松,强撑着不让自己闭上眼睛。

程绍均和曹烨几乎是一起赶到警局的,局长一听说他们的车横冲直撞进入警局,吓得赶忙跟了过去。此刻,那局长见到眼下情景,再看看程绍均和曹烨的表情,几乎都有些腿软。

程绍均一句话未说,上前轻轻地抱起纪飞扬,然后转过身出了门。

局长和那三个警察都松了一口气。

程绍均走出几步,将纪飞扬交到曹烨手中:"先送医院。"

然后,他再度跨入审讯室。

一个抬脚,那胖警员摔倒的同时,两颗带血的牙齿从嘴里喷出来。另外两个正犹豫着要不要动手,被程绍均拿起椅子就砸得趴下……

"医药费来程氏拿。"程绍均说完,头也不回地离开了审讯室。

曹烨抱着纪飞扬一路走出警察局,在纪飞扬昏昏沉沉的时候,他将一枚戒指放进她手里。

"冯韵文的东西,还是你留着吧。"他不敢告诉纪飞扬,那是冯韵文专门为她定做的。

但是纪飞扬看着那戒指,心中已然明晰。

"我还是决定不给你了,省得你这辈子都忘不了我。"

她几乎可以想象,如果冯韵文现在在她身边的话,一定会嬉皮笑脸地跟她说:"飞扬,不准摘下来,光这个就能让程绍均头疼很久了。"

曹烨看到纪飞扬扯了扯嘴角,露出一个苦涩的笑容。

二十

请相信这个世界，
爱无穷尽

冯韵文死了。

这样冰冷冷的一句话，埋在心底几天几夜之后，终于成了现实。

纪飞扬去看望冯奇，按照冯韵文的意思，丧礼一切从简。因为遗体沉入大海，所以冯奇连冯韵文的最后一面都没有见到，老人家哀伤不已，丧事过后就住院了。纪飞扬帮着张伯一起收拾了冯韵文的房间，在冯家的后花园里建了一个衣冠冢。

程绍均这几天几乎是寸步不离地陪着纪飞扬，她不说话，他也就陪着不说话。

纪飞扬沉默了很多天，直到衣冠冢建成，黑白相框中的人依然英俊，却再也不复以往的鲜活。那一刻，纪飞扬终于痛哭出声，在程绍均的怀里，将这些天来所有的伤心难过尽数发泄。

程绍均看着墓碑上的照片，想到那个生前处处和他作对的男人，此刻也只有一声叹息。

好不切实际的真实。

这几天看着纪飞扬为冯韵文忙碌、沉默、悲伤,他心中已然不存在嫉妒或者不悦,只是默默陪着。这一刻他突然很想说,飞扬,我们结婚吧,生离死别太容易了,趁着我们还能在一起的时候,不要把时间浪费了。

但是他止住了,这话不应该在这个地方说。

本想过几天,等纪飞扬平静下来之后向他求婚,但是就在这个时候发生了一件谁也没有想到的事情:张嘉茜拿着所谓可以让程氏万劫不复的证据,逼迫程绍均与她结婚。

程绍均根本不相信她能拿到什么证据,但程母此时却站了出来,告诉了程绍均一桩多年前的往事。

"绍均,那是你父亲做错的事情,事到如今,也只有你可以帮他了。"程母几乎声泪俱下,"你这次如果还那么任性,程家就完了……"

程家顿时翻了天,程母暗中将此事告知纪飞扬,让她自己选择。

纪飞扬忽然就觉得,自己真的是把未来想象得太过美好了。老天爷根本就没有准备将幸福还给她,即便到了临近幸福的最后一刻,也可以毫不留情地给她致命一击。

纪飞扬很清楚程绍均的性格,吃软不吃硬,谁也不可能逼迫他做不愿意的事情,可正因如此,她不想见他与整个程家为敌。

兜兜转转,每次都只是在幸福的门口路过,原来再怎么坚持,都抵不过命运一次小小的设计。

纪飞扬一路奔跑,在这座熟悉又陌生的城市,还有什么是可以值得她始终相信、值得她为之守护的呢?她绞尽脑汁地去还原一个真相,却发现这个真相其实比虚假的谎言来得更加可笑。

失望痛苦,都不可怕,可怕的是在现在这种境况中,她根本无法忘记那些不愉快的往事,越陷越深。而对于未来的不可知,她更是从心底里产生了恐惧,除程绍均之外,她这辈子到底还要不要嫁人?还能不能接受别人?

纪飞扬走了许久,失魂落魄地沿着街边坐下,看着摆摊的小贩忙碌于各自的生计,过往的行人执着自己的梦想。

这一刻,她真是歇斯底里地怀念起那么一段时光,说能说的话、做可做的事、走该走的路、爱想爱的人。

街旁的小店里传来歌声:"谁不知不觉叹息,叹那不知不觉年纪……"

那何尝不是一段不知不觉的年纪,不知不觉地来,不知不觉地走。太年轻的时候她不懂,现在似乎明白,可似乎已经来不及。

纪飞扬,你为什么要来A城?明知道他在,为什么还要来?

程绍均,你为什么不忘记我?明知道痛苦,为什么不忘记?

如果时光没有跑至苍山洱海,如果那座刻着我名字的城池尚未落成,或许我永远都不会知道,原来自己还是这样地爱着你,爱到繁华落尽,天地褪色,爱到有苦难言,身心枯朽。

这一刻我如何能够不承认,遇见你,是我这辈子的生死浩劫。

曾相信跨时间、跨地域,你敢天长,我就敢地久,但是……这个世界终于还是在眼前飞快地褪色,最终最终,变成了黑与白。

太阳缓缓地落山了,行人变少,小贩们收拾东西回家,整个街道一下子变得空空荡荡起来。

纪飞扬用手遮着眼睛,许久,感觉到掌心中有濡湿的液体,她放下手,看见晶莹的水滴沿着指缝流淌,然后手指微微一斜,它们跌入尘埃,消失得无影无踪。

然后她才看到了很久以前的纪飞扬,那个小小的纪飞扬,透过地面上厚重的尘土,在最初那段梦境横生的年纪里,与她面容相仿的孩子。仿佛是在时光飞逝的罅隙里不经意碰触了彼此的衣角,拉扯出丝丝缕缕的彩光,她在这些光泽中回忆起最最幸福的过往。

不知道过了多久,头顶上方传来一个声音:"灰姑娘,你的王子又不见了吗?"

曹烨的声音还是那种不变的温柔低沉,纪飞扬抬起头,看见他眼中透着无限的关切与怜惜。

她在他的话语中回溯良多,擦干泪水,笑着说道:"是啊,不过这次用不着去找了。"

曹烨伸出手,将纪飞扬一把从地上拉起来:"瞧瞧你这个样子,乞丐见了你都要逃跑。"

纪飞扬道:"曹烨你怎么也变得这么毒嘴?"

曹烨只是笑,弯了弯嘴唇,思考了很久,突然像是做了个什么重要的决定,对纪飞扬道:"想不想最后赌一把?"

纪飞扬一怔:"赌什么?"

曹烨看着眼前的纪飞扬,较之四年前的初次相见,她真的变化不少,那种少年人独有的青葱生涩已然褪去,双眸中多了几分沉静与笃定。

"赌旁观者清。"

"什么?"

然而,曹烨只是转过身,故作轻松地说了句:"冯韵文跟我讲过,二十六岁之前你要是还没把自己嫁出去,他就看不起你!"

"老板,纪小姐从公寓里搬出去了,所有物品都已经拿走。"

"老板,陈戈说他看见是天华企业曹先生的车把纪小姐接走的。"

"老板,纪小姐和曹先生已经离开中国了,听曹氏的员工说,曹先生是要去英国举办婚礼的。"

"老板,英国那边传来消息,纪小姐和曹先生的婚礼定在……"

"够了!"程绍均打断梁小盈的话,右手撑着头,闭了闭眼睛,然后不停地按着太阳穴。

/ 263 /

"老板……"

程绍均怒道:"我说了不要再听!"

梁小盈吓了一跳,战战兢兢道:"我是想提醒老板,今天是你和张小姐订婚的日子……"

程绍均抿着唇,沉默良久,站起身道:"走吧。"

梁小盈犹豫道:"老板,你不用洗个脸刮个胡子什么的吗……"

程绍均闻言看了看镜子,镜中的自己脸色极差,胡子拉碴,要不是穿着件干净的衬衫,走到大街上都能被当作流浪汉了。

他去洗手间稍作整理,出来后程绍均还是程绍均,但身形消瘦了一大圈,掩饰不住的疲惫和憔悴。

这一天,距纪飞扬离开,刚好一个月。

一个月中,程绍均不断听闻纪飞扬和曹烨的消息,心中又是懊悔又是无奈。为什么命运要安排下这么相似的局面,他让她受伤,他带她离开。

只是这一次,或许真的再也回不来了。

程绍均在订婚典礼开始前的半个小时到达,宴会厅已经是人满为患,受到特别邀请的记者们一见程绍均进来,顿时一阵鼓舞躁动,快门声不断。

白色的长桌上,程闻和程夫人已然落座,程一菲陪伴在母亲身边,就连大姐程一熙也专门从国外回来,与丈夫和小儿子坐在不远处的贵宾席。

所有人都已经到齐,去接张嘉茜的车一到门口,订婚仪式便可以开始。程绍均走到最中间坐下,他出门的时候没有换衣服,但平常的衬衫已然可以衬托出他身上散发出的卓然贵气。他面无表情地坐在那里,一派淡然的样子,仿佛订婚与他而言不过小事一桩,但熟悉他的人已然发现,那双眸子中,无形地透出瘆人的光芒。

程夫人悄声提醒:"绍均,你笑一笑,别板着张脸。"

程绍均微微点了点头,神色略变。

时间一分一秒过去,离预计的时间越来越近,但是张嘉茜还没有到,就连他的父母也都还不见踪影。

现场的气氛逐渐变得焦躁,有没耐心的人私下在问:"怎么准新娘还不到?"

程绍均恍然不记时间,但也已经敏锐地察觉到有什么不对劲。

这时候梁小盈走过来,在他耳边轻轻说了一句话。

程绍均脸色虽然只是微变,但放在桌子下的手,在一瞬间骤然握紧。他站起身,对着满座的宾客,只说了四个字:"订婚取消。"

然后,不顾众人的疑问和二老的惊诧,径直走出了大门。

冯家花园。

张嘉茜将一台小型的笔记本电脑交给坐在对面的人。

这个人,正是比冯奇小十多岁的弟弟冯正,冯韵文极为讨厌的叔叔。

冯正打开电脑,一番检查之下,顿时笑得合不拢嘴:"好,做得好!有了这些,看程氏还不被我整垮!"他笑得一脸阴险,"哼哼,到时候,看我哥哥还能把持冯氏多少天!"

张嘉茜笑道:"冯奇这人向来是表面一套背后一套,明着什么事都让你来,实际上,所有好处都给冯韵文了!可人算不如天算,现在他的宝贝儿子说死就死了,日后冯家还不都是你的。"

冯正合上笔记本电脑,一手摸上张嘉茜的大腿,色眯眯地低声说道:"不对,是我和你的。"

张嘉茜柔媚地笑笑,娇嗔道:"为了你,我可是费尽心机拿到的这个!"

"哦?程家那么精明,也会上你的当?"

"我只不过是正好捏住了他们的软肋,老太太还和我一起骗程绍均,让他不得不和我结婚。她怎么也想不到，我会假戏真做……"

冯正笑道："你放心，程氏一到手，你就是我冯正唯一的太太。"

他突然又转变了脸色，阴沉沉道："至于程家那对父子，哼，看我怎么收拾他们！"

张嘉茜维持着笑意，但已然微微有些撑不住，咬了咬牙，心道：程绍均，这是你逼我的！

她知道程绍均心里有人，她本以为自己有一天能走进他的心里，可惜……

她一面接近心有所图的冯正，一面和程夫人合谋了一场戏，在骗得程夫人的信任之后，终于如愿以偿地拿到了程绍均房间的钥匙。

她以为自己算准了一切，却偏偏没有想到，当真的这样将程绍均推入深渊，自己的心里竟然一下子空了半截。

张嘉茜吐了口气，顺着腰上那只手的力量，将身体慢慢滑了过去。

程绍均一出大门就给家里的佣人打了个电话，去他的房间看看他常用的笔记本电脑是否还在，佣人的回答在意料之中。

梁小盈一路小跑地跟出来，看到程绍均的脸色，要说的话都堵在喉咙口，生怕一个字没说好老板就要把她炒了。

看着老板的车子就要开走，梁小盈在最后关头还是来不及多想就冲了上去，"啪啦"一下扑在窗口上。

程绍均只好停下车，冷声道："你回公司等消息就行了。"

梁小盈急道："老板，我还有一件很重要的事情没有跟你说！纪小姐和曹先生的婚礼就在明天！你现在马上去英国的话，或许还来得及！"

程绍均眉目一沉，下一刻，二话不说踩下了油门。

半路上接到张嘉茜打过来的电话，程绍均接了，没有说话。

那边传来张嘉茜略带尖锐的声音："绍均，你肯定想不到会有今天，有没有后悔没有对我好一点？不过现在后悔已经来不及了。"

程绍均面无表情道："一次性把你要说的话都说完。"

"为什么到现在你都能这么冷静，程氏就快要完了！你难道一点都不知道着急？还是你心里在乎的只有一个纪飞扬！但是我听说她就要结婚了，程绍均，到头来你什么都得不到！冯正说了，如果还想给你们程家留点颜面，你就……"

程绍均直接挂了，转而拨通了另一个电话。

"斯南，你跟我说实话，冯韵文过世前，是不是给过你什么资料？"

谢斯南在那头沉默了会儿，道："有，但现在拿出来还不是时候。"

程绍均道："有你这句话就够了。"

他就知道，冯韵文不会这么轻易就放过冯正的。冯家与谢家交好，谢家又与庄家同气连枝，这事但凡有庄家出手，冯正绝对不会有好下场。

换言之，冯正对他的任何警告，都已经没有用了。

程绍均知道，接下来可以做自己想做的事情了。

私人飞机十个小时的行程，中国和英国八个小时的时差，当程绍均到达这个名叫拉伊（Rye）的英国小镇之时，已经是第二天上午十点。

这是一个中世纪的小镇，砖造房屋、石砌建筑，十分漂亮。而程绍均根本没有任何心思去欣赏美景，他顺延着石板路将车子开到底，见到了前方那座小小的石砌教堂。

一天一夜没合过眼，又加上刚下飞机，程绍均现在看出去都觉得眼前的东西模模糊糊的。听到教堂中隐约传来音乐，他快步往里走去。

在门口的时候程绍均被一个修女拦下，用英文告诉他里面正有一对新人在进行婚礼，他不应该随意闯入。

程绍均连解释都省了，直接绕过修女往教堂里面跑进去。

音乐越发清晰，不是熟悉的结婚进行曲，而是这个小镇的民谣，平淡却充满柔情，朴实无华的质感，几乎勾起人心中最最柔软的地方。

程绍均进入教堂正中央，打开那扇门的时候，看到了神色和蔼的神父和坐在一旁安静聆听的曹烨。

"飞扬呢？她在哪里？"

曹烨看着他，一身落魄，满面憔悴，心中终于起了一点小小的快意，看着程绍均道："你应该庆幸，看到的不是我牵着飞扬的手在听祷告。"

程绍均沉着声，重复："告诉我她在哪里！"

年迈的神父看着这个突然闯入、满面焦虑的年轻人，一下子便知道了他的来意。他和蔼地笑着，缓缓说道："在这个小镇风景最美的地方，早有人传下了神的谕旨，愿你们都能得到祝福。"

在拉伊的圣玛丽大教堂顶上，可以俯瞰整个小镇。中世纪的建筑，岁月流逝，景色依旧。

钟楼的过道特别狭窄，只容一人通过，纪飞扬侧着身子走过去，走到了教堂的顶部。

来到英国已经有段日子了，一开始的时候曹烨带纪飞扬去了伦敦，她很不适应，正好曹烨收到他父亲的好友伦萨多神父的来信，邀请他们去伊拉居住几天。

这一来就是大半个月。

总有那么些个地方，分明从不曾来过，却会在初次遇见之时就产生阔别经年之感。纪飞扬从来没有见过这么安逸祥和的小镇，古老的建筑，质朴的街道，善良的小镇居民。

她喜欢周边的田园风光，农田、花鸟、河流、山峦，家家户户彩绘的玻璃窗，门前精心雕琢的布景……一草一木，一尘一土，这十多天，她看着这里的人如何生活，如何工作，如何与家人畅谈，深深觉得，原来自己从未懂得什么是生活。

难怪伦萨多神父会说,这里离天堂最近。

纪飞扬很久没有接触英文,都已经不太会说,简单交流还行,所以每当伦萨多神父和曹烨交谈起政治、宗教、人文等方面的时候,纪飞扬就会自己跑出来闲逛。

起初的几天会迷路,每天都要向很多当地居民问路,时间长了这里的很多人都认识了这个中国女孩。

刚从圣玛丽大教堂下去,就有一个摄影师走上来,说要给她拍照,纪飞扬认得这个摄影师,点了点头答应了。

摄影师拍完一组相片之后,和纪飞扬商量着自己要留下一张,其余的她全部都可以拿走。纪飞扬看着这个年轻的摄影师,忍不住笑道:"你知道吗,你让我想起了很久以前的一个朋友。"

"他也是个摄影师?"

纪飞扬点点头:"他叫沈竟容,和你有一样的习惯,给模特免费拍完一组照片之后,要挑选一张自己最满意的留下。"

年轻人也笑了,从大背包的口袋里拿出两张明信片给纪飞扬:"这个送给你的朋友,告诉他,这里离天堂最近,有时间的话一定要来看看。"

纪飞扬摇头:"已经太多年没见,可能再也遇不到他了。"

摄影师表示了遗憾,但还是很大方地把明信片送给纪飞扬:"我自己拍的大教堂,光线很好,更重要的是,这光线上是可以写字的。作为交换,你需要多给我两张照片。"

纪飞扬忍不住笑起来:"你真是可爱!"

"谢谢!我也要回去告诉我的父母,中国女孩子其实很漂亮!"他说着快门一闪,"这个,就算作朋友间的纪念了。"

和他道别之后,纪飞扬独自坐在石板街道上,随意观看两旁的小商铺,走走停停,漫无目的。

路过一家花店时,纪飞扬进去买了两棵向日葵,店主是一位老奶奶,有些心疼地看着纪飞扬:"小女孩,有什么事情那么想不开呢?"

纪飞扬诧然:"老奶奶,你怎么知道?"

"我看你的双眼被忧愁锁住了。"老人拉过她的手,指着一个方向,"往那里走,去看看幸福。"

"幸福?"

老奶奶微笑着点点头:"是的,别怕孩子,往前走。"

纪飞扬感激地看着她:"我感受到您话中的含义了,非常感谢您。"

程绍均在这个陌生的小镇一路奔跑着,突然被一个年轻的摄影师拦下来:"请问你是中国人吗?"

程绍均没时间和人说话,但正好想要问路。

"是的,你知道'神的谕旨'在什么地方吗?"

摄影师狡黠一笑:"知道,最为代价,您得让我拍一组照片。"

程绍均同意,第一次这么给人拍照,还有些不知所措。

拍完照之后,摄影师给他指了道路,无不感叹地说道:"我要回去告诉我的父母,其实中国的男人也长得很好看!"

程绍均看到摄影师手中一闪而过的照片,大教堂下的女孩在笑,阳光透过发梢,暖到心里的温度。

他向着"神的谕旨"跑去。

纪飞扬走到老奶奶说的那个地方,才知道这里竟然是一个特殊的坟墓。

据说坟墓的主人是一对异乡人,夫妇两个在这小镇住了多年,用神奇的医术治疗了小镇的无数病人,其中不乏各种绝症。但是医者不自医,那个美丽的妻子身体一直不好,她死后,丈夫将他们曾经共有的珍爱物品尽数埋在这里,刻上了夫妻二人的名字。而他自己,携着妻子的骨灰,说是要带她完成生前心愿,走遍世界各地。

那个丈夫在墓地上刻下的名字是用他们国家的语言写成的,当地没有人认识。小镇的人们为了感谢这对不知名的夫妇,感谢他们延续了无数人的姓名,在这块平坦的墓地周围种植了美丽的植物,并且每年都会定期前来看望。

直到有一天,一位看懂文字的英国诗人热泪盈眶地将其称为"神的谕旨",这个称呼被沿用至今。

纪飞扬想去看看传说中美丽端庄的文字,于是绕过花坛,向着木牌的方向走去。

一丝久违的气息突然飘来,熟悉得不可能认错。

纪飞扬惊讶地回过头,一瞬间,真的以为是自己的嗅觉和视觉同时出错。

程绍均有些落拓地出现在他面前,脸色暗沉,头发凌乱,额头带着未干的汗水,鞋子上还沾着泥泞。

不等纪飞扬回过神来,程绍均已经将她一把拉至怀里,心跳得飞快。

"总算还不晚,吓死我了,还真以为你要嫁给曹烨。"

纪飞扬缓缓伸出手回抱着他,感动,却没有泪水;欣喜,心跳却依旧平常。重新拥抱着这个爱至心底的人,她感到的是无比的平静与安宁。

是长久以来她试图去学习的平静,也是这些天来伊拉小镇赠与她的安宁。

时光未曾阻隔年少时候的感情,反而将所有的等待化为最终的相守。

她期待的结果,已然向她走来。

"我不知道曹烨做了什么,这一个月只顾着享受生活。"

"这个浑蛋!怎么性子也向冯韵文靠拢了?"

"绍均,我们去看看那两个人叫什么名字。"

"好。"

程绍均牵着她的手走过花坛,慢慢走近刻着字的木牌。

许是已经有些年份了,木质已经显出岁月的沧桑,但是那深深刻在上面的字,还是清晰可见的。

小镇人说的,美丽端庄的字。

一笔一画,横竖撇捺,方方正正,错落有致。

竟然是他们最为熟悉的汉字。

而所谓的墓主姓名也并不存在,只是一行文字,纪飞扬轻轻念出来:"请相信这个世界,爱无穷尽。"

这一瞬,纪飞扬的眼眶湿了,喃喃将这句话重复了一遍,回头看着程绍均。

"你相信吗?"

程绍均正要开口,被纪飞扬用手按住:"不管信与不信,我现在想对你说句话。"她说着拿出刚才那摄影师送的两张明信片,"《廊桥遗梦》里有个摄影师说,回想我的一生,我拍了很多光线。"

她拿着大教堂的明信片,翻到背后。

"刚才我遇到一个摄影师,他跟我说,光线上是可以写字的。"

纪飞扬垂下眼睛,写下一句话。

然后,她抬起头轻轻一笑,把自己写的字竖起来。

"爱至苍山洱海,心如古木不惊。"

程绍均伸出手,轻轻抚摸着字迹,心中起了一股荡气回肠的震动。

下一秒,再也抑制不住,将眼前的人紧紧抱到怀里。

一见倾心的缘分,执迷不悔的等待,将生命中最美好的时间、心念中最美好的地方,留给最爱的人。岁月清明静好,光阴再沉,任沧海几度化作桑田,终压不过心间一处繁花盛开。

时华流落更变,烟空水流。

执迷的人寂寞,执迷的人幸福。

番外一

灰姑娘的南瓜车

"曹烨,今天晚上的酒会要是不过来,你就完蛋了!"电话那头,新认识的女朋友冲着他大吼。

曹烨笑笑:"好好好,我知道了,你亲自主持的我怎么敢不来。"

挂了电话,曹烨往沙发上舒舒服服一躺,手边的沙皮狗讨好地蹭蹭他的腿,被他一把抱起来,对着它的脑袋说:"海盗先生,你说现在的人怎么都那么无聊呢?无聊的摄影展之后是无聊的颁奖典礼,无聊的颁奖典礼之后还一定要弄个无聊的酒会……"

海盗不满意主人拎着它的脖子,头一甩,跳到边上按开了电视机的遥控器,然后蹲在旁边安安静静看起了电视。

曹烨拍了拍它的头:"你也无聊!不理我是吧,今天没有奶酪吃了!"

他拿了车钥匙起身,留下海盗一脸无辜地看着电视机。

就是在那个酒会上,曹烨第一次见到纪飞扬。

他还没走到门口的时候，就大老远看到侍者把一个小女孩拦在门口，那女孩子有些手足无措的样子，似乎是忘记带邀请函了，而侍者见她年纪很小，不肯放她进去。

"小姑娘你还是等会儿和家长一起进去吧，像你这样不能证明自己身份的未成年人，我们不能随便放进去的。"

"再重申一遍，我不是未成年人！"

这时候曹烨已经走到她身边，随意地一瞥，那女孩子长得真心漂亮，挥舞着拳头颇有些义愤填膺的样子。

曹烨笑笑，打算把她带进去。

刚要开口，后面走上来一个人，径自牵起了那女孩子的手，对她说道："都说了叫你等一下，又自己乱跑。"

女孩子嘟着嘴："我怎么知道他们不让我进去。"

侍者恭敬地让了道："程少请，曹少请。"

不说不知道，名字却是熟识的，程绍均转过头和曹烨握了手。两人第一次见面，也只是随意说了几句，而纪飞扬只是站在一边，东张西望的也不知道在看什么。

曹烨试探："这是程少的女朋友？"

"小姑娘。"程绍均拉了拉纪飞扬的手，开玩笑说，"这是曹氏集团的大少爷，正想转行娱乐产业，你不是说想做幕后吗，有时间找他聊聊。"

曹烨道："随时恭候。"

转过头看纪飞扬，好啊，这丫头竟然在一旁自顾自走神！

曹烨哭笑不得："你带她玩儿去吧，人压根就没看见我！"

程绍均司空见惯地笑笑，拉着手边的人，一脸宠溺的样子："走了笨蛋。"

曹烨转过身，吃了两口蛋糕就把这姑娘给忘了，要说风流花心，S

城圈子里的人都知道,曹公子的排名绝对在倒数。

但是不风流不花心的曹公子比一般人爱管闲事,好奇心也重,当他看到纪飞扬一个人可怜巴巴地吃着提拉米苏,还把巧克力粉吹了满脸的时候,忍不住就走过去问:"这是哪家的辛德瑞拉?"

曹烨笑嘻嘻地看着纪飞扬,但是纪飞扬显然不记得他之前还和程绍均打过招呼。心情十分不好的情况下,自己的丑态还要被一个陌生男人看见,纪飞扬当下眼眶里含泪,小脸皱巴巴的,仿佛下一秒就能失声痛哭。

要是真让她在这地方哭起来那还得了!曹烨急得恨不得给她擦擦眼睛,递了一大把纸巾过去。

"哎,你别哭啊!不丑不丑,擦干净就更漂亮了。"

纪飞扬也不是三岁小孩,这点场合还能分清,吸了吸鼻子,擦干净脸就没事了。然后她就抬起头打量曹烨:"你是谁?"

曹烨有意逗她:"我是灰姑娘的南瓜车,十二点前要是还没找到你的王子,可要记得来找我。"

这话要在别的男人讲来,或许就要带上些不言而喻的味道;而在别的女人听来,或许不是给个白眼走人就是低眉顺眼暗送秋波。

但是曹烨和纪飞扬就是有一种自然而然的单纯默契。

"我的王子被大灰狼叼走了,你说怎么办?"纪飞扬笑得眼睛眯成一条线,像是童话里的小狐狸。

曹烨有些吃惊,这个回答真是出乎意外,他想了想:"嗯,我带你去找。"

小狐狸点点头说:"好。"

他们兜了一大圈也没找到程绍均。曹烨劝解道:"他大概也是忙吧,必要的应酬少不了,你多担待些。"

纪飞扬嘟嘟嘴:"我又没说什么。"

曹烨看着这个明显口是心非的小丫头:"饿了吧,你先去吃东西,我处理点事情,一会儿来找你。"

纪飞扬确实饿了,回到大厅里找了个不起眼的角落,顺手拿起桌边的东西吃吃喝喝。等到曹烨处理完事情找到纪飞扬的时候,她已经喝得醉醺醺了。

曹烨一把拿过她手里的酒杯:"嘿,你还真敢喝啊!"

纪飞扬喝得脸色微红,眼睛亮亮的:"曹烨,哈哈,大南瓜!"

曹烨见周围没什么人,跟她一起在角落里坐下了。

"小女孩子,别乱喝酒。"

纪飞扬说:"我渴。"

"渴你不知道找水喝?"

"我懒,不想动!"纪飞扬想了想,记起件最重要的事情,"绍均呢?怎么还没回来?"

"要不我让人再去找找?"

纪飞扬摇摇头:"先不找他,我跟你说会儿话。"

她招招手,示意曹烨凑近点:"我偷偷告诉你噢,其实我一开始也没有特别喜欢他的,但是……他对我很好……"

"所以你就特别喜欢他了?"

纪飞扬有些苦恼:"嗯,但是自从和他在一起后,就会遇到些不开心的。"

曹烨耐心地问:"怎么就不开心了?"

纪飞扬想了想,摇摇头:"其实还是开心的时候多……"然后就一个劲在那儿傻笑。

曹烨揉揉她的刘海:"喂,你笑归笑,千万别哭啊!"

刚把手放下,程绍均就从后面走上来,对曹烨道:"有劳了。"

曹烨看着程绍均把纪飞扬抱起来,那丫头刚还期期艾艾的,一趴上程绍均的肩膀,立马活泼了,笑呵呵地对着曹烨挥挥手:"曹烨再见,我下次还来找你玩!"

曹烨刚要说好,却听纪飞扬一声嚷嚷:"疼!"

他心里顿时就有些莫名的欢乐,想着,小样儿,叫你顽皮,被打了吧。但是笑完之后,忽然又有些羡慕,这么好玩一小鬼,留着陪自己玩多好?

曹烨怎么也没想到会再次遇到纪飞扬。

那天是父亲过寿,他从外地匆匆赶回来,才到机场就接到家里的电话,急得恨不得他插着翅膀回去。

"知道了知道了,半小时之内一定到!"

但是半个小时之后,曹烨正抱着纪飞扬在急诊室焦头烂额。

"医生,她一直在喊疼,你能不能想办法轻点啊!"

"没办法,只能忍着,是你偏要跟进来的,知道女人不容易,以后就对她好点。"

曹烨没心思去跟医生解释,不停地给纪飞扬擦汗。

家里又来电话催促,他都没接。

纪飞扬无意识地抓紧曹烨的手:"痛,好痛……绍均,好痛啊……"

曹烨见她脸色发白,心都疼了,听着医疗器械的声音,耳朵都难受。如果可以的话,这辈子都不要再进手术室!

他把纪飞扬抱在怀里,感觉到她的身体在瑟瑟发抖:"忍着点,很快就没事了。"他再次擦了擦纪飞扬眼角流出的泪水,第一次叫她的名字,"飞扬,别怕。"

纪飞扬不停地说:"别走。"

曹烨温柔道:"别怕,我不会走的。"

事实证明好心是要付出代价的,曹烨被医生骂,被纪飞扬的父亲打,又要向家里父母赌咒发誓那意外失去的孩子绝不是他们的孙子。

程绍均迟迟没有出现，曹烨已经在心里把他骂了八百遍。

终于等到纪飞扬醒来，苍白着脸跟他说话，感觉这小丫头就这么一夜之间长大了。

他在纪飞扬睡着的时候摸摸她的头："我应该不是喜欢你吧？只是觉得你需要个人照顾而已，这属于……同情，对，我真善良。"

善良的曹烨一直等到纪飞扬出院才安心离开。

"以后有什么事记得打我电话！"

纪飞扬说好。

但是纪飞扬从来不会主动联系曹烨，他偶尔会打电话给她，聊聊天气、饮食。

直到两个月后忍不住去找她，才知道她其实已经不在 S 城。

再次打电话过去的时候，曹烨尽量心平气和地："飞扬，不是说过了有麻烦随时找我的吗？"

纪飞扬在电话那头轻松道："我吃好睡好，能有什么麻烦？"

曹烨道："你怎么气儿也不喘一下就拒绝人家对你好呢？"

"对不起，但是我比较想……自食其力。"

"好志向，我可想看你自食其力了，告诉我你在什么地方，现在怎么个活法。"不等纪飞扬拒绝，他严肃道，"快交代，别逼我自个儿去查。"

纪飞扬投降。

B 城也是大城市，但和 S 城迥然不同，曹烨差点没认出来，那个戴着顶鸭舌帽给人送外卖的假小子就是几个月前水灵灵的纪飞扬。

曹烨骂也不是，哄也不是，说给她换工作换住所她也不答应。

"我的生命中不可能再出现第二个程绍均，我不能再像以前那样去依赖任何人。"纪飞扬看着曹烨，倔强得很。

曹烨知道她真的是铁了心不接受任何人的给予，无奈之下扯谎说自己在B城也是有生意要做的，所以经常来。

那是纪飞扬头一次离开父母那么远那么久，她从曹烨口中得知父母的消息，让她安心的是，不管好事坏事，曹烨都不会隐瞒，只不过是把所有事情都解决好了之后再告诉她最后的结果。她虽下定决心不再依赖任何人，但那种细微之处的好，又是搁在心里无法言说的。

曹烨一直觉得自己是个豁达的人，凡事不得强求，却渐渐发现纪飞扬在心中所占据的比例越来越大，他会认真记下纪飞扬上下班的时间，知道她爱吃的东西，为她找最好的成人学校，甚至学着烧几道菜去纪飞扬那里献宝……

曹烨抱着他的宝贝沙皮狗："喂，你说那丫头忘了程绍均没有？"

海盗鄙视地看了他一眼，摇摇屁股走了。

那年光棍节的时候，纪飞扬和同事玩到很晚才回家，刚上楼就看到门口站着个脸色不太好看的光棍。

"吓我一跳！你这么晚杵这儿做什么？"

"你也知道晚？跑哪儿去了？"曹烨口气有点冲，这在以前还是从来没有过的。

纪飞扬把他推到门边上，开了门放他进去："和同事过节呗，你找我……有事？"

这才发现曹烨手里拎着个食品袋子。

曹烨老不客气地进屋换鞋，闷闷道："我也过节。"

他往沙发上一坐，裹上毛毯，抱怨道："冻死我了，赶紧倒杯热水来。"

纪飞扬给他递了杯水："你等多久了，怎么不打我电话？"

"我打了不下十个吧大姐？"

纪飞扬从包里翻出手机，果然十几个未接来电。

"不好意思啊,调了静音。"

她翻翻曹烨拿来的食品袋子,里面都是吃的,一摸全冷了,顿时有些内疚:"你还没吃晚饭吧,我拿去热一下。"

曹烨没吱声,看着纪飞扬在厨房进进出出,捂着水杯发呆。

纪飞扬热完饭菜,把曹烨拉到客厅:"趁热吃啊,你多难得能过个光棍节,别浪费了。"

曹烨拿起碗筷一个劲吃,真的饿了,心里又乱得很,不知道该怎么开口跟她说话。

吃完饭,曹烨收拾碗筷拿去厨房洗,手忙脚乱摔碎了个碗。

纪飞扬听到声音跑进来,看到曹烨手指上都流血了,忙找来酒精棉花和创可贴给他包扎。

"怎么这么不小心!"

"对不起。"

"身体发肤受之父母,你对不起的是你爸妈。"

曹烨的手不烫,但是纪飞扬的手更冷,处理好伤口,曹烨不由分说就把纪飞扬的手握在手心里:"对不起,我不是故意要喜欢你的。"

本以为纪飞扬会把手缩回去,但她低着头想了会儿,抬起头很认真地说:"第一,我还没有忘记他,也不知道什么时候才能忘记;第二,你很好,的确没有什么理由拒绝,和你在一起很开心,但目前为止我好像只能把你当好朋友;第三,我以前的事情你都清楚。如果这些你都能接受,那么我愿意很努力、很认真地去培养一段新的感情,但是我真的不能保证会不会成功。"

曹烨说:"那就……试试吧。"

这一试就试了两年。

纪飞扬的确很认真,认真约会、认真吃饭、认真看电影……但就是太认真了,曹烨都觉得有些诚惶诚恐。不闹别扭,不无理取闹,不和他吵架，不管他私事，不要他密码，玩他手机的时候都要刻意避开通讯录和短信……这样的女朋友不好吗？好，很好，但是不是太好了点？

曹烨记得，她对程绍均不是这样的。

他宁愿她对他闹脾气耍性子约会迟到胡搅蛮缠，但是她不，那些都不是留给他的。

曹烨终于想明白，纪飞扬心中的结，自己是无能为力了。

最近距离的一次接触，是他们手牵手在林荫道上走，曹烨突然抱住纪飞扬，低头作势要亲她。

纪飞扬有一瞬的惊慌，下意识地想躲，但是忍住了，闭上眼睛一动不动的。

曹烨只是很近很近地看看她，轻颤的睫毛，微微蹙起的鼻子，紧抿的嘴唇，一边脸颊还发了两颗小痘痘。

他突然笑起来，很欢畅的样子。

纪飞扬睁开眼睛，疑惑不解地看着他。

曹烨揉揉她的刘海，有些嫌弃的样子："你啊，无聊，无趣，不解风情，算了，本少爷决定另结新欢去了。"

纪飞扬愣了几秒，随即绽开一个大大的笑容。

曹烨看出来，这才是她发自真心的快乐。他把手插在裤子口袋里，微笑着看她的侧脸，细碎的发丝贴着脸颊，在微风中轻轻拂动。

够了，足够了，我那么近地看过你，放弃你还你自由，你因我的决定笑得这么开心，这就已经很好很好了。

曹烨不会对任何人解释他和纪飞扬到底算是什么关系，但是他要让人知道，凡有他曹烨在的地方，就是能让纪飞扬横着走。

"飞扬，我现在也喜欢你，和开始一样的喜欢，是我自己弄错了，其实这本就无关于爱情，不过是出于对美好事物的喜爱。"

纪飞扬心中明了，一并接受，坦坦荡荡。

一晃三年，纪飞扬终于穿上职业装，走入雁城总公司。

曹烨比画着她的身高："还真长高不少了，回去你爸妈真得谢谢我，看我把他们发育不良的闺女喂养得多好。"

"喂养？"纪飞扬瞥了眼角落里啃着狗粮的海盗，"你当我是它啊！"

曹烨嘿嘿一笑，伸了个懒腰："纪家有女初长成，我终于功德圆满了！"

纪飞扬抱了抱他："谢谢。"

怎么可能不感激。

四年的时间说长不长，说短也不短。

看着她幸福得无忧无虑。

看着她从云端狠狠摔落。

看着她被所有人抛弃。

看着她自我放逐与坚持不懈。

看着她一点点成长成熟。

看着她步步成环，走到最初的起点。

看着她爱与被爱，痛并快乐。

曹烨一度以为冯韵文可以做到他不曾做到的事情，但是他错了，纪飞扬再怎么变化，都还是当初那个倔强得不得了的小姑娘。

但是谁也经不起一而再再而三地消磨，最后她竟然要自己放弃。

曹烨真想大骂：纪飞扬你这个蠢货！

兜兜转转，他还是充当了南瓜车的角色。二话不说带走了纪飞扬，赌的是程绍均的真心，男人看男人，总比女人看男人来得更准些。

而一切真的如冯韵文事先对他说的，张嘉茜的临阵倒戈让程家和冯家同时陷入危机，程绍均急疯了似的找纪飞扬。

一切水到渠成，看到程绍均狼狈憔悴的样子，曹烨就在教堂里会心微笑。

转而又对神父连连叹息，就是可惜了冯韵文，整个 A 城他最欣赏的人。曹烨和冯韵文真正合作过，深知冯韵文的秉性为人，要是再有五年，绝对不输于程绍均的。

神父一脸安详："主会在天堂照顾他的。"

几天后，纪飞扬和程绍均结婚，就在神父的教堂里举行了小小的仪式，观礼的只有曹烨一人。

不过，看那两人的样子，这婚怎么个结法都是无所谓的了。

临走，他打了程绍均一拳："回去了记得办个像样的婚礼。"

程绍均"嗯"了一声，对他还是拿不出友善的态度。

曹烨也无所谓，不忘提醒他："A 城现在肯定是一片乱，什么冯正啊、张嘉茜的……飞扬，记得路上多给程总喝些参汤什么的。"

程绍均看了他一眼，沉默。

曹烨道："我过阵子就回 S 城了，估计也要结个婚，给老爷子弄个孙子什么的。"

纪飞扬笑道："记得通知我们，我要看新娘子漂不漂亮。"

"一定。"

"再见。"

"再见。"

大门一开一关，有什么花香飘了进来，曹烨微微眯起眼睛，有了些睡意。

"晒晒太阳睡个午觉什么的，最开心了，"曹烨咂咂嘴，"海盗在就好了，都找不到人一块儿晒太阳……"

番外二

少爷

黑暗。

一望无际的黑暗。

冰冷的海水从西面涌来,灌入口腔和鼻腔,他感到呼吸艰难,浑身湿透地挣扎着,却是无济于事的徒劳。

在最绝望的时候,一只温暖的手从背后伸过来,将他紧紧抓住,朝着上方有明亮光线的地方拽去。

阳光就在头顶,但是他心中悚然恐惧,想要回抓住身后的人,那只手却已经被黑暗的海水包围住。

"妈妈,妈妈,回来,你回来啊!"

他想发出声嘶力竭的吼叫,但是耳中只有一片混混沌沌的空白,听不到任何人的话语,只有海水疯狂而汹涌地倒灌着。

是梦,一定又是梦!

要醒过来!醒过来!

这么想着,他听到外面传来熟悉的声音。

"少爷,起床啦!"

"少爷,太阳晒屁股了!"

"少爷,我做了你爱吃的蛋挞,再不起来就没了!"

冯韵文睁开眼睛,接触到明亮的光线,一宿的黑暗从双眸中尽数驱逐,他做了个深呼吸,起床把门打开。

"亲爱的们,早安哪!"

"少爷早!"

看着忙忙碌碌的佣人们,冯少爷就这么开始了他一天的生活。

他是 A 城纨绔中的纨绔,是老爹从头到脚操心的儿子,是管家佣人们捧在手心里的好好少爷。他必须开心,只能开心,还要想着法子让冯奇陪他一起开心。

吃完早饭,冯韵文想起来,今天在飞扬城好像是有个什么开幕式的,也不知道那程三搞什么鬼,这么大声势,不像他平日里一贯的作风。

临出门前,冯韵文收到助理发来的一封邮件,几张照片,简短的介绍,照片上的女孩子十八九岁,双眸明亮,笑容干净。

"纪飞扬,飞扬城……"他轻声念着,脸上露出了狐狸似的笑容。

冯韵文在大厅里见到纪飞扬,所料不差,看她和徐未然说话的态度神情,过去的事情怎么着也是七七八八了。

她和照片上变化很大,但五官还是能明显认得出,这么张脸,放在十八九岁清汤挂面的年纪,的确是百里挑一的,但是在这个浓妆潋滟衣香鬓影的场合下,就显得有些清淡了。不过也是另一种味道,简单干净。

他决定试探一下,拿了杯红酒走过去。

"这位就是纪小姐吧?"

她回过神看了他一眼,暗含防备,笑容敷衍:"我叫纪飞扬。"

冯韵文做出惊讶的样子:"飞扬、飞扬,和这飞扬城倒是对上了!我是冯氏集团的冯韵文。你把自己撂这角落里做什么,到我们那桌玩骰子去?"

他假意去搭纪飞扬的肩膀,被她轻轻避过。

但是说到厚脸皮,冯韵文绝对能发挥到十成十。

"别这么不给面子啊,那边有个妹妹还想问你头上那发卡是哪儿买的呢。"

纪飞扬二话不说把发卡给了冯韵文。

冯韵文笑着收下:"嘿,这么快就给我定情信物了?"

他看得出来,她非常想骂人。

不料这时候一个身穿黑色西装的男人走过来:"打扰了冯少爷。纪小姐,我家先生让我来向您说声抱歉,他现在比较忙,广告投资的事情,晚上的酒会之后他会和您具体商量。先生嘱咐了,要是纪小姐觉得大厅里太闹,可以先去楼上的会客厅休息。"

纪飞扬十分高兴:"那就麻烦带我上去了。"

她还不忘记回过身,给了冯韵文一个胜利者的笑容:"不打扰冯先生了,回见。"

冯韵文无话,看着她走上去。

自讨了个没趣,决定以后再也不招惹这个女人。

回到朋友圈子里,被谢小北逮个正着。

"喂,我刚才看到那姑娘给你个什么东西了,拿给我瞧瞧?"

这丫头,眼睛真厉害。

冯韵文把发卡给她:"送你了。"

谢小北喜滋滋的,拉过自家哥哥谢斯南:"哥哥、哥哥,这个好看吗?"

谢斯南笑道:"你戴什么都好看。"

冯韵文做发抖状，搓了搓胳膊："你们成心冷我的吧，鸡皮疙瘩都掉一地了，不知道的还以为你们是小两口呢。"

谢斯南有一瞬的尴尬，谢小北只哼了一声："你是见不得我们感情好吧，嘴这么毒，难怪刚才那女孩子不搭理你！"

冯韵文上去逮她："小孩子怎么说话的呢你！"

谢小北对他吐吐舌头："谁小孩子，谢然才小孩子！"

正说着，谢然那小男孩就跑过来了，一把抱住冯韵文："韵文哥哥，我好久没见你了！"

冯韵文就是惹孩子喜欢，谢家这最小的孩子一直就崇拜他。

"然然！哈哈，我最近比较忙，有空了带你去骑马。"

谢小北不以为然："忙？忙着追女孩子吧？小然，你可别学他啊，反过来被女孩子欺负。"

"啊？韵文哥哥谁敢欺负你啊？我帮你报仇！"

冯韵文很是头疼，怎么谢家出来的人两极分化这么严重，要么是绅士中的绅士，要么是土匪中的土匪。

冯韵文怎么也没想到，谢然这小土匪是个极重义气的人，竟然伙同了殷家的混世魔王把纪飞扬推进了水池子里。

哗啦啦的水声响起，冯韵文和众人一起看过去，见纪飞扬双手攀扶着池壁站起来，浑身湿漉漉的。

啧啧啧，身材是真心不错。

平时玩闹的哥几个纷纷起哄。

冯韵文原本也是抱着一种看戏的态度，但是对上纪飞扬那一瞬间的眼神，他突然有点紧张，觉得自己做了什么天大的错事似的，下意识地就往她那边走了过去。

跨出几步，才觉得自己这行为似乎不太正确，不过他自然也有遮掩的办法,卷了卷衬衫袖子,缓步朝那边走去。

言语要孟浪,举止要轻佻,这才是众人眼中的冯韵文。

"纪小姐,他们平日里疯惯了,你可别放心上。不过他们既然都赌上了,纪小姐就不要扫兴了,报一下尺寸,嗯哼?"

纪飞扬冷着脸,没有说话。

若是一般的女孩子会怎么样?大哭?叫喊?打骂?但是冯韵文甚至看不到纪飞扬的半分怒气,仿佛把他当作了空气。

他注意到她微微抿起唇,像是在走神。

冯韵文后悔招惹纪飞扬了,原来自己的荒诞不经,在这个人看来,就等同于小丑的低劣把式。

他看着她潜入水中,游向深水区,心中竟生出一种从未有过的懊恼。

有的人对你偏偏就是有种莫明的吸引,说不出她到底有什么好,可就是你心里最最特别的那一个。

冯韵文渐渐掌握了和纪飞扬相处的方式。

她认真,对人对事都认真,讨厌玩笑,讨厌虚假。

冯韵文也认真起来,于是发现,建立在认真之上的玩笑话语,是能把她逗笑的,甚至她还会顺着他的话油嘴滑舌一下。

一开始接近纪飞扬并不见得有多在意,但时间长了才发现,脑海中越来越多关于她的影子。

有人说,得不到的方才最显珍贵,但这话并不适用于冯韵文。他喜欢纪飞扬,与得到得不到无关,只因为她就是那么个人,不炫耀、不肤浅、不伪善、不浮躁。如果不是很早就知道自己的病情,他可以喜欢她更多一点,对她更好一点。甚至,真的把她从程绍均那里抢过来。

有一次冯韵文看见纪飞扬在草稿纸上的信手涂鸦,写的是:虽则如云,匪我思存。

他蓦地就想起很多年前去谢家做客，谢小北在床底下藏了一大沓武侠小说，闲着无聊就拿起本最薄的翻看。扉页上，谢小北用她当时那狗爬的字写了句话，也是这句"虽则如云，匪我思存"。

他当时还嘲笑她："小丫头，你知道这是什么意思吗？"

谢小北那会儿就已经学会了对他嗤之以鼻，瞥了眼书，只轻飘飘地说了两个字："文盲。"

就为着这两个字，冯韵文硬是把整本书看完了，记得很深的是，故事最后那女孩子牵着迟暮的白马从关外回到中原，她说的那句话是——"那都是很好很好的，可是我偏不喜欢。"

夕阳余晖之下，谢小北已经趴在书桌上睡着了，年少的冯韵文想了又想，终于想明白一件事情：这世界上有太多的事情，不是你付出了多少就一定可以收获多少的。

那年他的认识还停留在"付出"和"收获"，却未曾留意"很好很好"和"偏不喜欢"。

直到认识纪飞扬，冯韵文才发现，她不就是书里头那个偏执倔强的女孩嘛……

她对他说："韵文，我太早认识他了。"

是啊，要是同时认识我们的话，你一定会选我的，我比他好那么多。冯韵文这么想着。

不过，也好在你们认识得早，坏人通常长命，他能照顾你很久。

后来，冯韵文住院了，有天半夜翻来覆去睡不安稳，翻了两遍电话本，打给了谢小北："你说李文秀后来怎么样了？出家？出嫁？还是怎么样？"

谢小北听他这么一问，大半夜让人吵醒的怒气去了大半，很多被记忆掩埋的情绪油然而生："大概是……嫁人了吧。"

"不是说偏不喜欢的吗?"

谢小北声音轻轻地: "所以故事才到这里结尾啊,只有小女孩才会那么天真固执到让你冯少爷这么多年都没有忘记。如果写到十年、二十年之后,三四十岁的李文秀还会这么固执吗?你想啊,白马年纪大了,总要离开的,以后她一个人多孤单?你也不想她孤单的吧?"

你也不想她孤单的吧?冯韵文笑笑: "你说得也对。"

谢小北意味深长道: "你有心事了哦。"

冯韵文在A城虽然遍地朋友,但要说最最交心的,肯定就是谢家老二谢斯南,所以他向来也把谢小北当亲妹妹看,这事儿自然不用瞒她。

"是啊,我喜欢上了一个特别执拗的人,就是上回在飞扬城,给你发卡的那个。"

谢小北突然沉默。

冯韵文知道她在想什么,医院的检验报告是谢斯南和他一起去拿的,想必谢小北也知道。

"小北,她也爱看金庸的小说,你们肯定比较聊得来,以后……帮我多照看一下。"

"韵文哥哥,"谢小北有些哽咽,"我明天把那发卡给你送过去吧。"

"不用了,我至于睹物思人嘛,多矫情。"

冯韵文挂完电话,口不对心地摸到手腕上的佛珠。

"一颗、两颗、三颗、四颗……冯韵文,你今天要是数到一百还没睡着的话,就梦不到妈妈了,一颗、两颗、三颗、四颗……"

第二天谢斯南和谢小北就来了,冯韵文看到谢小北红通通的眼睛,就知道她昨晚肯定没睡。

"小北都能为我哭成这样了,真值!"

谢小北咬着唇,唯一一次没有反驳他。

谢斯南原本就是个话不多的人，现在就更沉默了，给冯韵文剥了个橘子，一言不发。

冯韵文吃了口橘子："你们俩……嗨，真是不指望你们给我开追悼会了。"

谢斯南吐了口气："有什么要交代的？"

冯韵文终于一本正经道："我老爹一个人肯定不开心，把小星星接家里去好了，哦，不对，再多几个，想去的孩子都去吧，反正那么大屋子。我叔叔那里你多留意着点，冯家的东西，是他的就是他的，不是他的，多一毫一厘都不给。真到了万不得已，把我电脑里那些资料拿给庄泽。"

谢斯南点头："以后冯家的事，就是我的家务事。"

冯韵文笑道："你做生意缺根筋，我宁愿相信小北呢。奶爸倒是还行，好好教育那些孩子，找个能独当一面的，以后冯家就交给他吧。"

谢小北道："那纪飞扬……"

"还有，"冯韵文继续道，"盯紧张嘉茜，她最近跟我叔叔走那么近肯定有问题。程绍均现在是一副脑子进水的样子，过阵子有得他焦头烂额，你们平日里关系不错，在飞扬城也有股份，徐未然和严凉他们也不会不管，这点我倒是不急。"

"韵文哥哥你怎么还为他想啊！"谢小北急了，"纪飞扬怎么办？我怎么听妈妈说，绍均哥哥要跟张嘉茜订婚啊！"

"不是还有曹烨嘛，揣摩人心这方面，他最在行了，不会让飞扬吃亏的。万一……"冯韵文思忖着，"万一程绍均对不起她……小北，你就去严凉那儿买几吨炸药，把程家炸了。"

谢小北一惊："啊！"

谢斯南道："韵文都这么说了，这种事情肯定就不会发生。"

谢小北点点头："哦。"

谢斯南和谢小北走后,病房里只剩下冯韵文,这几天他总是很困很累,但是难睡着。

他闭上眼睛,继续数数:"一颗、两颗、三颗、四颗……"

这一回却是睡得很香。

他梦到那天,他和纪飞扬坐在屋顶上吃烧烤。

在她面前,他偶尔会借点小痛耍孩子脾气,善良如她,总是不忍眼睁睁看着,即便被吃豆腐。

他还不忘拍马屁:"你在看星星吗?我从小就觉得,每个数星星的女孩子都特可爱。"

不料,她竟然说:"那真是可惜,我比较喜欢数月亮。"

那天的月光真是好啊,温温润润的,一辈子都难得见一回。

冯韵文在梦里臭屁地想着,什么大诗人、大词人,他们见到的月光都没有本少爷见到的好看!

然后他又十分郑重地对自己说:下辈子,再下辈子,要是遇到一个会数月亮的女孩子,一定要好好爱她。那是上辈子,来不及做完的事情。

番外三

星星

"爷爷!爷爷!"

"小星星,你跑慢点,别摔着了!"冯奇拄着拐杖站起来,"这孩子,走路总这么急。"

纪飞扬扶着冯奇:"伯父,小孩子就是这样的,没事儿。"

小星星上来一把抱住冯奇:"爷爷,刚才我去看韵文叔叔了,又把他的照片擦得亮亮的!"

冯奇抱着小星星坐下:"还叫叔叔啊?不是说好了,以后都叫爸爸的吗?"

小星星点点头:"我知道啊,我是爷爷的孙女,我叫冯星星,我的爸爸是世界上最帅最帅的爸爸!虽然他已经不在了,但是我们都很爱他,他也会在天堂爱着我们。爷爷,刚才是有别的小朋友在,所以我还是和他们一样叫叔叔,我怕他们会不开心。"

冯奇微笑:"嗯,是个好孩子。没关系,你可以告诉小朋友们,只要是乖孩子,都是我们冯家的宝,都可以叫我爷爷、叫韵文爸爸。"

纪飞扬看了看两边的树丛,笑道:"还躲着呢,不赶紧出来!"

话音刚落,十多个小孩子高高兴兴跑过来,把冯奇围在中间,爷爷爷爷叫个不停。

冯奇挨个应了,笑得格外开心。他原本只打算收养星星,生怕一群孩子天天在面前提起冯韵文,自己会受不了,但是现在看来,他们似乎只会给自己带来喜悦。日后这冯家,大概是不得安宁了,不过,不正和韵文在的时候一样吗?

冯奇感激地看着纪飞扬:"丫头,辛苦你了。"

纪飞扬道:"我有什么辛苦的,小北和斯南才天天陪着他们折腾呢。对了,韵文的叔叔……冯正今天的判决书下来了,原来还有我们不知道的,除了盗窃商业机密,还有走私等罪名,判了无期。"

冯奇叹了口气:"他也是罪有应得。"

"好在韵文一早就搜集到他走私的证据,斯南把证据给庄泽之后,庄家就一直留心着。那天张嘉茜刚要走,警局的车就到了,他们一天的逍遥日子也没过成,我真要替绍均谢谢他们。"

"给这么一惊一乍的,程氏内部蠢蠢欲动的那些人也需要清理,他最近很忙吧?"

"嗯,他说等手边的事情一结束,就和我一起来看您。"

"我倒是没关系,不能把你忽视了,"冯奇笑,"要是我没记错,就快三个月了吧?以后少往外跑,不然程家要说了,怎么倒像是成了我的儿媳妇。"

纪飞扬一手覆上肚子:"现在还乖得很,没事儿,反正我和绍均也是两个人住,双休日才一起回去看他们。"

"程家的人现在对你都还好吧?"

"嗯,说是下个月让我爸妈从S城过来,多住些日子,从结婚到现在都没好好聚聚,到时候您和小星星一起来。"

"好!"

出了冯家,纪飞扬想沿着街道走走,就让司机在后面跟着。

走过一个十字路口的时候,看到一个衣服邋遢的人被人从一家咖啡店推出来,险些就要撞在纪飞扬身上。

纪飞扬看是个女人,头发蓬乱的,衣服也有好多处脏了破了。

"你没事吧?"

那人一抬头,脸上数道刀疤交错着,吓了纪飞扬一跳。

可再一看,这人她竟然认识。

"张嘉茜,怎么是你!你的脸……怎么会这样?"

张嘉茜听到自己的名字,立马以手捂面蹲在地上大喊:"我不是张嘉茜!不是不是!你们不要抓我!放过我!"

纪飞扬抓着她的手:"到底发生什么事了?不是让玥玥接你回家了吗?"

"不要过来,我不是,我不是!你们找错人了!救命!救命啊!"

纪飞扬难以置信地看着她,虽说这个女人不值得同情,但是念及很多事情,她还是私下拜托庄泽,想办法放了她。本以为经过这些事情她会改过自新,却没想到……

"走!我送你回家!"

"没有,我没有家!"张嘉茜几乎声嘶力竭地大吼,"是你逼我的!你们逼我的!我没有错!我没有错!"

"张嘉茜你真的疯了吗!"

旁边渐渐有人围观,程家的司机怕纪飞扬有事,上来劝她快点回去。

纪飞扬道:"帮我把她带上车。"

司机犹豫:"这……这不太好吧?"

这时候突然有人跑过来,纪飞扬看到是张玥和沈临西,顿时安心了。

张玥一看到张嘉茜就叫起来:"姐你吓死我了!快跟我们回家,不闹了。"

张嘉茜听到张玥的声音，仿佛减轻了戒备，任由她拉着自己的手。

纪飞扬问沈临西："怎么回事？"

沈临西沉声道："那天回来后她还是不死心，晚上一个人去找冯正留在仓库里的钱，被冯正的手下人看到。他们看她完好无损的，就断定是她出卖了冯正。我们找到她的时候已经是第二天，挨了毒打，脸被毁容，还有……"

沈临西没说下去，纪飞扬也已明白，她看了看张嘉茜，一时间不知道说什么才好。

张嘉茜突然挣脱了张玥的手，跑过来一把抱住沈临西："临西，临西我错了，你不要生气好不好？我以后一定好好听话，你不要离开我，临西。"

张玥眼圈红红的，见沈临西似乎要拉开张嘉茜，忙用手势制止。

但是沈临西略一停顿，还是将张嘉茜的手拿开了。

"玥玥，我们还是听医生的意见，让嘉茜留院观察一阵子吧。"

张玥摇头："不可以，姐姐从小就讨厌医院，她会害怕的！"

沈临西看了看纪飞扬，纪飞扬忙道："玥玥，你也不希望她一直这样下去吧？在医院接受治疗的话，恢复的可能性会大很多。"

沈临西道："听话，我们回去和你爸爸妈妈商量一下，如果他们也愿意的话，就这么决定了好不好？"

张玥想了会儿，还是点点头，牵起在一旁傻傻的张嘉茜："姐姐，我们先回家。飞扬姐，那我们走了，下次找你吃饭。"

"好，路上小心。"

纪飞扬目送着他们离开，张嘉茜很安静地走在他们中间，无论怎么看，都不是当初她认识的那个张嘉茜了。

正在原地发着呆的时候，司机递过来手机。

"少爷的电话。"

那头程绍均的声音有些疲惫,但是很温柔:"老婆,我今天努力工作,提前完成任务,现在正在回家的路上了。"

听到那边的喇叭声,纪飞扬有些担忧:"开着车打电话?还敢疲劳驾驶?程绍均你欠揍是不是!"

司机很识相地转过头去,还是忍不住捂着嘴笑,这少夫人对谁都是好脾气的,唯独对少爷,脾气说来就来。

程绍均笑着解释:"没有啊,未然送我呢,他带着媳妇来我们家蹭饭吃。"

"你不早说!我还没回去呢,来不及做饭了!"纪飞扬说着忙坐上车,招呼司机开车。

"老婆有了宝宝很辛苦的,二姐把家里的厨师给我们借过来了,以后锅碗瓢盆你就不用亲自动手了。"

纪飞扬道:"我看是有人嫌我烧的菜难吃,而且自己还不想洗碗吧。"

"没有啊!我最爱吃你烧的东西了,洗碗嘛……我洗,别说洗碗了,所有家务活都我来。"

徐未然早就听得不耐烦,在一旁大叫:"程绍均你有个男人的样子行不行,德行!这要是在我们家……哎,冉冉住手,我开着车呢!回去我烧饭!我洗碗!擦窗拖地!"

车窗外,景物飞驰而过,纪飞扬靠在座位上,手抚着微微隆起的腹部,听着电话里大大小小的声音,幸福地笑了起来。

【官方QQ群:555047509】
每周丰富多彩的群活动,好礼不停送!
作者编辑齐驾到,访谈八卦聊不停!

扫一扫看更多图书番外,作者专访